U0939772

| 当代中国小说榜 |

桃红深处

杨建国 著

中国文联出版社

图书在版编目（CIP）数据

桃红深处 / 杨建国著. -- 北京：中国文联出版社，2017.2（2023.3 重印）

ISBN 978-7-5190-2560-1

Ⅰ.①桃… Ⅱ.①杨… Ⅲ.①散文集—中国—当代 Ⅳ.①I267

中国版本图书馆 CIP 数据核字（2017）第 029479 号

著　　者　杨建国
责任编辑　李　民　周　欣
责任校对　傅泉泽
装帧设计　中联华文

出版发行　中国文联出版社有限公司
地　　址　北京市朝阳区农展馆南里 10 号　　邮编　100125
电　　话　010-85923025（发行部）　　85923091（总编室）
经　　销　全国新华书店等
印　　刷　三河市华东印刷有限公司

开　　本　880 毫米×1230 毫米　1/32
印　　张　9
字　　数　214 千字
版　　次　2023 年 3 月第 1 版第 2 次印刷
定　　价　75.00 元

教我如何不思兄

（代序）

陈建华

2016年9月25日是星期天，却是一个刻骨铭心的日子。清晨，我的“互为”兄弟，杨建国兄驾鹤西去。接到噩耗，真的不敢相信，我的好搭档、好兄弟、好朋友怎么会悄然地走了呢？数天来，一直陷于无限的思念中。

说起“互为”兄弟这个称呼，缘由是在杨家建国为兄，建华为弟，而在陈家则建华为兄，建国为弟。我与建国先生便以“互为”作称呼。

我们在工作上互相关心、互相帮助、互相支持。2011年8月，组织派我到文联工作。当时，我信心较足，因为“互为”在文联工作了近30年。我们都是1974年高中毕业的，他是“五七”中学的学生，我在阳春中学（即一中）读书。他上山下乡在东湖林场锻炼，我则回乡挑粪桶接受贫下中农再教育。那时，春城还很小，我们认识了，成了好朋友，一晃几十年，我们走在一起工作。我觉得有一位挚友共事，一定能做好工作的。

第六届文联做了大量艰苦的工作，也取得了一定的成绩。主要得益于我们开好了第六次文代会，我到文联之后，着手筹备换届工作，工作报告起草，“互为”一半，他负责第五届文联工作回顾，我负责新一届工作的谋划。经过反复酝酿探讨，我们在报告中，提出了阳春文联的“五有”方向，即“时时有和谐、日日有欢笑、月月有笔会、季季有采风、年年有发展”。把和谐发展作为一条主线贯穿始终。正是“五有”，让文联的团队充满了活力。

《凌霄》杂志复刊，倾注了建国先生的大量心血。这份会刊，到 2011 年足足停了 10 年，一份读者喜爱的文艺读本，与朋友们久违了，我们从 2012 年开始复刊，为季刊。《凌霄》又与读者见面了，不但使整个阳春文坛欢呼雀跃，还让百万父老乡亲绽出了笑容。建国先生担任《凌霄》主编，总是那样兢兢业业，精益求精。在他的带领下，编辑团队精诚团结，把《凌霄》办成颇具影响力的综合型文艺杂志。

建国先生兼任市作家协会主席，又是阳江市作协副主席，是漠阳大地具有较大影响力的作家。他初心不改，一直潜心创作，小小说、散文、诗词、民间故事……让老少读者爱不释卷。他始终都在传播正能量，抒发文学家的情怀，为百姓奉献精神食粮。

“互为”兄弟与我说过，他创作了逾千首《临江仙》词，可申报吉尼斯世界纪录。我练书法曾数次抄录他《临江仙·大河水库》这首词：“人眼烟霞涵日月 / 明珠璀璨霓裳 / 几回归梦鹭鸥翔 / 风声钟鼎近 / 翠柳荡诗觞 / 流韵千秋弹绿绮 / 愁眠尽散忧伤 / 渔家浑酒聚天香 / 岚烟生竹雨 / 霞客醉仙乡。”文由心生，足见建国先生那份对阳春河山的赞美。他祖籍湖北孝感，其父是南下干部，建国兄则是土生土长的阳春人了，他是喝漠阳江水长大的作家，他厚道，正直的为人风格，他的才华横溢，亦师亦友的秉性，他嬉笑怒骂的作家个性，让文友们久久不能忘怀。

今年中秋节前，建国兄随春江诗社的文友到桂林采风，回来后，饶有兴致地与我说，专门买了一瓶 3 斤的桂林三花酒，与“互为”兄弟共品尝，在节前我在田雨斋弄了几样小菜，约他偕嫂子一同过来，席间谈笑风生，酒到酣时方恨少。现在我不时凝望放在客厅的空酒瓶，感慨良多，酒喝了，“互为”兄弟却走了，瓶空了，思念却多了，挥之不去的无限思念，教我如何不思兄？

子在川上曰：逝者如斯夫！“互为”兄弟也许感觉到累了，要找一个清静的地方休息。今年以来，他在整理《江南秋雨》《桃红深处》两部书稿，出版社也联系好了，就要付梓了，还叫我为他的著作作序，一直忙于其他事务，耽搁了，尚未动笔，“互为”兄弟还说，不急不急，到样书三校时拿出来便可，想起此事，一直惴惴不安。9 月 27 日那天，文友们送别他的时候，我还公干在广州，未能送他最后一程，成了我的一大憾事！

春州含泪，痛失英才。建国兄的离世，是阳春文坛、阳江文坛乃至广东文坛的一大损失！使我失去了左臂右膀，失去了一位良师益友！我默默在心中重复：“互为”兄弟一路走好！我们永远思念您！

目录/contents

"云破月来花弄影"
——浅谈《荷塘月色》的遣词风格

我国现代著名散文家朱自清写的抒情散文《荷塘月色》，通过对荷塘月色的细致描绘，抒发了作者复杂而深沉的思想感情，是一篇脍炙人口的优美的抒情佳品。

文章除了结构的"貌散神凝"的特点外，还大量使用叠词，造成音节的和谐，增强语言的音乐美也不失为文本的一大特色。试以如下数例阐之：

1."曲曲折折的荷塘上面，弥望的是田田的叶子。叶子出水很高，像亭亭的舞女的裙。"

作者写荷叶、荷花，先从静态着眼，用"亭亭"来形容叶子那种出水很高的苗条风姿，用"舞女的裙"比喻叶子自然舒展的柔美形态，仿佛是急速中旋转飘展的舞裙。静态之中裹孕着动态的意象，对景物静态，描写得十分形象传神，令人遐思不已。但作者并不在这上面滞笔，继而写出了荷花的静态，以"袅娜"之躯，"羞涩"之颜写出了荷花静中有动，动中有静的风韵，仿佛在人们的眼前摊展出一幅山水荷花的画卷。

2."月光如流水一般，静静地泻在这一片叶子和花上。薄薄的青雾浮起在荷塘里。"

作者在这里善于运用生动、准确、富有表现力的词语，运用新颖别致、恰当的表现手法，活灵活现地描绘月光的姿色。“青雾浮起”的“浮”即“悬浮”，停于荷塘水面上，符合实际，把这种意态写得惟妙惟肖，令人抚掌叹绝。“泻”与上文的“月光如流水一般”的比喻相一致，形神吻合，把静态的月光写活了。

3.“叶子底下是脉脉的流水。”

作者对流水是动而静写，并赋予人格化，流水静静的，深含感情，这样写与静夜的环境一致，也跟作者欣赏荷塘月色的“偷来片刻逍遥”的心境相一致。

文中诸如“送来缕缕清香”“梵婀玲上奏着的名曲”等比喻句比比皆是，恰如其分地抒发了作者欣赏荷塘月色时的那种复杂而深沉的微妙感情，形象得体，恰到好处。宋朝有个著名的文学家曾在诗中写道：“云破月来花弄影。”一云、一月、一花都赋予人格化，把死物写“活”了、写动了。只有这样才能把景物写好。而《荷塘月色》在遣词这方面不是最好的佐证吗？

（载《广州青少年报》1984年9月13日）

再读圆明园

是在哪一个落日的黄昏，我记不清楚了，横亘于我眼前的是一具散了架的龙骨。那刺眼的皑白经过了一个世纪的风侵雨蚀，却仍在发出悲哀的呻吟。圆明园，你可是曾经沧海浪荡的幸存者？你可是一件可悲的史书的复印件？你可是一段不堪回首的伤心事？

映人眼帘的已不是辉煌的骄傲，而是一段段残墙断壁。依稀仍可想见当年那撼天的哀号，一个个不死的灵魂却犹在雷峰中游荡。

一百年，只是历史的一瞬。大地山川、江河溪流里深深地刻上一段刻骨铭心的伤痛。一百年，这几堵败垣，这几缕不散的阴影，却如无言的展览品展现在炎黄子孙的眼中，叫人好生心痛。

一段不堪回首的历史，在这里反映了黄皮肤民族的忧患，一幅幅尢言的油画却仍在煎灼着躁动的心。

废墟里，似仍可见双双瞪圆了的黑眼睛尚在发着惊恐的毫光，曾是声声如哀号的哭泣仍绕萦于耳，我似看见让利爪扒开的一道道血痕仍在汩汩地流淌着鲜血。一支支洋枪装着黄皮肤发明的火药，在一堵堵如铁的胸口上凿开了一个个黑洞。

园里犹存着一盘已失真的录音带，轻轻一按，一百年前那段令人痛心疾首的血泪史便会娓娓地道来，让人不忍心聆听。

朦胧中，我还在读着一部民族的生死历史。

也许是诗人的呐喊早已深深地刻在了烧焦的残墙断壁之上，发出了无数嘶哑的呼号。

也许是被钉在耻辱柱上那条龙的标本已成了坚硬的化石，依然裸露于荒郊原野之中，默默无声地接受岁月的侵蚀摧残，默默地忍受着风霜雨雪的欺凌。

落日的余晖却最爱与游者开玩笑，半轮沉没于园中的落日，发着耀眼的余光，道道光芒甚是刺眼。无形中，我却惊喜地发现了横卧于园中的那个几乎变了形的太阳却是一个横卧的“？”。

是仰天悲问那段远去的历史吗？是在一百年中默默地反思怯懦的所为吗？是思考这个有着五千余年生命的国度的变迁吗？

也许，历史能给社会造就千千万万的美丽与丑陋，造就爱与仇杀，造就欢乐与悲伤。要不，那没有生性的断墙残壁何来灵性，硬要智者来一番不折不扣的苦思？

悲哀的历史最不能容忍怜悯的泪水的滋生，逝去的往事最不能容忍无谓的忏悔。历史是一块涂抹不了底色的调色板，任由你去作最大的努力也无法把它改写。

（载《珠海》1987 年第 8 期、1990 年 6 月收入《夏日的梦》甘肃人民出版社）

游合水银湖山庄

秋来偷得一日闲，遂了友人的心愿，结伴来到合水银湖山庄浏览一番。

银湖于我来说，并不陌生，在儿时已是熟悉得很。只是一直未能深窥其真面目，至今方觉遗憾。

长年劳碌得此闲情逸致，心中自是宽解。但亦知当今大凡旅游景点名不副实者居多，故而当初只是不便却去友人苦心一片而已。

银湖昔日称“白牛塘”。波涛壮阔，水波浩渺，松涛之声偶尔闻之。除此之外，别无鲜样之味。如按内心实话所说，倘不是友人几乎是苦苦相邀，断然是不会上此“大当”的。

然而，眼见为实。别了二十多个春秋的银湖，经的变迁确令我殊想不到。

一片青青的绿林不知为什么被一环绿水围绕着。山是青的，水是绿的，青得让人心旷神怡，绿得让人胸襟舒畅。

遥听远处有几声雏莺乱啼，更添几分欢怡。氤氲的山岚施展着其芬芳的魅力，在大自然中自由自在地飞洒。

看环山姹紫嫣红，遥指碧波十里，更喜入尽眼帘的是满目青山飞翠。风骚的莺雀更是惹人心乱神迷。

倏忽间，不知何处何人轻抚起瑶琴，琴声起处，尽是燕语莺声轻软，离离如珠落玉盘，叮当如淙淙入流。似风萧萧铁马金戈横扫，如雨沥沥悱恻缠绵，像月柔柔轻洒婀娜……

银湖，那是银一般的湖。湖水是银色的，两岸是绿色的。青翠欲滴的山光水色，缘何不令人心猿意马？一群红男绿女，如痴如醉地或仰或卧，或歌或吟，或嬉或戏，极尽人间欢乐。

一片微月慢慢地升上来了，挂在迎风的船头之上，洒下万缕银光，给整个银湖披上了皑皑的银装。雪一般的湖水，泛泛着痴情的目光，更让人舒心不已。

呵，这年轻的银湖，你历经了万载沧桑，如今一朝轻展芳姿，睁开了惺忪的睡眼，偷窃着人间的风华。银湖，你可会为人世间的沧桑嬗变而歌吗？你可会为日新月异的山河而舞吗？

湖中归来，已是片月高悬之际，十里银湖尽是笙歌升平的景象。北面湖边的小楼更是热闹非凡，阵阵歌声，缕缕琴声令远游的归客更添几分意犹未尽的雅意，使人平添几分良宵苦短的遗憾。

呵，银湖，你像一个美若天仙的少女，你可曾知道，多少痴情的男儿为你失却了几个不眠之夜？

（载《南方农村报》1998 年 10 月 6 日）

冠溪之美

冠溪位于阳春市东约两公里处，是阳春市旧八景之一。据《阳春县志》记载，阳春市旧八景中“冠溪松涛”的所在地便是这里。

春日，与八名文人雅兴突发，遂生到冠溪一游之念，以遂景仰之情。

举目环观，冠溪一片黛绿色，山是绿的，水是绿的，就连天空也是绿的，这绿的世界直惹得人心痒痒，令人生出一段心萦意绕之意来。

踏上这片葱茏的土地，满眼尽是萋萋的春意。眼下正是初春时节，即使你站在一个十分偏僻的角落里，也能听到林中许许多多的不知名的雀鸟的啼鸣。也许是多年蜗居小城镇的缘故，这久违了的鸟啼声听来特别的悦耳，特别的清脆。叫你的思绪会不由自主地跟随着鸟儿的啼鸣而翻飞。

环山的碧水更是撩人心扉。环绕着万顷青山的是从冠溪的四面八方而来的小溪汇聚而成的清澈而黛绿的清波。湖水无论是在熠熠的日光之下还是在粼粼的月光之下，都会泛着道道诱人的波光。如在一马平川的平地上盖上一块平整光滑的大玻璃。雪光在上面时不时会折射出几缕耀眼的光芒来，叫人骇得不敢睁眼。

而冠溪最有魅力之处并不在于其山光水色的挑逗，也不在于其景色的诱惑。此是游人不知所然之处。

笔者曾在二十多年前上山下乡到彼。这里的一草一木，一山一水，一文一景，无不给我留下深深的缅怀之情。

许是若干朝代之前，这里便是骚人墨客常聚之地。也许是骚人墨客们的灵性使得这里的山水特别的聪颖，也或许是其他诸种原因，要么，这里的山山水水忒的与别处的山水有不同之处？但谁个也说不清道不明。单就清代春州的骄子谭敬昭老先生而言，他就是日独往来，月结朋僚，把盏临湖，对酒当歌的不羁的刚硬的儿郎。更有如李清照式月邀朋僚的谢方端，生来便是一副须眉不能与之相提的女中豪杰。柔情似水，肝胆清澈，心明眼亮，铁骨铮铮。其精魂便形成了冠溪清而不浊，柔而不阿的秉性。湖边或许至今尚留当年英杰们的鸿爪。先哲们不拘小节，不附权贵，不阿奸夷的刚烈之志至今仍恍如历历在目。

大概是因了这个原因，冠溪便得天地之精华，日月之琼浆的缘故，故而即与别处的山水有别矣。信否？我亦存疑。不过，“天道酬灵”，我倒是相信几分的。冠溪因了我们的先哲们的刚正不阿，忧国忧民，瞻民众于水火而夜枕不安，日食不甘的孺子之牛之心志，断断是有其酬报的。这不是佛道中之“六道轮回”的应验，这是大自然公正的回报。

冠溪之美，先是美其内在，再美其外表。不知孺子所言，当否胡诌？

（载《南方农村报》1999 年 2 月 9 日）

故乡的乌篷船

离别故乡远久了，但总有一丝一线的牵挂萦绕于心头，那如雾如烟的濯濯的思绪总是走不出梦绕的桎梏。故乡的影子总是日日夜夜在我的心头里幻映，以至儿时刻骨铭心的记忆几十年来一直在我的心头漂浮。

没有醇酒的醺烈，却有浓浓的乡情袭于心头；没有灯红酒绿的相拥，却有那一只小小的乌篷小船在我的心际里滑行。

要说，故乡的什么东西在我的心里印象最深，我可以说，是那只小小的乌篷小船。

玲珑小巧的乌篷小船，也许是南国水乡所特有的一个景观。

乌篷小船只不过八尺见方，尖头方尾，只有低篷三两扇，矮得让人窒息。要不是自己曾从这里体念到世间的曲折与艰难，我是断不可言这是世上最为简单的生产工具的。

许是五月来临之际，两岸青青的姜草蔓延于岩边或是浦际，葳蕤的青气总有那么蓬勃的朝气，翠绿欲滴的瓜藤果叶染着墨绿墨绿的色彩如调色板一般，洋溢着一种令人心酥的气息，让人不忍眨眼而过。

此时，于小河边，于小湖汊旁，放一只小小的乌篷船，如放飞心中的阴翳，于淡淡的水天一色的湖面上轻漾，让月光悠悠然地映进小船里，让世间空寂的时光轻梳那纷繁的冗事，那才叫惬意呢。

最令我心醉的是那片淡淡的月光投下来的浮影，湖水泛着如姑娘的波光一样的银光，在水面上跳跃着说不清的涟漪，一圈圈一环环的，绕着小船边在漫延。小船划动了，在如镜一般的湖面上轻轻地荡着雪白的雪花，所有的如淡墨浓彩般的世界在此时却是那样的温馨与宁静。远山在悄悄地向后轻移，妙曼的塔影却是与船同行。随着月影的浮动，岸边古朴的亭榭楼台如漂浮着淡淡的轻烟，没入如仙如佛的世界，这一片恬和的静谧却是如今都市欲盼不得的景观。

轻划着的小船回环于袅袅柳丝环绕的小村庄，朦胧的月色下，三两个朦胧的人影出没阡陌之中，于桑田野陌里寻寻觅觅，或是对月轻哦，或是对山狂吼。桑林里犹听隐隐约约的夜莺的啼鸣。湖边尚有三五成群的姑娘浣衣，不时传来阵阵令人心酥的笑声……那情景着实令人心醉，至今我仍记得清清楚楚。

乌篷小船声声欸乃，句句如催人入梦的哗哗声，至今仍萦绕于我的耳际。我未曾到过秦淮河边，可我可以想象，灯红酒绿的秦淮运河大概也是此等情景。

一只小小的乌篷小船里，又该有多少可歌可泣的故事，又该有多少令人扼腕的痛惜。

如人生一样的婀娜，如人生一样的曲折。祖祖辈辈躬身于斯的艄公们，是他们说过的，这短短的乌篷小船漉浸着多少代人的血与泪。

如今，这浸着血与泪的乌篷小船也许派不上什么用场了，或许只能闲置于乡间低矮的小草棚，或许已是骨毁形衰了。

往事俱在荣与衰、新与旧之中远逝，而逝不去的却是我对故乡的一种情有独钟的向往与怀念。每每于月影娴静、水光轻泛之际，我的脑海里总是浮起那只声声如咽、声声如歌的乌篷小船。

（载《广东人口报》1999 年 11 月 2 日）

江边怀月

总是在有月的夜晚，绕过暮色，徜徉于江边，冀盼能有一分月光是属于自己的。天庭里，悠悠然地伸出了轻柔的掌心，欲把天地人间紧紧地握于那片方寸之地。

微微的露珠轻盈盈地点缀于苍茫的大地之上，一切都是这样的静谧，静得让人心里发慌。远处，传来了划动水声的诱惑。心里满是轻微的震颤，月儿并不争着要露出头来，也许它并不愿过早地窥见浑浊的世界。月色朦胧，淡淡的光线融汇于一片若远若近的涟漪。腾升于水面上的那缕鱼肚白，发自于苍穹的光芒。迷惘的月影之下。咤呼着渔人的声声嘶哑的呼号，水花不时泛起隐约的狂喜。我想，总是在付出了劳动之后的那种欢愉之情。可又有谁想得到，是在这片无瑕的月光之下，落入江边的该有多少静默的等待。

一切都如正常的晨钟暮鼓般运行，这一片江心里，不知已下了多少风尘雨露，记下了多少荣辱兴衰。月光如下，平静得如下一块雪白的丝绸之上印下淡淡的光环。月光恣意地尽洒于大地，那一片不可言状的情景着实叫人相信，大自然的造化竟是如此的美妙，美得让人口服心服。我想，人与自然的风景定是在一个或是多个心境入定的时候形成了其独特的风格，美与丑就是最好的比较，于是，无数个经过遴选的晶莹瑰丽的美景便应运而生了。

其实，那美轮美奂的独有的天性就是人类赋予的，并不因为某一点瑕疵而失去其光泽。

正如这江边上的一切，有喜也有悲，一切大起大落的东西只是一瞬间就闪现了。往事不是这样么，身上的荣华富贵、悲哀落拓不也是这样的么？

看远处朦胧的山色，若隐若现的端倪正如人人的沉浮兴旺，多美的景色也会随着潮涨潮落而泛起诸多的泡沫，随着江水一去而不复返。

苍穹之中倘若满彻青光，但又能照亮多少苍白的故事？人生的沉浮兴衰又岂能因此而永不改变初衷？

蹒跚于月光之下，让月光在心头里去作一次纯净的洗礼，让心头拥有一种沧桑之感，让那五颜六色的诱惑抛于江水，让透明的心境不陷于轻浮的世事，那是何等的圣洁？又是何等的潇洒？

江边归来，满天月光如银，心绪即如这片银光。

（载《阳江日报》2000 年 4 月 16 日）

月是故乡明

也许是岁月的风尘磨砺不了我的记忆，也许是远去的云雾仍在我的心际里萦绕。那遥远的惊涛声却不能把我铭心刻骨的镌刻抹去。

你记得吗？是月下的光灿把我们的心犀照亮，是清风把我们的心灵洗涤。曾于“一线天”下，在溪流潺潺的香溪边，我们私下里订下了终身。

那一晚，是月光羞涩的一晚，是我们终生难忘的一晚。我们静静地立于小溪旁，听潺潺的溪流在万籁俱静的两峰之间轻淌；看轻岚绕于山腰，悠悠地泻出山口；看嫩月升在峰峦之上，浮于云汉之间；闻松涛怒吼之音震撼万里河山……

我们的心随着明月的辉现而心朗，随着静默的夜景而沉寂，随着山壑的变迁而怦然而动。

故乡的明月是何等的辉煌，是何等的亲切。

是你先开口吟动了久聚于心际的臆念：“醉翁亭上酒，琅珊三更月。”那甜润的声音在寂静的山谷中回响着如金属般的轰鸣，也久久地在我的心头里回荡着，至今仍令我回味不已。

“云破月来花弄影。”

“疏影横斜水清浅，”

“暗香浮动月黄昏。”

每一句有关“月”字的诗句在你的口中源源不断地流泻而出，

在万山千岭之中回萦着一种浑厚的气势，在万籁俱静的空旷的月辉之下如铿然而动的一种风云。

而当你欲念出那句“人约黄昏后”之时，你却不曾发现我的脸上已经隐隐地飞上了一抹红霞。当你似有意无意地回头一望时，也许你才发现了我的羞涩之态。你说，月下能看到美人儿的娇羞之态，此生算是万幸不已。我却娇嗔地扭了你一把，转过头来飞也似的跑进了小树丛中，你却仍呆呆地站立于那片空旷的草地上……

你的心肠真“坏”，你眯缝着双眼，在无言地偷窥着我所穿的素色连衣裙。也许是我的头上别着的那朵淡淡的小花更具风情，在月光的辉映下，显得格外的素洁、轻盈、秀雅。你又开口“发表”你的长篇大论了：“芸儿，今晚的月色确是为我们而辉，今生能在这样的辉煌中与你在一起，我确实是感到永生不忘。我是多么想让这样的月色永远永远地照着我们，让月光与我们的一生融在一起……”

我怔了一怔，红霞又一次飞上了我的脸颊，我不知道你有没有发现。事后，你在你的笔记中记下了那一晚的感受，其中有着这样的记载：“她飞也似的跑进了一丛小小的树丛中，只留下一抹淡淡的馨香。宛如月下的仙子妙曼于林间。她的脚下是乳白乳白的如白练一般的羊肠小道，道旁是一丛丛银色小树林，那漫天的云雾萦绕于她的身边，给她围上了一缕缕洁白的素装。那情形，才如神话般的惬意。林中无数的小生命在皎洁的月色中，演奏着无休止的乐曲。瞬间，天地融为了一体，在如乳的银光里，大自然的流韵向天地间飞泻，时高时低，时遥时近，如一股股馨香的醇酒醉入了我的心扉……”

……

遥远的往事时常在我的心际里泛着多情的涟漪，在我的心胸里时时激荡着我的梦魇。然而，世间的时光再也不会回流。

我抬头遥望星空的时候。昔日里那繁星点点的天空哪里去了呢？月不语，风不声，只有淡淡的花香仍在我几乎迟钝的脑际里飘曳。

又是一个月明之夜，这一晚，我静静地伫立于阳台之上，凝视着丛丛花蕊，遥望着远方那颗若明若暗的星星。我仿佛又走进了那个难忘的岁月里。

朦胧中，我在繁星点点的天空里，我又看见了昔日那颗闪着熠熠之光的星。那颗星忽地从天而降，飞旋到了我的跟前。站立于我的眼前的是曾经熟悉的身影。

别来你可曾安好？

你背对着我，默默无言。星光在你布满了皱纹的脸上刻上了一条条月华般的风痕，时光已经在你的心隙里滑行了半个世纪。你的音容笑貌依然不改，仍残留着昔日里的那片春光。

风卷动着夜霾，在大地上轻轻地划过几缕忧郁的愁云，几袭阴翳的霾云蹿上了你的额头。我看得出来，是两岸几十年来的风风雨雨在你的心际里刻上令你永难忘记的印记。

淡淡的月色洒满了一马平川般的山河。大自然中缕缕温馨的馥香如一条长河沙沙地流向天际，流向大地，在寂静的土地上形成了充满着生机的流韵，时而在天际里飘浮，时而在大地中滚动，天地间此刻已经融为了一体。

猛一醒来，却是南柯一梦！

月儿已经升上了半天，该是子夜时刻，皓月悬空，流萤细语，溪流淙淙。举头凝月，今夜又是一个月盈之夜，不知对岸那片天地是否也有这样的月色？

“江清月近有人。”但愿今晚里，有一个甜甜的美梦轻轻地潜入你的梦境。

（载《阳江日报》2000 年 9 月 10 日）

那乌风月

一片茂林修竹，掩住了那座远久的古桥。桥下是那（nuo）乌河，也许是从梅岭迁来的第几代祖先们的杰作，也许是这一方土地上的造化，那座古桥于河上历经了沧桑世事，历经了风风雨雨，以致身上是斑斑驳驳的伤痕。汩汩的水声千年万载悄然而过，只有它才是古桥的见证人。

桑园水田，蔗林绿竹，坦然而开阔的农舍，点缀着粉墙绿瓦，偶尔从旷远空寥的上空飘起几缕淡淡的青烟。春来是一抹鲜绿，蓊蓊郁郁的春色流溢于山川河流；夏来一派翠绿，葳蕤的夏意于河中缓缓流过；秋来是满目金黄，炽热的流火遍地而伫；冬来是一片肃穆旷远，苍穹里尽是迤飞的孤雁……那便是那乌的风景。

潺潺的那乌河上是一座麻石砌起来的拱桥，桥上并没有护栏，也许是年长月久之故，桥上长满了蓊蓊的青草，满眼尽是久远的衰色。凹凸不平的桥面早已被历史的风尘所磨平。

夏夜，凉风习习，明月悠悠而升，昆虫啁啾，萤光点点，时时荡起稚嫩的嬉戏的童声。

稚气未脱的童声不时从柳荫下，石堆旁爆发出阵阵狂喜的欢呼声，一浪高过一浪，直把夜空里的星星惊吓得不敢露出头来。梳着羊角辫子的小妞们，总爱缠于长者的膝下，听那百听不厌的才子佳人或是妖魔鬼怪的故事，不时惊恐得紧紧地依偎着大人，一声也不敢吭。

月儿慢慢步上中天，满天尽是银光。淡淡的月影下，桥上渐渐地平静了，唯有那千年万载不歇的那乌水潺潺而流。河中已有了凉意，露水接踵而来，桥面上是淫潮潮的露水，不多时，站立于桥面，脚下竟是潮湿的了。夜已深，人也静，可是远处星星点点的莹光却还在一闪一烁地飘浮着，河水如一匹抖开来的软绸，缓缓地向远方流去。水色与月色融为一体，如雪如银，弯弯的桥洞在夜风的轻揉中，忽隐忽现。风从洞中而过，刮起一阵悠悠的轻微之声，仿若是谁在河中拨动了琴弦，那如瑟如歌的乐声自远而近，自近而远，交叠而成，余音绕耳，袅袅不绝。

周而复始的散淡人生从桥面上轻轻地滑过，长久的日子几百年如一日地安谧而平静。风尘染上漫漫的记忆，桥上早已长满了青苔，长满了谁也说不清的故事。

春天来临的某一天，一位长者陪着一个稚气未脱的黄毛小子，踌躇着来到了那乌河古桥之上。老人步履蹒跚，老态龙钟，边走边向四周眺望，目光里透出几分惊诧与疑惑。那小子不时要老者陪他到河滩下去捉蟋蟀，去寻觅那老去的柳荫。

老者的眼神露出几缕留恋，几缕惶恒，几缕辛酸，融着夜色，分明是一种庄重，凝重的萦怀。

这一片风月随着老者的皱纹而长满了满腹的故事，而那个稚气未脱的小儿却又何曾能知晓?

（载《阳江侨报》2000 年 9 月 30 日）

看　海

我所居住的地方并不靠近海，而海却像谜一样令我魂牵梦绕。海的深邃与博大，遥远而亲近，冷峻而剽悍，多情而温柔，却是我在走近海边时才渐渐地认识到的。

落日如圆盘般高悬于海之额顶，紧紧地与海相依，奔涌而起的海浪，似乎永远也不知疲劳地泛起阵阵微浪，在落日之上轻摇着婀娜的身姿，献媚般舞蹈于天边。此刻，天边透着橘黄色，夕阳懒慵慵地倾听着海涛的述说，面容温柔而慈祥，它一步步地走向海崖，似要拥吻那久违了的情人一般。一道道微晕之浪蹑足而来，似悄无声息，又似积蓄了雄遒之力。也许是海浪在我的脚下堆积了无数的箴语，也许是它不甘于大自然的寂寞，悄悄地浪迹而来，聆听人间的甜酸苦辣。海滩寂静如云，拥着祥和与温馨，海鸥不曾振翅飞过。那一刻，似留下了一段美好的时光，让寻海者静默地得到片刻的安宁。看海的兴趣与梦海的憧憬油然而生，只是静悄悄的海滩此时却不像诗人笔下那般的生气，让人徒生一种孤寂之感。

记得曾有文人墨客们在海边那种俯世之感是何等的豪劲与雄遒，是何等的潇洒与狂浪。而如今，却是这般的空寂。年少时常常在梦中与海有约，那种憧憬是何等的强烈。殊不知海竟是这样的温驯与谦逊，悠然间生出淡淡然的遗憾。

苍穹之中，天的脸骤然变得骇人，风逃遁至海面，仿徨四顾之后，便忐忑不安地呜咽着、低吟着、惊恐地哀号着。刹那间，浪涛汹涌着四向奔突，急不择路地向高处冲突，似要努力挤出死亡的重围似的。天开始铁青着脸，惨然地目视着眼前的这一切，脸孔似有千种难解的痛苦表情。海是在向谁诉说着千年万载的积怨？还是伸展那久滞的宏志？浪涛跌跌撞撞般涌来，一直吻着我的脚踝，浪花向我的脸颊直扑而来，咸咸的海水，一直顺着我的脸颊慢慢地往下淌着。最后，海终于将徒劳的诉说化作了无奈的呜咽，无可奈何地停止了一切喧嚣与躁动，一切又归于平静。

面对着这一切，我陷人迷惘与沉思，眼前的这一切，我的确无法以心去诠释。或许海本来就是一种神秘的启示，而我们都渺小得太过于卑微，没有资格与大自然去作一次倾心的交谈，我们才不得其要领，才显得那么的愚昧与无知。

造物主造就了世间千变万化的自然景象。大海就是这样时时把它悲怆的或是欢乐的故事掩埋于深处，让有识之士去诠释那故事的根源。

（载《天津老年时报》2001 年 12 月 22 日）

巧妙的构思　鲜活的群像
——读冯峥的长篇小说《渔乡子》

一部小说中的主线，一般以事件为主，实际上是以多线头为主生发并繁衍、演变，尤其是长篇小说的故事架构，是由多个事件线索系统地组成。而每个单一的事件都可自成一个线索系统。但是不应是单纯的、独立的、静止的，而应是复杂的、联系的、活跃的。这样，小说的构思就能反映一个作家的功底的深厚程度。

冯峥是以通俗小说而闻名的一个具有很深潜力和造诣的青年作家，他素来以小说或故事的巧妙的构思而著称。《渔乡子》就秉承了他这方面的优点。

《渔乡子》以其巧妙的构思和鲜活的群体形象，以改革开放以来渔乡的翻天覆地的变化，形象地述说了一群具有时代特色的渔家儿女的悲欢离合，可歌可泣的故事，铸造了一群有血有肉的群体很值得一读。

我觉得，冯峥的小说创作技巧在《渔乡子》（以下简称《渔》）里面的反映，可说是他近几年来的最大的突破。也可看到他的深厚的故事架构的基本功。巧妙的构思和鲜活的人物形象就他来说已达“纵横捭阖、轻车驾熟“的地步。

首先，就局部与整体的框架协调而言，《渔》的选材就是从多方面着手为框架的构造而铺就的。冯峥以其精巧的“编故事“的本领，纵横捭阖，挥发自如，如行云流水的叙述，娓娓如数家珍，自然而然的事件的变迁就随着作者的笔下而动，一场渔家的生生死死悲悲欢欢的故事就不知不觉地展现在我们的眼前。

传统小说基本上是以事件为主线展开情节,冯峥深谙个中秘诀，因而，在整体和局部的事件发展的安排中，他很注意两者的互相协调，互相照应。

围绕着珍珠岛“要不要改革,怎样改“这一主题,几代人的观念、立场的嬗变以及传统的禁锢的思维的羁绊,迸发出情与理、欲与智、真与假、善与恶、美与丑激烈碰撞的火花。组成了一幅场面浩大、时刻聚合着风云变幻的生死搏斗图。对于一个比较大的场面的驾驭,如果没有深厚的功底的话,断然是不能把握得如此纯熟和巧妙。

以蔡老锚与蔡海龙而言，这就是两代人的缩影。小说基本上是以这两个主人翁为首而展开一系列的纠缠、斗争。蔡老锚是那种传统型的“保守派”，是典型的封闭型的旧式渔民的代表。而蔡海龙是对生活充满着期盼而又具有开拓思想的新一代渔民的代表，父子间的冲突无疑是两代人新旧思想的冲突的契机。引发矛盾的生发与繁衍的另类代表人物如李大彬、彭成光、冼兴、杨阿鲛、冼带娣等，则是两代人及两种思想对立的反映。通过人物的所作所为，反映了渔岛的霎变的风云。

架构这样恢宏的场面，必须得有一个巧妙的整体的布局。关键是人物的主导作用贯穿整个事件的发展，从而使故事情节与人物的思想发展成一致的主流。《渔》书注重了这一点。作者以两个苦命的女人的一生坎坷的生活，作为全文的引子，引发了这一场惊天动地的矛盾。

被海盗掳走的阿橹与三个男人感情的纠葛，揭示了那个特定环境的悲喜剧的开端与结局。作为阿橹第一个“丈夫”的李大彬，以大局为重，深明大义，忍痛而割弃了这一段“初恋”的生死之情：

第二个丈夫蔡老锚面对着现实，也以渔家人的阔豁的胸怀，不计前嫌，割舍了一段生死与共的爱情：阿橹的第三个丈夫则是一个改头换面、脱胎换骨的浪子形象，同样也有其可爱之处。假如说三个不同地位、不同层次、不同修养的人物刻画成功的话，那么，蔡海龙与两个女人（杨阿鲛和冼带娣）的刻画更是淋漓尽致、入木三分。阿鲛和带娣这两个女人都是渔家女儿的典型代表，她们都有爱憎分明、敢作敢为的特点。阿鲛为那贫困的生活所逼而放弃了自己最心爱的人，下嫁给一个行尸走肉的男人，而最终导致自己营造起来的美满生活到困顿的境地，以致几乎走进了绝路。幸好是珍珠岛的父老乡亲们伸出了怜爱之手，才使她绝处逢生，扭转了她的一生。蔡海龙与两个女人的爱情一波三折，更具时代的特色和曲折、坎坷的遭遇。更符合作者一贯的创作风格。

使用“巧合”的手法是作者最擅长的手法之一。作者善于在纷繁复杂的氛围中提取人物的共同点和差异点去塑造人物的形象，借以刻画人物固有的特性。作者已经在这方面吸取了大量的经验，因而驾驭起来就十分得心应手。倘说以李大彬、蔡老锚等老一辈生活经历的悲苦织就了那一辈人对群众、对党的事业忠心耿耿的话，那么新一辈以蔡海龙为首的年轻人的开拓精神的铸造过程就充满了戏剧性的嬗变。如阿鲛与蔡海龙的生离死别、与带娣的真情的相濡以沫，最终的归宿以喜剧告终，可见作者在这方面是苦煞心机的（虽然斧凿的痕迹很深）。

诸如张恩正与阿鲛的母亲阿桨和错位的爱情的演变；李大彬与阿橹的再度重逢的意外；蔡海龙、阿鲛与银行行长马红相认的尴尬；张恩正与阿鲛的纠缠的演变；蔡老锚父子“偷情”的遭遇，无一不见作者借用“巧合”的契机，意欲为人物与情节的发展铺就一条“合理”的线索，这就足见作者为了巧妙的构思是下了一番苦功的。

除了巧妙的构思外，我以为，《渔》的群体性的人物的刻画也是比较成功的。

冯峥的小说我读得不少，最早比较全面接触的是他的小说集《钓鲨女》。而《渔》秉承了《钓鲨女》的风格，活脱脱的是一部言“海”的小说，在作者的笔下，可以说几乎囊括了大海的故事。尤为值得可贺的是作者依然保持了描写人物生动活泼的笔触，一群生气勃勃的人物形象可触可摸、可亲可信，带着“海水味“的人物群体几乎俯首可拾。

一般来说，人物的性格是比较复杂的，尤其群众人物的表现。而冯峥正因为有着底层的生活内蕴，有着对生活的执着追求和彻悟，因而也就能在错综复杂的环境中把握人物的多重性格变异。在多种感情色素的变异中，最为令人感动的是一连串人物的性格的充分表现。

龙土云可说是一个典型的多重性格的人物，为生活所逼，偷偷地与蔡海龙等人搞“地下承包”，当他经不起冼兴的诱惑而不慎将“真情”吐露时，他很后悔自己的过失，但他能仗着“哥们儿”义气勇于为蔡海龙等人承担责任。他坐过牢，在人们的眼中他是个不肖的子弟。颇有“破罐了破摔”的吊儿郎当劲。而当“先锋1号”船沉没的那一瞬间，他为了救高佬秋，毫不犹豫地把一块船板推给了高佬秋，最终自己遇难却使高佬秋得救。这不能说是他的心血一时来潮的冲动，而是他经过无数次的灵魂的洗礼才做出的举动。他的行为并非偶然的，而是他的性格充分表现的结果。

人物的多重性格的表现并不是处于一种永远平衡的状态，是会随着事物的发展而变化的。高佬秋是一个小心眼的人物，是一个地地道道的保守派人物，委身于昔日被他管制的对象皮日升的手下，他的心理是极端的不平衡，而当他被龙土云救起来之后，他的思想可说触到了灵魂的深处，他开始反思自己的过错，灵魂在血与火的熏陶中，对生活有了一种重新的认识。

另一个保守派的典型代表冼兴，则是一个彻头彻尾的、工于心计的“祖师爷”，他是个见过世面的人，为了达到自己“能调到镇上去”的目的，不惜牺牲珍珠岛渔民的利益和自己女儿的切身利益，其居心叵测，足可见冼兴的为人歹毒。他那种深沉的、善于隐藏，不露声色的嘴脸在作者的笔下暴露无遗。

作为一县之长的彭成光，也是一个善于投机取巧的角色，他无非是为了能使自己一路青云直上，飞黄腾达，珍珠岛上的几个悲剧，可说他是一个始作俑者。而在飓风袭击珍珠岛的那个关键时刻，他却表现了他的虚伪的一面，赢得了珍珠岛渔民对他的爱戴。在对待彭作望的一方面，他具有恨铁不成钢的奢想，竭尽能力希望儿子能成为一条“龙”。然而，他那种狭隘的个人主义最终使人们认识了他的本性。即使他获得很高的荣誉，但在珍珠岛人眼中，他永远也不是自己的贴心人。

蔡老锚父子的“犟”劲从一开始就给人们留下深刻的印象。两父子都是深得群众拥护爱戴的渔民。而在对待“改革”这一个问题上，两父子总是谈不拢。实际上，两父子即是新与旧，改革与保守的两大阵营的代表人物。两代人的思维大相径庭，以致矛盾重重，乃至到最后的关头也还存在着芥蒂。暗示着两种思想的斗争仍潜伏着，仍有着水火难以相容的境地，父子俩的“犟”劲得以充分发挥，完成了父子俩的较圆满的心理行为、动作变迁、思维演化等一系列的塑造。

《渔》中的一连串的有血有肉的人物如索路多、一肚春、叶水莲、蔡三叔等，同样具有其人性的共同点和差异点，读来觉得十分可亲可爱，俨然眼前竖立着一群鲜活的群像。

作者在保持“编故事“优点的同时，也比较注重人物的心理描写和心底深层意向的变化以及人物的“本质”的思考，这是作者过去所忽略的一点，看来，作者的突破也在于此。

作者自称试图以地方方言、俚语作为语言叙述的主体语，于我看，这也许是一种比较大胆的尝试，但我觉得《渔》在这方面偏偏是一种失败的“尝试”，语言内在的意蕴囿于局部，未能超脱其本身的范畴，即使有更活脱的“生命力“也是枉然的。试想，局限于我国某个地区的特定的语言，竟也被作者生硬地搬到了文中，读来如骨鲠之感，苦涩难忍。

同时，《渔》中的很多“巧合”的场面是作者故意卖弄的噱头。作者一贯以善于“编故事“而著称，但在《渔》中很多巧合的事件与场面的出现都是斧凿很深的“巧合”。是作者的败笔之作。

作为带有尝试性的创作，在洋洋数十万字的巨著中，出现一些毛病也是在所难免的。总而言之，瑕不掩瑜，《渔乡子》不失为一部反映改革开放的渔乡生活的好作品。作为专写“海”的生活的作品也不多见。更之为我市的第一部，值得认真研究。

（2001 年收入《大海的韵味泥土的芬芳》一书广东省作家协会创作研究部编）

崆峒月色

清雅的月光能给人一种沉浮如幻的虚想，而最能将月光看个清晰的莫过于在巍峨的山崖之上。深秋时节，我忽地心血来潮，邀上三两朋友，来到了我国号称第四“崆峒山”的阳春崆峒岩。

那是一个深秋的傍晚，夕阳晃浪于群楼远山之间，恍如醉汉般在橙黄色的天际滑行。及至岩前，风如从天际吹来，拂着仍酣热的脸颊，清爽如冰，但也不失春之温柔。拔地而起的崆峒岩，险峻如削，直冲霄汉，雄奇邈峻。回首平畴，青竹横生，金穗遍野，松柏翠然，如一幅色彩浓重的油画展铺于斯。令人频生遐想。漠阳江如一条彩练盘绕两岸，沿河粼粼之光与大地的冷月交相辉映。远处小城已隐身于重重的夜幕中，让人倍觉月色是那样纤远与妩媚。

月亮已从东山款款而来。也许是它发现我们在偷偷地凝视它，脸颊微橙，半遮半掩婀娜而来。

须臾，月亮摘下了云巾，裸露出它如银的仪容，渐渐地平静了的脸色呈现了一种象牙白色，了无遮掩，发出圣洁之光。月亮的清辉如泉水般轻泻下来，在草丛中、山岩里汩汩地流动。那清辉虽然于山野之中是那么的炫目，而它的光芒却不知何时被大都市的人们遗忘了，变得苍白而羸弱。而此时，只有你慢慢地靠近它时，你才会觉得有一个古老的神话在复苏、在传神，无时无刻不在拨动你的心弦。你只有在这远离尘嚣的山中，嘈杂的都市嚣声才会变成隐隐的低语，变成一支淙淙而流的小溪，漫漶于你的心隙。有月洗濯、又被夜风轻抚过的我们，此时的心仿佛得到了净化，纯然如初。

片刻，月亮微笑着，在轻盈的云间滑动着袅娜的身躯，舞动着如雪的绡绢，似有翩然起舞前的羞涩。

这就是崆峒岩的月亮。

崆峒岩的月亮并不像平原上的月亮那么孤傲猖狂，也不像莽林中的月光那样郁翳阴森，更不像大漠长河的孤月那么冷漠孑吊……它有的是心胸里的一腔热情，要不，它又如何肯把自己内心的秘密告诸世人？

中国的月亮是从《诗经·陈风·月出》篇升起，它神秘而又深邃的光芒自远古以来就被人们编织成一幅美丽如诗的画图。太阳过于炽热，星星却过于渺小，只有月亮才是九州之外神奇的地方。但是诗人们面对渺渺之月，更是在迷惘之中叩问天际：“日月安属，列星安陈？……夜光何德，死则又育？厥利维何，而顾菟在腹？”屈原问月充满了探求的精神，而曹操的问月则出自恢廓之胸襟：“明明如月，何时可掇？”到了唐代后，诗人们又喜欢将月与年华易逝的人生反复对照，流露出在神奇的永恒面前的错愕和人生理念的感悟。

面对着眼前的明月，我等又何尝不是如斯？面对着崆峒岩古老而又年轻的面孔，我不由得恍然而醒：独特的宇宙意识及其审美体现欣然而现——朦胧的憧憬，优美的惆怅，莫名的孤独，轻盈的喟叹。而这一切都在幻想联翩中化为神奇的遐思，令人无不直悟月轮绕地之理，世事嬗变之力。

与亘古如斯的月亮相比，人生短促只如逝水，只如白驹过隙，而大自然的生命将是人类所向往的神奇的图腾。

月亮升上中天，脚下的群山迷茫得如同一个个醉汉，恍然之下，不知是我们醉了还是群山醉了，我想，该是我们醉得多一点儿吧。

（载《羊城晚报》2003 年 10 月 21 日）

盛夏，看岳麓书院

盛夏，我走进了岳麓书院。这是我第二次走进岳麓书院。

岳麓书院位于长沙南岳七十二峰最末端一峰的岳麓山脚，是我国著名的四大书院之一。车在神秘、古朴的书院大门外停下。举首只见古木参天，浓荫蔽日，金光闪闪的“千年学府”匾额高悬于大门之上，大门两侧，悬挂着我国已故著名书法家虞愚撰写的“千百年楚材导源于此；近世纪湘学与日争光“的对联。读罢这大气的对联，不觉令人心旷意发，胸臆顿开。这氛围给游人一种肃穆、庄重之感，无不令人肃然起敬。

据史载，中国的书院起源于唐代，最早的一个书院为“张九宗书院”，建于四川的遂宁县，距今已有一千三百六十年的历史，只可惜书院如今已毁，只如萍踪浪迹，留下一二史记。据志书记载，岳麓书院创办于公元 976 年，即北宋太祖开宝年间，距今已有一千零二十多年了，可谓历史悠久。其实，论证起来，岳麓书院相当于我们现在的大学。目前世界上有各种类型的大学和学院近万所，据称世界上建立最早的大学是埃及的“爱资哈尔大学”，创办于公元 983 年，比岳麓书院创立晚了七年，如此说来岳麓书院应该是世界上最古老的学府之一。这片古建筑群既古朴、清新，又典雅、庄重，处处闪烁着中华民族的智慧精髓，闪烁着浓郁的文化气息和光彩。书院里的一碑一亭、一草一木、一匾一联、一砖一瓦、一诗一词，都包含着东方伟大民族的高尚情操和民族的骄傲。

举目书院内，亭台楼阁，小榭园圃，满目尽是青芜滴翠，一如雨后洗濯一般晶莹黛绿。池塘中，正是新荷出水之时，朵朵菡萏出污泥而不染，曳尽春光。晶莹的骨朵上，沾着盈盈的水珠，如玻璃流涎，如玛瑙附体，给人目清心怡之感。

岳麓书院的历史是一部辉煌的历史。历朝皇家都予以高度的重视和厚爱。它曾先后五次获得皇帝赐额或御赐箴文，无数次得到朝廷所赐经书。正前方的高耸半空的藏经阁即是明证。“岳麓书院”四字就是宋朝皇帝御赐的。由此可见，岳麓书院在中国的理学所占有的地位是何等的重要。当年的著名哲学家、理学家朱熹和张拭在这里播下了中华民族的博大精深的民族理念与仁人之义仍在海内外广为流传。

岳麓书院曾七毁七建。最后一次是在 1937 年，抗日战争期间，日本军队出动了 27 架飞机对岳麓进行轮番轰炸。一个野蛮而暴戾的凶魔怎样也不能恃强吓倒正义的声音，任何一个伟大民族的精神与信仰是不能以武力征服的，今天灿烂的岳麓巍然地挺立就是最好的证明。岳麓书院的七毁七建，充分地说明了我们中华民族的强大生命力和人文精神是不可战胜的。

走进讲堂之内，仿佛在我的眼前走出了中华民族的希望，走出了东方人巍然屹立于世界民族之林的英风。曾国藩、左宗棠、蔡锷、杨昌济、毛泽东、程潜、蔡和森、邓中夏、谢觉哉等一代英杰的身影仿佛在我的眼前飘逸。

岳麓书院不仅仅是中国传统文化的生长发育之地，更是中华民族的宝贵文化资源，是中国千余年来传递中华文化的驿站，是人类走向文明灿烂的中转站。

壮哉岳麓，美哉岳麓。

（载《阳江日报》2004 年 6 月 1 日）

海瑞墓前的遐思

令人难以笃信，这钢筋捣铸的墓冢下，是一尊彪炳千秋的不朽的灵魂？是虔诚顶礼的正文的偶像？是真理的化身？是圣明的神灵？

四个世纪了，沉寂了四个世纪。漫长的四个世纪，短暂的四个世纪。历史的帏幔像缥缈的幻象一般延绵在我的眼前——

四百年的风暴雷霆几许逞嚣，几许暴戾。苍天，巍然恢宏的天穹没有被挞破。令人战栗、惊颤人寰的十年冰霜、闪电，如飓风般在龙的故乡肆虐，古老衰苍的巨龙在寒风凄雨中悲怆地叹吟，瀚茫的天籁在鞭挞般的闪电中栗然颤抖！

借以超脱尘世的荒冢在滚滚的沙石俱下的铁流中彻底地坍塌了。酣睡了四百年的精魄在倒海翻江的怒潮中倏然惊醒，睁着迷惘的眼睛。

一部铮然的历史被抛在秀英广场的中央，一具具被抽空了脑髓的木乃伊嘤嘤嗡嗡地倒读正义的经典；一团团魔焰炙烤着几近垩石的骨骼；一条条红白相间的被扭曲的魔杖把真理和谬论糅合，用正义和邪恶蘸着浓墨书写着一部装订错乱的历史……

啊！这是真理和正义的奇耻，这是炎黄子孙的大辱，这是龙的故乡的奇——耻——大——辱！

有人听见了，那是冥逝的灵魂苦苦的哀叹和悲凄的哭泣。

传说四个世纪以来，在艺术的舞台上，演着撼动人心的《海忠介公居官公案》和鲜艳刺眼的《大红袍》。

也许，有仁人志士在翘首问青天：《海忠介公居官公案》和《大红袍》是否是市井里的呓语？抑或是黑色酒吧中神秘的天方夜谭？

肃穆的墓冢轻拂着椰岛温馨多情的煦风，海青天的墓前依然飘着镌着甲骨文的青铜凤灯的袅袅香烟。顶礼膜拜的额头叩击着硬邦邦的花岗岩墓碑，浓馥的云雾萦绕着耀眼的镁光灯。

试问夏娃和亚当：海青天的心脏是否还在怦然搏动？

夏娃缄言，亚当沉默。

真理不沉默！历史不沉默！痊愈了的巨龙不沉默！

苍穹回响着石破天惊的霹雳——

海青天的心脏还在神州轰然搏动。

（载《阳江日报》0204 年 5 月 9 日）

橘子洲头话沉浮

每逢捧读毛泽东的《沁园春·长沙》，就有一种撼动人心的感觉。气壮山河的气魄，骄逸激扬的文采，气动五岳的激情，令人肃然起敬。乃至如今我仍能闭目诵之。

怀着仰慕的心情，我于仲夏，走进了橘子洲头。

从橘洲公园正门而人，映人眼帘的就是脍炙人口的《沁园春·长沙》。那骄逸狷狂的龙飞凤舞的态势，令人驻足流连。这不仅仅是一种艺术的张力，而且还是一种人格魅力的显彰，是一种无可替代的时代的巨音。

人们向往橘子洲，不仅仅是因为它的风景秀丽，而且它是我国历代文人墨客流连畅吟之灵地。从初唐到唐末五代的300余年间，就先后有骆宾王、宋之问、张九龄、孟浩然、柳宗元、刘长卿以及韩愈、杜甫等数十名著名的文学泰斗来过这里，并留下了掷地有声的千古不朽的吟唱。给这块神秘的一方水土留下了绝世之声。

李殉的《渔歌子》、齐已的《游橘洲》以及宋之问的《江亭晚望》等名作均是那个年代的产物。到了北宋年代，被誉为“潇湘八景”的“平沙落雁”“江天暮雪”“洞庭秋月”“烟寺晚钟”等景点应运而生。人们在八景的所在地分别建起了不同风格特色的楼台榭阁，以吸引更多的游客。使橘子洲的名气越来越大，几乎蜚声内外。进入元朝，随着佛教文化的深入人心，佛教如中国的传统文化一样占有一定的位置，并且在橘子洲头登陆，一时高僧云集，烟火鼎盛，香客如云。可惜那场令人扼腕的“史无前例”的狂飙搅乱了佛祖的安身之地，令天地人间的佛爷们惊心动魄。所幸者是一代伟人曾流连于此地的观景亭得以洁身苟存，此实为天地之幸，万物之幸。

青年时代的毛泽东对橘子洲情有独钟，在中国政治风云浑浊之时，以“铁肩担道义”的雄才大略，殚精竭虑“问苍茫大地，谁主沉浮？”以高瞻远瞩的目光审度着中国的政治局势，以一个政治家的胸怀迎接着未来的风云嬗变。正是处于这种形态下，一代伟人“到中流击水”。当时，伟人面对着残破的山河，并没有流露出颓废的悲哀思想，而是面对着祖国的大好山河尽畅而吟“万山红遍，层林尽染；漫江碧透，百舸争流”。

毛泽东在橘子洲头度过的岁月，也正是中国正处于苍茫迷惘的岁月，一代伟人以高屋建瓴的姿态，抚今追昔，运筹帷幄，反复思考着中国的何去何从，注视着中国命运的生死攸存。

橘洲公园是 20 世纪 60 年代兴建的，70 年代末期，政府对橘洲公园进行了大规模的园林建设，修筑了大量的楼台亭阁，还种下了二千三百多棵橘树。这些橘树一般在暮春里开花，远远看去，就如一堆堆白雪悬挂于树梢之上。洁白的花蕾喷发着浓郁的香气，令人心旷神怡。一到秋天，在万绿从中，根据毛泽东诗词意境移植过来的枫树，迸发着火一样的烈焰，把整个橘子洲裹在红彤彤的世界中。让人见了，觉得心中自有无数牵动人心的壮丽诗篇在孕育，在萌生。

红叶与满园的翠绿交映，令人如痴如醉，你这时才会觉得橘子洲是那么的迷人，那么的令你向往。

有人说，橘子洲的外形如一艘昂首向前的战舰，在湘江中劈波斩浪，迎着汹涌的波涛驶向天地间。正是这艘巨舰，乘风破浪，载着中国的巨龙在腾升，在高歌猛进。

橘子洲，多少的风风雨雨，载着你的荣华宠辱，载着你的生死沉浮，从一个衰落的角落里，走向一个崭新的时代，走向辉煌的未来。

（载《华东旅游报》2007 年 4 月 3 日）

月下之浴

也许是我生于月下之缘，我也素来喜欢于月下徜徉，或于月中行吟，或于月下小唱，乃至于在我的小文的篇什中常常出现“月”之影子，更难怪我的第一本小集子便以《月夜》为名。

于清新的境地来一番赤裸的洗涤，拂去凡尘，明净心理，却是我的一番苦心。在一个如银的月夜，我突发奇思的奢望终于在一个没有人烟的小溪边得以实现。

傲然于小溪边，把赤条条的身子忽地跃进清濯濯的世界，刹那间，人世间那般沌浊之景随着水花的飞溅而荡然无存，随之而来的是清心寡欲般的明净与闲逸，此情此景是何等的潇洒与快慰。

据说月是有灵性的，只是我等乃凡人一个，融于其中却不得要领，更不能把玩这深奥玄性，只能于其中略略沐浴，得之是皮毛之悟性。

身后是一堆堆黢黑的岩石，置身于其前，却是有些提心吊胆，这胆怯之念不知何时而来，自个儿也无法说得清楚。

不远处，隐隐约约的灯影闪去，本是毫无顾忌之时，却有那么一点儿拘束，倒不是想象有何人或何物于无声处突袭而来，竟是人世间那点本能的羞耻感油然而生。月下别无他物，只有溶溶之光辉我肉体，净我灵魂。此时，万物皆无存，只有淡淡的月色与我一起共存，与我一起融进这个没有纷争，没有了黑暗与丑陋的明净世界。

明月可净心，凡尘与荣辱，功名与利禄，沉浮与兴旺，皆是他念之使然，于此时，竟是万念不存之际。可想，月下之浴竟是此等的有功。

水花泛起的是那遥远的遐思或是无牵无挂的舒展。弓身于水中，把一切烦恼与忧愁统统抛进深邃的水中，把月光轻轻地移来，轻糅于昔日沾满俗尘的身躯，舒心之感油然而来，此刻，欲仙欲醉之感是何等的原始与安谧？任何一个没有在这淡淡的月光之下沐浴的人是怎样也不能体会其中之舒心惬意的。

舒心之时，倒也不计较那黑黢黢的岩石了。或许是让明月荡尽了污尘，或许本来就没有杂念，经这一洗涤，那胆怯之念也跟着荡然无存了。于是便壮着胆子游近了那块岩石。近前一摸，却是一块没有灵性的死物，只是日久被漂洗得没有了棱角，滑溜溜地横卧于彼，明里或暗里时时与人的精神进行着无休止的较量。时时在那里勃发其人为的淫威，而不少人却为其淫威所慑，细想起来却又是何等之滑稽与可笑。

于我来说，这前所未有的月下之浴，却是一次“菩提本无树”的洗礼，凡尘世俗在此匿声悄退，随之而来的是那清心明志的一次熏陶。欲望达到之时，却不免又要为人鼓噪：月可明心，月可壮志。若君不信，可于月下一浴。

（载《文山日报》2008 年 9 月 10 日）

静穆之美

读岑圣兰的诗如读月下的一朵小莲，一朵静止的出污泥而不染的小莲。这是我数年前读她的诗的感觉。除此之外，也无何惊天动地之震撼。此后，我常常读到她散发于各报刊的小诗，感觉她的诗除了纯真、小雅之外，犹以一种静穆之态于鼓噪的空间生存。便使我对她的诗有些刮目相看。

日前，老同学岑圣兰嘱我在她即将付梓的《梦雨》中胡诌数言，本不敢故弄玄虚，但又碍于面子，只得厚着脸皮再“卖一次假药”。

粗翻中国诗史，讲求静穆之美然即静态之美。它是古典的美学理想之一，于中西美学也概莫能外。古典艺术的理想是“节制”（restraint）与“静穆”（serenity）相得益彰。亦即国人所认可的“弦外之音”。《梦雨》中所得佳作绝大多数均人其理。

以我国的“诗之父“《诗经》的诗歌意义而言，其境界无不偏重于静穆。即使其委婉多变、架构突异也罢，往往也是情物同形，时空穿梭叠映，同样也走不出这个模子，这就意味着给人们以明显的静穆之感。道家中老子所强调的也是以静穆为主，所谓“致虚静，守静笃”，这固然是强调从虚静的心境导人审美的态势，但同时也是把虚静的灵魂提升为一种理性的审美理想。岑诗在以个人纯感情的宣泄之中，往往寄寓于一种深邃的感情依托，而这个感情的依托本身就是她的诗歌的核心所在。“一个沉静的日子 / 在风雨中恳求

宁静 / 雨只能变成一杯酒 / 风只能变成一首无声的歌 / 在夜中 / 企求一个梦的沉默”。（《沉默》）一种宁静如水的“场景”于诗人的笔下恬淡幽馨，也成月色轻梳，缓缓而淌人人之心肺，无不说是岑诗概体的一个缩影。

也许岑诗多以风云雨雾、雪月风花寄寓感情，她的梦是多彩的，同时也是捉摸不定的寓体铸就了她多愁善感的缘故，因而成就了她的诗的音乐节奏的沉稳，旋律也较之为平和，缓缓的律动也就趋于静穆了。当如《梦雨》中“……在一片死沉中 / 汇不成一片滚滚春流 / 梦雨 / 只能洒湿一条秋天的小路 / 那雨不是沥沥地响 / 那雨是在轻轻地飘 / 飘湿一个冬季的小窗 / 飘湿一棵作别的杨柳”。此诗不仅氛围清静娴远，就是心境也是平淡恬然，幽静无尘埃。当然，我相信，岑诗并不刻意营造标定的“静穆”，而其心境均是自然而然地去追求灵魂的净化，我倒是深信不疑。因而，她的诗的审美意趣也便自然地滑向了静穆之境。

静穆之美的表现内核在于一方面是物境的静穆，而另一方面是表现为心境的静穆。这两方面的结合较紧。当然，诗人往往为了某一方面的偏重，则故意把物境与心境的“静”有所甄别。此则为诗人表现的最高境界。岑诗虽然在这方面把握得尚未稳固，但已见端倪，不能不说岑诗在这方面有着一个有意或无意的尝试。试看：“夜朦胧 / 云飘飘 / 无雨 / 却有秋风凉 / 孤星一颗照杨柳 / 点点星光也是情 /……”（《孤星》）诗人于淡淡的物境中，缓缓地把心境那种平静之态流淌于一条小河，以一种氤氲之气营造纤细、柔弱、清逸的氛围，熏陶诗之淡境，让读者在平静的心里镌刻上让人不能忘怀的静境，从而使读者能体会到诗的“静之美”。

岑诗在物象的描写上与静穆之心态尚有一定的距离，所谓心境之静穆不是指诗人创作心理上的虚静，而是指表现于作品中的主体精神的淡泊宁静。文学，尤其是诗歌是以心传心的一种“默通”。唯以诗歌所展示的心境淡泊宁静，方显出纯明净心，方能使欣赏者获得静穆之旨。

（载《蓝鲨》2011 年第 1 期）

沈园萦怀

沈园，这个被中外文人墨客誉为“中国第一爱情名园”的圣地，是我心仪已久的地方。凡是听过《梦断香销四十年》戏曲的人无不为之神往与萦怀。剧中大气磅礴的气势和阴柔委婉的悲怨之情，缠绵牵挂的眷恋之意时刻在我的心中回响。

沈园是浙江绍兴历代众多古典园林中唯一保存至今的宋式园林。园中亭台楼阁、小桥流水、假山绿荫，星罗棋布，纵横皆是。整体布局典雅和谐，格调古朴庄重，氛围小雅凝重而活泼，颇具江南特色。

园内景点甚多，尤以双桂堂、孤轩、八咏楼、题词壁为最。脍炙人口的《钗头凤》至今仍历历在目。那历经沧桑的爱情悲剧似乎仍以千古的哀怨向人们诉说着远去的韵事，在向人们阐说着一个永恒的坚贞的故事——内辟的陆游纪念馆便是最好的佐证。它似乎时时在向人们展现陆游与唐琬在沈园所经历的那段凄婉动人的爱情悲剧。

陆游年轻时曾拜江西派著名诗人曾几为师，学习诗词。曾几寓居于沈园旁禹迹寺内，师生经常于园中吟诗作对，在沈园里结下了一段难忘的师生情。陆游在 20 岁那年，与表妹唐琬结为伉俪。两夫妇情真意笃，心心相印。耳鬓相磨之时，互相激励，可谓情如水乳。奈何尖酸刻薄的陆母却要陆游潜心攻读，跻身于仕林，以求得功名在身。对陆游和唐琬的缠绵卿我之情十分反感，横挑鼻子竖挑眼。婚后两年，陆游迫于翁母的压力，不得不忍痛休弃爱妻唐琬。陆游另娶王氏为妻，唐琬则嫁与赵士程为妇。

绍兴二十五年，31岁的陆游郁郁不乐来到沈园，刚好与唐琬邂逅。二人相见，联想当年恩爱有加，同衾共枕，夫唱妻随，如今却劳燕分飞，天各一方，二人心如刀剜，愁肠欲断。陆游情不自禁即兴于园壁内题下了千古绝唱《钗头凤》：

“红酥手，黄藤酒，满城春色官墙柳。东风恶，欢情薄，一怀愁绪，几年离索。错、错、错！春如旧，人空瘦，泪痕红浥鲛绡透。桃花落、闲池阁，山盟虽在，锦书难托。莫、莫、莫！”

陆游题毕，将笔掷于园中小湖，唐琬看后，几乎昏厥。生生死死的爱恨，竟在陆母的一句话中，数年恩恩爱爱之情竟毁于一旦，怎不让唐琬肝肠欲断，万念俱灰?

唐琬返家，一直茶饭不思，郁郁不乐，竟卧床不起，临终前，也提笔和了陆游一阕词：“世情薄，人情恶，雨送黄昏花易落。晓风干，泪痕残，欲笺心事，独语斜阑。难、难、难！人成各，今非昨，病魂常似秋千索。角声寒，夜阑珊，怕人寻问，咽泪妆欢。瞒、瞒、瞒！”

字里词中，无不表现了对陆游的思念之情。而过分的压抑却导致了唐琬的病情加重。不久，唐琬便带着她此生的忧怨与悲哀，郁郁而终。唐琬去世后，陆游曾多次到沈园吊祭她。以表达他对唐琬的怀念之情。因此，将沈园作为“中国爱情第一名园”是不为过的。

（载《湛江日报》2005年3月10日）

澜沧江畔的遐想

那是前年初秋时节，我有幸随本邑人大常委会考察团到西双版纳一带考察，途经澜沧江。这条只有小学念书时相识的历经沧桑的大江横在我的眼前，顿时令我思绪万千。

车过勐养，到达景洪市，这条大江的真面目便一览无遗。

江水翻滚着奔腾的浪花，以雷霆万钧之势直泄而下，堆堆浪花无不惊心动魄。眼见此情此景，亦易使人联想起壮观的赤壁，千堆雪涌空而起，直穿九霄，两岸青葱的伟势黯然失色。是谁给了多灾多难的澜沧江如此雄遒的劲力？是谁缔造了边塞剽悍的神威？

望着眼前的滔天巨浪，我的心绪如同那浪花般神游不定。澜沧江，当我还在念小学二年级的时候，老师便教会了我唱一首有关澜沧江的歌，歌词的大意我早已忘记，但我梦幻中的孔雀之乡却是令我幼稚的心永难泯除。总想有一天要亲眼目睹那个剽悍骁勇握着雪亮的长刀的偶像。那久萦耳际的歌声犹在腾空飘起，与眼前的江水融在了一起。

此时此刻，我似有了如愿以偿的感觉。

江水如长亘的历史一般长流，历尽了世间的炎凉沧桑，历尽了千载万古的疮痍，迸发出绿悠悠的心声，把自己的心声带进了前所未有的境界。

江边上，是多情的哈尼、拉祜族的姑娘们以勤劳多智的双手，在江边上留下了永不磨灭的锦绣图画。是那些剽悍的傣族小伙子们以他们刚烈骁勇的性格，在澜沧江畔种下了文明的火种。

昔日的澜沧江啊，你似披着一袭无比宽大和褴褛的穷困的破衣逶逦于穷乡僻壤，愚昧的历史和岁月太残破了。星月之下，那刀耕火种的日子又是何等的惨寒。春日里播种的是一缕缕破灭了的收获。

战争与罪恶早已随着死去了的历史走进了博物馆，凝固于历史的是澜沧江畔的儿女们的不屈不挠的抗争之歌。

虽是初秋时节，澜沧江却以它永不褪色的青春招惹着灿烂的黎明，凸显着它那蓬勃的活力。

红杜鹃依然勃发着它的魅力。一种生命的顽强毅力萦绕着江边。也许是这种无形的毅力在江边酿造了澜沧江的生生息息，是这种不泯的力量支撑着一个沉重的生存力点，才使澜沧江上长年流动着春一般的活力。那奔腾不息的江水，荡空而起，直穿九霄，不正是江中那股雄遒的劲力所在吗？不正是边塞中的神力所在吗？

千年万载的生息给澜沧江注入了无限的生机，那江中长流不止的是澜沧江奔涌的生命之源。

（载《阳江日报》2005 年 5 月 5 日）

神奇的滴水洞

我已经是两次走进滴水洞了。

也许是因了人而名的缘故，也许是我这一生对毛泽东崇拜的缘故“每一次到这里”我的心里就有一种超然的、肃穆的感觉。这种感觉随着我的思维不时地萦绕。

仲夏时节，我再一次走进了滴水洞。

那是一方充满着神奇、充满着氤氲绿色的土地。进人滴水洞时，正是微雨濯物的光景。葱茏的黛山中隐含着迷蒙的雾霭，如练如带的雾气在整个滴水洞山中酝酿着一个满眼翠绿的家园。阳光施施然也洒落在群山之中，那光芒倒是金光熠熠的，虽然黄黄然却没有刺眼的感觉。淡蓝色的天空下，轻盈地浮动着丝丝清淡的山岚，让人感觉到这片神奇的土地上隐含着盈春的力量和意蕴。

路旁的一块块石碑，无不刻上五湖四海的哀思和怀念。那字里行间无不烙上人民对一代伟人深切的缅怀之情。

“一沟流水一拳山，虎踞龙盘在此山。”毛家族谱上的“偈语”也许正是这座神奇的大山的写照。千年万载的宗氏繁荣昌盛、繁花结果的希冀在这神秘的光环中却又显得极为平常。举首“滴水洞天”门楼，它的建筑并没有异样的感觉，而这雄伟壮观的门楼却隐藏着叱咤风云的豪气，令鬼神皆泣，令天下人心同归。

流连于这片神奇的土地，在幽幽的山谷中，清风徐徐地吹绕，在我的脸颊上轻抚，极度温柔地渗入我的心。我再一次领略了“虎踞龙盘”的韵味。水是寂静的，静得让你浑然不知其流动，山是青翠的，青得让你感觉到它如一幅黛绿的水墨画在你的心间轻轻地滑行，让你感觉不到它的存在。此时，你会在这片土地上深深地为世上所有的喧嚣和躁动而嗤鼻。梵心此时自然会大发。

沉思凝神之际，我徜徉于毛主席当年的居室。这里的气氛是那样的温和、闲散。眼前的景象却又是那样的熟悉。简朴、明了、大方的陈设，让人们又一次看到了一代伟人高风亮节、谦虚勤学的处世方道。据传，滴水洞开放不久时，国中有一名有名的气功大师，彼妒伟人安坐于高堂之上食人间烟火，向滴水洞的管理人员提出要在伟人的床上睡上一晚，让自己也领略一下人间君皇的滋味。管理人员说万万不可，那是一代天骄所有，常人绝不可染指。那气功大师自恃有一身奇功，死缠烂磨地要在伟人的床上睡上一晚。管理人员奈何他不得，经请示上级批准，让那个气功大师睡在伟人的床上。刚上床，只听得千山万壑如排山倒海般怒吼、咆哮，瞬而便是鬼哭狼嚎般悚人的声音从天籁中而来。那气功大师一夜不曾合眼。至翌晨，气功大师一身气功尽废。

传说归传说，个中虚玄可信度不必考究。倒是人们对一代伟人的尊崇已至顶礼膜拜的地步了。一个从韶山的山野中走出来的东方巨子，其一生就如斯山般神奇与伟大。信否？

历史的长河匆匆地走过，如白驹过隙般，如闪电流云般，留下来的是镌刻在天下人民的心目中的只有他对这个世界的贡献和卓越的功勋。历史的长河将永远流动着他辉煌的音符。天地间留下来的是黄钟大吕般的咏唱。

（载《阳江日报》2006年11月28日）

五福厂瀑布纪游

盛夏时节，应友人相邀，到位于鹅凰嶂中的五福厂瀑布一游。

沿崎岖小山道艰难而行，足有两小时，历尽艰辛，才到目的地。一到五福厂瀑布前，渗入我脑海里的感觉就是无论你多沉静、稳重、矜持，你也会在那一瞬间被前所未有的美景撼动，你会有一声羡叹之声和着水流脱口而出：美!

可以说五福厂瀑布是阳春市境内众多瀑布的新秀。

站在瀑布前，举首仰视，顿觉走进了天地之交的境地，如果说瀑布是场景变幻的舞台一点也不出奇。天地间震撼绝响的交响曲在此一展芳容，飞雪般的水帘顿如从天空中断珠般直泄而下，夹着如雷般的轰鸣。也许是久积于胸臆的压抑在瞬间的迸发，也许是欲冲破樊笼的羁禁的喧泄。总之，那是来自大自然巨力的再现，是上苍的神力的张弛。

五福厂瀑布的美在于它的阳刚和阴柔的并举。不知是大自然的造化还是它独特的个性的展现。也许它深谙了自然与它为伍相生的奥秘，心中存在着一张一弛的文武之道。看那玉布从天顶上直泻而下，玉布平展如云，一大片晶莹的泉流紧贴着崖面施然而下，奔突中又悠悠然地飘洒，与那一泻千丈的气势又浑然天合，恰到好处地融成一体。假如说是它的阴柔的话，就是落下潭中的如雪花般的清泉的凝聚。碧水清清，袅袅然地翻滚着它柔和的身躯，在潭中轻轻地晃荡着如帛的身影。水波悠悠，似乎寂无声息，而凝神细听，却又似听得其声轻若琴韵，如琴瑟轻过，又如流云轻飘，如丝如缕，萦绕于心间。此时，你才会觉得大自然神奇的功力在你的心中荡然萌生一种腾升的力量，令你身飘如云，魂若棉絮，净心濯神，满腔舒畅。

举首上仰，或峡谷如削，或天台如砌，或屏幕轻缀。泉乘崖飘，既得自恣，又得天赋。遂争奇斗艳，蔚为壮观。串串银珠相缀，联结成一排排透明的珠帘，忽如银河自天倒悬，纷纷如瑞雪飞旋；忽如天镜倒照，芒芒如刺，光濯苍穹。听那气势，恍如天庭中腾云炸雷。声自成裂帛，又如银瓶乍裂。如雪花般飘洒的玉珠，在阳光的抚慰下，七彩斑斓，艳如金彩飞流，竟如彩虹横空飞……无怪乎当年那善荡江湖的霞客兄遍游名山大川后，对滋生于大地间的美景至爱的赞誉：“若水之或悬或汀，或翼飞叠注，即匡庐三迭，雁岩龙秋，各以一长擅胜……”若当年霞客兄到此一游，相信五福厂之美景也会令他有“各以一长擅胜”之感，可惜霞客之魂已仙逝久矣。

再度回首飞潭，潭水泱泱，潭水被千年万载地冲刷洗濯，已凝成了玉脂般的纯洁。似酿就的一缸醇酹，醉人心脾；如煮一鼎甘饴，润人肝肺；如凝一泓琼脂，渗人颐额；如铺一地水银，摄人魂魄……澄碧映泓，泛青滥翠，举手轻撩之，如撮珍珠，只觉得清凉薄柔，如抚少女肤肌。怡然间，那积郁于心头的焦躁、怨艾与烦恼，如冰消雾散，如岚开露降。

面对这大自然的鬼斧神工，我不由得浮想联翩：那生生息息的力度在这崎岖偏僻的山野之处，无时无刻地迸发着自己顽强的生命力，跳荡着生命的旋律，岂止是入眼的美景？那未知的力之源来自何方？那神奇的生命又是何人所赐？

（载《源流》2006 年第 2 期）

故园情

每当秋风飒飒而起之时，我的心头总是萦绕着一股浓浓的思乡之情，一股铭心刻骨的暖流荡漾于我的心际。

世上说不定有没有缘，要是说有缘的话，那就是我与故园的一段不解之缘。这一段缘至今与我相滋相生，伴我走遍山山水水，乃至夜夜在我的枕边萦环。

世间川流汇大海，千条江万条河，总是汇成一股巨流，时时久聚于大地，于江河日月中长留。但无论如何，溯本归源者还是那一股淡如烟，浓如酒的永恒不息的清泉。

记得父亲曾与我说过，那是四十多年前的事了，我的伯父和我的父亲就是在汉水之滨分别的，微微的秋风已经起来了，伯父紧紧地握着父亲的手说："明年的春天，我就在这里接你。"可世事如风云，这一别，竟是伯父与父亲的终生的永别！

父亲戎马倥偬一生，却把那如铁的身躯抛在了异地他乡。正是"明月如梦人千里，关山难逾故园情"。

父亲已经作古，带着他此生的遗憾，带着他那至死不泯的思念，走进异地他乡的梦园。

所幸者，在我的身上，似有一股浓浓的怀乡之情与日俱增般长存。我虽然出生于他乡，然而故乡的幻影却时时萦绕于我的脑际。也许是儿时听父亲说的家乡事太多的缘故，无论走到哪里，我的脑海里总是有故乡的影子在时时闪烁。

1990 年，秋风乍起的时节，我借着到河南方城参加全国民间文学笔会的机会，第一次回到了我的故乡。

我梦萦的故乡啊，今天你可曾撩起你神秘的面纱，让我以一个陌生人的姿态来把你审视？让我以一个久离故园的赤子之心把你拥抱。

我走近了你，走近了我既陌生而又亲切的父老乡亲。那一声带着真诚的问候，一声声亲昵的呼唤，一声声良好的祝愿，如一杯醇醇的水酒直沁我的心头。此时，我才蓦然想起歌曲《父老乡亲》那亲切的场面，想起了父亲生前曾说过的故乡的亲情。

伯父和伯母紧紧地把我搂在怀中，幸福与辛酸的泪水一直流淌着，几乎把我的胸襟染湿了。此情此景，竟是我笔下才有的场景竟在活生生的生活中出现了。

望眼欲穿的伯父双亲，哽咽着，久久说不出话来，他几乎是把我搂着细细地端详着，一迭声地说着："是一个模子，是一个模子，跟你父亲一模一样。"

故园的向往之情,从我懂事的那一天起,就一直在我的心里萌生，而父亲生前未能遂之愿，今天却在我的身上得到了实现，叫人怎不感慨万千？叫人怎不泪染襟衣？假如父亲有灵的话，他生前日夜的梦让我帮他圆了，九泉之下，他一定会含笑开怀的。

几十年来的魂萦梦绕，却如神话般的在我的伯父伯母跟前实现了，两位老人家此时的心情又将会是怎样的呢？伯父的血亲——我的父亲算起来离开故乡刚好是三十年了（父亲 1952 年南下，1982 年病逝），他老人家临终时曾不断地喃喃着要回老家去。逝去魂兮，魂归他乡异地的他此时何曾知道他心爱的长子却在秋日里回到了他梦萦的故乡？父亲生前乡音未改但乡愁却白了他的两鬓。老尽了的何止是少年之心？不泯的何止是那一夜夜的魂归故里的奢想？他曾为云际孤鸿，天涯浪迹他乡而惆怅过，也为终老而不能面对故园伤感过。然而，大丈夫为国为民，甘洒热血解救涂炭，生必为国捐躯，又何曾以家为重？自古不是说“忠孝不能两全”吗？

但人毕竟是血肉之躯，不管置身于何处，日思夜想的是相隔万水千山的亲友和桑野田园，还有那千年不变的绿水青山。绵绵不断的乡思总也剪不断理还乱。纵使故园是千疮百孔、骨销行衰，但它的游子却是希望不死，憧憬永存。对于故园的难忘之情，这是生来不变百死不已的永难割舍的至情。我想，父亲生前也许每每抬头望月之时，一定会与南宋诗人高观国的《浪淘沙》中的“啼魄一天涯，怨人芳华……明月满窗纱，倦客思家”的心境相吻。每每念及故乡之情，他老人家便会潸然泪洒……

逝者如斯，相聚苦短。匆匆的几天膝下哦敫，转眼便是骊歌如白驹过隙，纵然是百般的苦别，却是剜人心肝的生离死别。惜别与泪水总不能把我心里的故乡的形象抹去，缕缕相思也许从今开始又要每晚在我的枕边梦游。

当我回到我身在异乡的家，青鸟有情，带着伯父伯母，还有父老乡亲深深的思念飞到了我的身边……

我的故乡，我的伯父伯母，我的父老乡亲，我虽然身在他乡异地，可是，月圆之时，我便会想起你们，想起那条千载不息的汉水，想起故乡那轮温存的月亮，想起那袅娜的秋风，想起于伯父伯母膝下那段令我终生难忘的盘缠……

（载《宜宾学院报》2008 年第 12 期）

走进曲阜

作为世界闻名的儒家始祖，著名的教育家、思想家、政治家孔子，在我的孩童时代他的形象就深深地在我的心坎中打上了烙印。难怪有文友问我，在你的心目中你最崇拜的三个伟人是谁，我会脱口而出：孔子、毛泽东、成吉思汗。

而作为我第一个崇拜的贤人，他的形象、思想时常在我的脑海中萦绕。乃至我梦萦不已。去年冬，我有幸到了山东曲阜，走进了一代圣贤生养的故居，领略一代贤人的风采。

进人山东南部的104国道，虽是初冬时节，却在这北国的大地上见到了生意盎然的景象。初冬的肃穆丝毫没有给这片神奇的土地带来萧杀，而杲杲之象却不时映人眼帘。

怀着既惊又喜的心况，我走进了曲阜。

举首远眺，城北十字路口的圆盘中央，高高地耸立着一座孔子周游列国时驾坐马车的城雕。那尊雕塑迎风而立，骏马昂首长嘶，腾空而飞。车上，孔子衣冠楚然，神态自若，风采奕奕，令人遐思无限。

曲阜的“三孔”（孔府、孔庙、孔林）文化，早已被联合国教科文组织列为“世界文化和自然遗产”之一，是我国的国家级重点保护文物单位。

首先，我们进人的是一代伟人的生息之地——孔府。历史的长河在这座鲁国的贵府中撒下了似真似幻的神秘面纱。斯人已去，而秘踪犹存。在这里，我们可以沿着历史的履痕探寻圣贤的遗迹，从中可领略一代圣贤在漫长的历史长河中对中国文化和东方文化的深远影响和中国传统文化形成的悠久积淀。

坐落于曲阜城中心的孔府，占地面积约 16 万平方米。门面古朴而典雅、肃穆而娴寂。红墙绿瓦举首可瞻，一条条巨柱擎天而立，直指苍穹，正如孔子的形象一般屹立于世。进得中门，只见巨型石木相接，画栋雕梁星罗棋布，纵横之中错落有致，既繁冗又清简，既重叠又分析，浑然而成其巨观又成简约之阵。令人无不为我们的祖先能工巧匠的智慧所折服。

孔府的地理布局是中国传统的建筑风格——坐北向南。入眼的是一堵雪白的大照壁，左右分别有石狮守卫，并建有上马石，可见孔府的地位之显赫。镶着红边的黑色的门扉间，置有铺首衔环，抚之叮当作响，平添神秘与威严。孔府大门正中上方高悬着蓝底镏金字“圣府”两字，熠熠生辉，令人望而生羡。正门的两旁明柱上更是镶嵌着一副同样是蓝底镏金字的对联。那对联的文字为：“与国咸休安富尊荣公府第；同天并老文章道德圣人家。”关于这副对联的来历，颇值得琢磨。据说清乾隆间，孔府曾邀大学士纪昀为孔府作对联。纪昀写了几副都觉得不尽如人意，便弃笔而歇。入夜，纪昀梦中醒来，诗意豪发，文思突涌，挥笔一蹴而就。最为令人叹为观止的是上联中的“富”字少了一点，下联中的“章”字的一竖一直穿到上面的“立”字，成了破日之“早”。不知纪学士是有意还是无意，十分巧妙地寓意为孔府“富贵”永无到顶，“文章”永远破日冲天、绝无止境。于是在文人墨客的杜撰中又蒙上了一层神秘而美好的面纱。

孔府无论怎样说，在当时是显赫无比的贵府，可惜的是孔子生前根本就没有福分享受过。倒是他的长孙托他的福荫，才拥有这绝世的豪华与奢侈的府第，甚至可以说这座显耀的府第可与皇家园林相媲美。难怪我们慕名一尝“孔府宴“时竟品尝了”油炸蝎子”这道佳肴。

孔庙中的“大成殿”更是恢宏震宇，可谓名垂千古。“大成”是孔子的弟子孟子对孔子的高度评价和总结，其意即为孔子达到了集圣贤之大成的最高境界，为人间的楷模与专范。大殿结构大器简洁，颇有高屋建瓴的气势。重檐飞翘，斗拱交错重叠，起落纵横。大殿门首共有 28 条盘龙石柱，直径均超过一米，高达六米以上，均为绿色花岗岩原条石柱所雕。石柱的工艺可谓绝伦无比，那些深雕浮凿的盘龙栩栩如生，盘旋中又见升腾，升腾中却见翻滚，欲翔欲飞，令人见之抚掌叹绝。石柱间镶嵌的玉珠圆润突现，柱角对衬着以山石与波涛，形态各异，惟妙惟肖，与龙的欲飞升腾形象相得益彰。大殿中高坐其上的孔子更是睿智超然，面色朱红，神态自若。“大成至圣先师”的金字，更是把一代宗师笼罩于金色的光环中。从殿前拜祭的人头涌涌、络绎不绝、香烟缭绕不断的情况来看，就深知一代圣贤是如此的深入人心。即使是在那场令人心怵、不寒而栗的灾难中，镌刻着一代圣贤的心声的石碑也有人冒死将之保存下来，国人人心不泯，人心不古啊！

在孔府或孔庙，孔子生平的踪迹历历在目，犹在耳旁萦绕。传说孔子出生时，其父已垂暮老矣，日近黄昏。按理说，蚌老得珠，是为喜之不及，然而，孔父却为生得一个其貌奇丑的“怪儿”而不安，又请来阴阳之师给他定命理。孔父终至将孔子弃之于荒野。在奄奄一息中，贵为圣人的孔子命大无比，恰被一只路过的雌虎衔至洞中，哺以虎乳（如今此洞名曰孔子洞）。洞中密不透风，气温酷热，又有天空中雄鹰飞来振翅为其扇凉。如是数月，孔子方得重生之福。

幸被上山打柴的樵夫发现，忙将此等“怪事”告知孔家，孔家人才将孔子抱回家中悉心调养。于是孔子的身世遂有了“凤生、虎养、鹰扇”的神奇传说。传说真伪，不得而知，但文人墨客们尊孔的苦心由此可见一斑。

孔子的家庭是个败落的殷富人家，至其父这一辈，已是家道中落之时。孔子三岁丧父后“家中更是拮据不已。他少年时曾做过畜牧小吏，管过仓库。处于那种逆境中，可喜者他是个胸怀大志的人，刻苦攻读，省身砺志，终成大才，以至学识渊博，学富五车。他30岁时开创平民教育。顿开私人教育的先河。他的弟子三千，贤人七十二，遍布全国各地，成为我国历史上正式学派“儒家”的先祖，颇得海内外学界的尊崇。

孔子在知命之年，曾率徒周游列国，漂泊于外14年，鼓吹他的一整套以“仁”为核心的伦理思想，他所宣扬的“仁、义、礼、智、信”于无形中框定了国人的为人准则，并提出了一系列治国安民的政治主张。可是，在那个特定的政治环境中，他的政治思想得不到世人的认可和崇拜，与官场中的钩心斗角。尔虞我诈的腐败现象相悖甚远。因而，孔子的学说在不少国家被认为是邪说和谬论。此时，已近风残之年的孔子郁郁不乐，甚为不得志。

北出曲阜城门便是孔林，孔林是孔子及其家族的专用墓地。面积约为2平方公里。二千多年来，孔家不知繁衍了多少人口，也不知在此长眠了多少冥魂。坟冢累累，茔墓比比皆是。林中茂森幽静，气氛异回。叫人见之既肃然起敬，又叫人颇觉苍凉沉寂。神道两旁苍松翠柏挺立坚倔，骤然间令人陡生一股畏然之情。历史中的无数轮回意念在此间不断地演绎着，只不过这里演绎的是人们诚心向往的尊贵与崇敬的偶像所特有的一生罢了。

而最值得称奇的是偌大一个孔林中竟无蛇虫蚁鼠，200多万平方米的孔林，除了满目苍翠紫姹，竟不曾闻有貉鼠之辈踪迹。为使生态得到平衡，管理人员曾在林中放置了蛇类，但不经三两月，蛇踪杳然，有不少好事之徒曾欲解个中之谜，但终无其果。据说孔林的无蛇，与庐山无蟑螂、济南大明湖有青蛙而不鸣叫、云南个旧市政府大楼常年被群燕所缠绕而共同被称为中国四大生态之谜。也许是这里的修身养性、积德行善济世的主人功德所致，也许是这里目今仍是净土的缘故，我在默默地揣度着却又难解个中离奇的心结。

曲阜，这座因了一代贤人而生辉的名城，正以它崭新的面目呈现在世人的眼前。在我的脑海中，永远地烙上一个不可磨灭的印象：时代在变迁，世界在不可逆转的情势下，正以其嬗变的姿态接受人间的洗礼。曲阜那千姿百态的堂皇壮观、瑰丽多姿的无与伦比的巨大的人文财富，正在中国以及世界上焕发出更加鲜艳夺目的光彩。

（载《华东旅游报》2007 年 1 月 9 日）

千年古墟——高流墟

高流河位于广东省阳春城之北，系漠阳江支流，发源于东山群岭，流经合水的留埇、茶河，注人漠阳江。

梁大同元年（535），高凉太守冯宝与冼夫人结婚。其子冯仆任阳春太守，孙冯盎领漠阳太守，曾孙冯智戴任春州刺史。至唐万岁通天二年(697)冯智戴逝世，冼夫人及其儿孙统辖阳春地方共163年。

冼夫人治邑时，曾在高流河边方圆一公里建起了练兵场（史称教场，即如今的高流圩境地）。操练千军，保境安民。陈、隋两个时代，冼夫人就是从这里三次领兵出征至广州，先后平定欧阳纥、王仲宣叛乱。冼夫人为安定岭南，为国家统一、民族团结、社会发展建立了伟大的历史功勋。岭南各族人民至今仍缅怀她的丰功伟绩。周恩来总理曾称她为“我国历史上第一位巾帼英雄”。江泽民主席说：“当年冼夫人力排阻力，不搞分裂，坚持国家统一，增强民族团结，让岭南各族人民安居乐业，其功不可没，至今她仍是我辈后人学习的楷模。”

陈太建二年（570），庚寅冬至前后七天，冼夫人、冯仆在教场地北高流河畔举行军民庆祝胜利大会，展出皇帝赏赐的驷马安车、八音鼓吹和麾、幢、旌、节仪仗和战利品。追悼从梁大同三年（537）至陈太建二年（570）33年间牺牲的将士和民众，并举行和平胜利大游行。此后，一千四百余年相传成俗。继而形成今天的一年一度

的高流圩。邑人于明朝嘉靖十一年（1532）在高流河畔的蚕蛾岭建起了一座回龙寺。该寺现为冼夫人纪念馆。

高流圩在端午节前农历五月初成集。开创了阳春商业贸易之先河。是日，来自周边县、市的商贾将自产的竹、木制品以及农具、工艺品、农副产品带至高流圩交易。除此之外，尚有文人墨客趋风而来，于林荫之下，吟诗作对，把盏阔谈；也有青年男女相约而来，花间溪旁细斟月老相托之事；更有远道的亲朋相邀而合，共叙亲情。

高流圩历经沧桑，久经嬗变。如今正从原始、淳朴走向现代文明。

（载《阳江日报》2007 年 6 月 21 日）

滇池遐想

滇池谓之为“池”，实质称作海也不为过。单就其面积而言，已超过 340 平方公里，古时称滇南泽。著名的碧鸡山（即昆明山）就在其对面。远望山岭融为一体，峨而不险，挺而不高，窄而不削，恰如一个美人，如笼着一袭梦意，静静地酣睡于大自然之中。修长而丰盈的胴体游动着一股青春的活力，仿如生命的畅想曲在静默地流动着经典的旋律。让人遐思无限。再看那缕飘然欲动的秀发，在空间拂动着无数的娇姿，柔和的波浪冉冉如雾，轻轻地渗人滇池。给人一种梦幻般的遐想。

立于岸边，看池中游动的波韵，只觉得千千万万的纷飞的优美的憧憬在翻飞，在舞动。让人一时难以辨别春景与秋色，春的盎然与秋的梦幻在这一方土地上相融交错，花繁缭乱。再举目西眺，一展如茵的池中，仿佛兼葭萋萋，水雾茫茫，白露连天。碧鸡之阿，滇水之湄，蕴含着媚人的幽幽之情。山脚下是一道逶迤的长堤，蛇蛇长探，直达西山，却断然之间止于湖心，令人扼腕而叹。好在对对伊人却不劳那返回之累，悠然彳亍而行。喁喁之语，慰之于人，慰之于湖？尚不得而知。我想，多是对山水之慰也。

冥色苍茫四合，游人渐疏，鸣鸟渐稀，暮色渐浓。一湖蓊蓊郁郁的静谧，在夜霭来临之际，更显得清幽典雅。再回首那酣睡的美人，更是婀娜贤淑，蔚然优雅，不娇不野。宛如大家闺秀静卧其间。

湖中越发如梦幻般的迷离，与白昼相言，更是别有一番风味，更撩人遐思不已。

粼粼的湖波，悠悠然信步，仿如一帛烟云，聚间移于北方。湖畔山峦盘亘，绰绰约约，似一幅濡墨甚浓的水彩画。湖中游人已稀，但却幽幽如闻其温馨之声。乍一听，听得有细碎缠绵的波涛晃荡之音，拍岸之声悠然而回。再屏息而聆，却似听得浣衣声和弄笛声。莫非是天上之灵为斯所动，以天籁之音普渡，在凡间超然而生，为天下人生而歌而吟？忽而之间，我不得不生出如此荒唐的念头。

清风似乎了解我的臆想，习习地、娑娑轻抚而过，在我的脸颊间温柔地掠过，留下了酥酥的感觉。静谧的湖中此时再分放着馥郁的微风，或许是这股香风踏波而来，或许是自山中袅袅而过。无论怎样，却都是大自然的恩赐，我想。

不经意间，我举首仰天，却觉得一轮窈窕新月正向我献媚。施施然地滑向天胸。给这溶溶的碧空再添一番幽谧。而这一番幽谧却赋予了一段深邃的含意。天仍有蔚蓝的无极，星星点点的璀璨却满布于天空。迷离的星空在瞬间已经聚焦了它的精魂。广宇间，星罗棋布的珍珠稀稀拉拉地缀设于天际，眨着迷惘的光芒。或许是偷窃人间的凡情，或许是羡慕大地的神奇。总而言之，那是一个个精灵在窥探空旷无极的苍穹也罢。天际间的造化与人类至高无上的智慧是永远也不会相间的，是一体相融的。要不，那天空中的旋律又是何人所奏，又是何物所赐？

脚下的长堤在蜿蜒着，在漫伸着。堤上被月色一醺，青绿色的光辉略显橙黄，黄霜霜地铺了一地。俯首尽如黄金般摆设。更叫人遐思万千。

滇池不是海，而它却像大海一样容纳百川。一从青草，一片绿叶，一溪清泉，无不在它的胸怀中奔涌着一个个细腻的故事；无不蕴藏着一段段值得萦怀的旋律。走进堤中深处，仍见保存良久的楼台亭阁。那些建筑物依然保持着一种古朴、纯和的韵味，仍在向世间昭示着其顽强的生命力。驻足细听，忽而觉得好像在荒漠孤月下聆听到的乡音在喁喁而升。让人有一种于幽清中得到一种静绪的皈依；让人有一种于喧嚣中得到一种平静的反思；让人有一种于嬗变中得到的安慰和沉寂；让人有一种天地间浑然磨合的感悟和大彻……

滇池也许是由无数次的天地嬗变而成，也许是大自然的鬼斧神工所赐。无论怎样，它毕竟是人间智慧的结晶。是人类生息的镜子。所到之处，无不让人遐思百遍。滇池的山山水水，无不寄寓着人类智睿的精华。大自然披沥了千年万载的风风雨雨，才能给人予心灵的慰籍，给人予启迪和灵性。生命的美丽正因为是有了千年万载的永恒的嬗变与追求。

（载《云南教工》2008 年总第 35 期）

桃花源里觅芬芳

从岳阳楼下来，游兴未泯，有友要求定要到桃花源去看陶渊明笔下的桃花。从岳阳市区驱车到桃花源，不过三个小时。桃花源位于常德市境内，南倚巍巍武陵、北临滔滔沅水，要居衡山、君山、岳麓山、张家界等风景名胜中枢。自陶渊明的《桃花源记》问世以来，桃花源便美名洋溢，一千六百多年来吸引着人们前来寻求杳杳奇踪。悠悠乐士，无数名人墨客都在此留下珍贵而弥久的墨宝。

桃花源系湖南省重点文物保护单位，省十大风景名胜区之一，国家森林公园，国家 A 级风景名胜区。拥有 157.55 平方公里的面积。常德史称“黔川咽喉，云贵门户”，居衡山、君山、岳麓山、张家界、猛洞河诸风景名胜中枢，特殊的地理位置使桃花源得以吞洞庭湖色，纳湘西灵秀，沐五溪奇照，揽武陵风光。集山川胜状和诗情画意于一体，熔寓言典故与乡风民俗于一炉。远看桃林，外部景界雄浑壮阔，内部景界幽静秀美。

桃花源其中的“世外桃源”主体景区 15.8 平方公里，“武陵渔川”沅水风光带水域 44.85 平方公里，外围保护区 96.9 平方公里，主体景区包括桃花山、桃源山、秦人村、桃仙岭。风景资源 16 类。其中山峦、岩体、水体、河洲、洞穴、峡谷、天象、生物景观 8 类；标准景点 95 个，内部景界分布丘峦脊岭 35 条，峡谷 19 条，溪涧 18 条，水库池塘 72 口，涌泉 32 穴。总之，人文景观，自然景观丰富多彩。

桃花源在历史上就是中国古代道教圣地之一,有第三十五洞天、第四十六福地的美誉。千百年来，桃花源咸集文人墨客，忙煞古今游人，陶渊明、孟浩然、王昌龄、王维、李白、杜牧、刘禹锡、韩愈、陆游、苏轼等都留下许多珍贵的墨迹。新中国成立后党和国家领导人多次视察桃花源。1995 年 3 月 24 日，江泽民主席视察桃花源并题字。1990 年以来，桃花源开始了规模宏大的修复开发高潮。修复开发后的桃花源，有神话故乡桃仙岭、道教圣地桃源山、洞天福地桃花山、世外桃源秦人村四大景区近百个景点。每年一届的桃花源游园会，是湖南省“三节两会”的重要活动之一。

桃花源第一始作俑者陶渊明老先生是这样描述桃花源的：“晋太元中，武陵人捕鱼为业。缘溪行，忘路之远近，忽逢桃花林。夹岸数百步，中无杂树，芳草鲜美，落英缤纷……”桃花源不知多少次被世人誉为“世外桃源”，国人所受束学为儒家的清平、富裕思想所锢，因而便屡屡祈求天下太平，相安无恙。正是陶老先生忽发奇思，在这一片神奇的土地上“克隆”了这么一个天方夜谭式的“人间仙景”，因而千百年来，令无数文人墨客趋之若鹜，更使得这片土地如虚如幻，神奇莫测。要不，又何来“南阳刘子骥，高士也，闻之，欣然规往，未果，寻病终。后遂无问津者”。

那个一生为情所困的陆游老夫子，感慨桃花源的绚丽与璀璨，在郁郁不乐中仍念记着桃花源的美景：“桃源只在镜湖中，影落清波十里红。自别西川海棠后，初将烂醉答春风。”（宋 陆游《泛舟观桃花》）陆老夫子当是怜情悯世的翘楚，眼前的美景令他也摒弃世间烦恼，欣然煮酒赏花去了。可见大自然的赐予是何等的蛊惑人心。

早就闻说桃花源里的桃花比较奇特，就是在一年内开两次花。南方的气候造就了内秀优雅的江南小景，而桃花源却就是这样一个典型的模范，因而唯其有所独特之处。我们虽然是在初冬的时节里来到桃花源，所见的是另一番情趣。进入桃仙岭景区，放眼望去全是红白绿相间的桃树。“二月春归风雨天，碧桃花下感流年。残红尚有三千树，不及初开一朵鲜。”（清袁枚《题桃树》）雨后的桃枝呈深褐色，斑驳曲折，枝杈干斜，纵横交错，重重叠叠，婀娜有序。片片幼叶在雨露的濯洗下，露出晶莹的英风，透彻的空间隐隐约约地漫溸着一缕缕淡淡的清香。灼灼红云无处不在开展，整片桃林清姿高洁，幽虚淡静。与秋菊、霜梅相比，却又是一番韵味。它虽没有秋菊的哀怨与孤清，也没有霜梅的傲节气宇。但有的是缤纷、热烈、欢欣的底气与风韵。

眼前的桃林与远处的蜃岭崇山，郁葱层林相比，却又是小家闺秀般的淡雅。正如在乾坤庇护下羞羞涩涩展现着阴柔的美丽。正是“纤手盈盈折露梢，倾筐只觉含情远……娇嗔不语潮红晕，无限春悉两颊知”。诗人们所咏者无不意态传神，尽得其韵，神妙俱全。眼前一瞬，即得一念：世间所有美者，均是人们所追求的目标，而桃花源中的无限风韵就是人们心仪之处。

（载《湖南邮电报》2007 年 8 月 28 日）

蟠龙探幽

沿着广东阳春东山盘亘的绵绵数十公里的东山龙脉，从粤西云浮、罗定婉蜒而来，如潜入大海般，盘亘、逶迤于阳春蟠龙腹地，在蟠龙（今头堡、蟠龙、金坪村一带）戛然而止。远看，层层山峦更叠，错落有致地缀于蟠龙凹窝之中。山中绿水长流，四季如春。这蟠龙腹地是方圆数十公里的丘陵地带。这里山高林密、竹影扶疏，常年山清水秀、百花争妍、群鸟啼鸣，土地肥沃，颇有一方福地之征。

世代躬耕于此的村民们，除了部分土著人外，尚有于明朝隆庆、万历年间从江夏（今湖北江夏）、闽南（今福建漳州）、颖川（今河南颖川）等地迁徙、辗转而来的客家人。他们与本地的土著人和睦相处，渐渐地融合了本地的风土人情。东山长岭下，离山脚不远处，便是村民们聚居之地——蟠龙村。一条长年绿水油油的那（念nuo，阳平声，这是当地土著地名的特殊发音）梧河，如绿绸般平展，轻悠紧贴着这片肥腴的土地，横贯蟠龙腹地，沿头堡注入漠阳江。这蟠龙腹地方圆约二十公里，聚居着两三万人。千百年来，这些村民们常年居山种山，多以种植为业。

三月下旬，正是蟠龙那梧河的春天。连绵的春雨，如丝似线，从灰铅色的天帘中忽悠悠地飘飘然而至，所到之处，如甘霖般遍洒大地。使原本洁净的空气更加纤尘不染。此时，你若漫步林间栈道，定会让这片世外桃源醺醉你的心。飞鸟带来了春天的喜讯，高唱低吟中洋溢着那梧河的秀美和神奇，一些不知名的小鸟偶尔还会飞到路边与你嬉戏一番。俨然是蟠龙天堂的小主人。白色的蔷薇花轻轻摇曳，紫色的杜鹃花堆成灿烂的笑容，红润的野牡丹尽显其风骚妖娆的丰姿，逗惹着路人。你会由衷地觉得这是花的海洋，花的天堂。一碧如濯的天空下，绿树丛中幢幢雪白的楼房与黛墨色的丛林相映成绝然不同的渲染，但又不破坏它们的和谐。微风过处，错落突兀着既有原始的，也有现代的风韵。在漫山遍野的新绿中格外醒目与生动。此时，你才觉得你已经悄悄地融进了这如诗的画卷中。

碧水是那梧河的灵魂。那梧河集东山各方清泉藏于幽谷，蟠龙腹地的河、泉、溪、瀑连缀一体，间中又屹于悬崖峭壁，耸立幽深密林。匿身于林中，仰首往往偶得苍天白云。视线之外，仍是青山碧水。远眺那梧河，雪灿如玻璃濯耀着不息的光芒，一条玉带不知何时被缭绕山间盘地，生愣愣的让人感觉到高耸巍峨的大山裹挟着银色的腰带。俯瞰那梧河，河水如碧玉，晶莹剔透。在不同的河段中，一时却又如平绸轻舒，绿茵涌动。它不像大海那样放荡不羁，也不似小溪流般温柔娴淑，律动中既有大家闺秀的矜持，也有小家碧玉的羞涩、柔美。阴柔与阳刚在蟠龙腹地尽展风骚。蓝天白云倒映其中，此刻，鱼游云端，鸟翔浅底，蝶飞旋涡并非神话的虚构。让人分不清哪里是天，哪里是地，哪里是水。远山近岫地上一半，水中一半，空中一截，斑驳迷离，海市蜃楼般的幻影虚幻如浮，变化万端，如梦如呓。其美丽的瞬间或永恒的寄寓让人们惊悚得简直要达到窒息的地步。

沉王洒瀑布是蟠龙腹地山与水完美的结合。沉王洒就像美丽的新娘，娇羞地躲藏在挺拔参天的翠林之中。它裹挟着崇山峻岭，在茂林的助威声中飞流而下，那才叫豪气冲天、天人合一！瀑布时而气宇轩昂，如万钧雷霆自天外而降，瀑布恍如彩练凌空悬挂，飞泄如粉，银珠飞散；忽又似银帘倒悬，轻盈飘逸、轻摇细荡。瀑布之声如巨雷行天，又似银铃轻摇，燕语啁啾。潺潺的水声与大自然的喧嚣融人天籁，鼓动着天地间万物齐鸣的和弦。置身其间，魂自五内而飙升，直抵于霄汉。灵魂在人间洁净的领地里才能有所升华，似乎只有这样，才会更好地理解流泉飞泻带给我们的经天纬地，领悟沉王洒的深邃和广博。面对着天地人间的尤物，我们自惭是那么的渺小和猥獕，大自然的恩赐如同绿荫之下给予我们的泽德。而我们却又何曾领略了呢？

这里，青山亘古伫立，泉水永久流淌，鲜花长年绽放。悠然的那梧河，到底沉淀了多少岁月？这里，没有历史典故，没有墨迹碑刻，有的是村民用心吟唱出的原始美、生态美、自然美与阴柔美。

清纯秀雅的蟠龙腹地，历经风霜雨雪的裹盈，历经祥和激昂的时光的冲刷，以其雄遒刚劲的姿势，傲然横亘于东山，与阳春西山遥遥相望，日夜伴随着恬静的漠阳江，滋润着这里的子民。天地间的造化，除了这片土地的主人们的淳朴与勤劳之外，也许是来自上帝之手的神来之笔给了它一缕福音。以至于它千万年来风调雨顺，万民安康。

（载《广东林业》2007 年第 5 期）

西夏王陵探秘

尽管从西安到银川的路途上有些疲劳，但在导游那富有诱惑力的煽动下，我们几个同行还是兴致勃勃，马不停蹄地从银川市区出发，以一睹过去我们从媒体上看到过的西夏王陵的风采为快，在导游的引导下，我们乘着银川旅行社的中巴驱车西行约一小时，就直达闻名遐迩的贺兰山下。

西夏王陵坐落在贺兰山下的一片孤清的荒漠之上，站在这块曾经烽火连天的土地上，耳边犹响起当年民族英雄岳飞振聋发聩的怒吼："驾长车，踏破贺兰山阙，壮志饥餐胡虏肉，笑谈渴饮匈奴血。"进入陵区，举目前瞻，占地约 40 平方公里的九座西夏帝王陵和 70 多座王公贵族的陪葬墓便一览无遗。大漠的孤清在江南是绝对难得一见的。其博大的胸襟在浑厚之中蕴含着雄浑的内质，苍凉之中却又裹孕着几分悲壮，狭隘之中又滋生着几许广袤，逶迤中又带有宽敞。直让南国人看得目瞪口呆。

西夏王国，曾在中国的历史上占有一席难以涂抹的重要的位置。它曾是包含着以党项民族为主体，包括汉、吐蕃、回鹘等民族的国家共同体，并不亚于当时中原任何一个国家的繁荣与兴盛。隋以前，善于游牧的党项人就开始崛起了。他们英勇矫健，勇猛善战，经过南征北战，占据了今四川、甘肃、青海以及内蒙古的部分地区。到了宋代，党项人与宋、辽展开了无数次的颠覆、较量与更新，在历史的不断淘汰与嬗变中逐渐崛起于那个瞬息万变的国度。

1032年，党项的首领李元昊登基称帝。从此，西夏以其彪悍、富强的态势展开了它新的一页史诗。开创了它近200年的璀璨历史。而更值得欣慰的是，在汉文化的深邃的影响下，西夏有了它自己的方块文字和历法，有了一套它自己的完整的政治体系和宗教体系。正是在大汉文风和民俗的熏陶下，这个游牧民族才得以如虎添翼。可以说，这个善于征战的民族在融合、传承了多个民族文化的同时，也铸就了自己的辉煌无比的历史。

从夏景宗李元昊开始，西夏共出了十二位皇帝（其中加上未称帝的李继迁和李德明）。可谓盛极一时。可悲的是，至13世纪初，在蒙古军队强劲的攻势下，西夏已是夕阳西下、土崩瓦解了。到了夏末帝时代，这个曾嚣于尘上的民族在蒙古人剽悍的骏马的践踏下和锋利的马刀的戮杀下声喑气绝，兵燹之创给这个曾经雄极一时的国度予以致命的打击，以致使它永远地无声无息地湮灭于历史的长河之中。而更为可叹的是，孑吊之间，前朝遗留的孤坟古冢却给后来者留下了千古难辨的哑谜。

西夏陵的神秘，由是先辈们戎马倥偬之中不曾记载，以致今天诸多学者搔首扪脑也苦于无计破译。由于文献匮缺，西夏王陵的神秘之处集中地表现在至今没有被人破解的建筑形状和文化内涵上。虽说宫城及其附属建筑均以坐北朝南的中国传统的建筑习惯而立，结构基本大体相同，西夏陵区内的每一座帝陵，都是由宫城和其他附属建筑组成的独立完整的建筑群体，但陵区内每一座帝陵为何人，至今仍杳如烟消，缥缈虚幻，令人遐思不已。

西夏王陵园内最引人注目的建筑，是一座状如乳房的夯土堆，高20余米。仔细观察，酷似筑以八角，上有层层残瓦砾石堆砌。遂有学者推断，其在未被毁坏之前极有可能是一座八角五层的实心塔。

“陵塔”便以其迷蒙的“身世”之说传扬于世，于是便引发了无数学者的揣测和臆猜，以致各方学者口舌频发，喋喋不休。至于这座“陵塔”又为何耸立于陵园的西北隅？这不是与我国传统的建筑习惯有相悖之嫌？学术界的说法各执一词，莫衷一是。

而更令人大惑不解的是西夏王陵出土的文物。从至今收集到的三千多块西夏王陵的残碑来看，某一处出土的残碑多则千百块，有的少则仅几块。除了仁孝寿陵残碑可吻合出一块能勉强读通的 16 字西夏篆文外，其他大量出土的残碑竟不能拼凑出一块完整、通顺的碑文。即使历经无数学者呕心沥血的研究也无从拼合为完整的文句。于是，有学者们臆测仍有大量的残碑至今未被发现。于是，人们猜想陵区内有碑冢存在。蒙古军队未及毁坏的碑石可能集中存放在一个或若干个大坑中。至于陵区内出土的头像座，有的屈膝弓行、有的獠牙龇露，有的突目圆睁，有的双乳丰腴，其状栩栩如生，令人好奇而又爱不释手。有人说这些头像是碑座，也有人猜想是石柱基础，甚至也有人说是祭祀之物，但至今仍没有定论。所有的这些文物，仍如蒙着一层神秘的面纱，叫人好生联想。

西夏王陵自从 20 世纪 70 年代初被发现以来，它的神秘的面孔一直是缥缈虚幻、扑朔迷离的。几年前，西陵王陵精确的坐标绘图经专家们精心描绘出来。有人十分惊讶地发现，九座帝皇墓的组成竟是一个惟妙惟肖的北斗星图案，而它的陪葬墓地也是按各种星象的布局来设计的！不知是天意还是偶合。正是这一切更使得西夏王陵平添了更多的神秘的色彩。

相信随着时代的发展，先古们湮没的声音总有一天能如笙如瑟般再奏辉煌的乐曲。

（载《潮州日报》2008 年 1 月 7 日）

鼎湖悟禅

鼎湖山为岭南四大名山之首，距广东省肇庆市城区东北约 20 公里，位于北纬 23° 10′，东经 112° 31′。因地球上北回归线穿过的地方大都是沙漠或干草原，所以鼎湖山又被中外学者誉为“北回归线上的绿宝石”。1956 年，鼎湖山成为我国第一个自然保护区，1979 年又成为我国第一批加人联合国教科文组织“人与生物圈”计划的保护区，建立了“人与生物圈”研究中心，成为国际性的学术交流和研究基地。

鼎湖山自唐代以来就是著名的佛教圣地和旅游胜地。

公元 676 年，惠能高僧的弟子智常禅师在鼎湖山西南之顶老鼎建白云寺，此后，这里高僧云集，环山建起三十六招提，前来朝拜、游览的香客、游人越来越多，明崇祯六年（1633），和尚在莲花峰建起莲花庵，第二年又迎来高僧栖壑和尚入山奉为住持，重建山门，改莲花庵为庆云寺，到了清代，庆云寺规模越来越大，成为岭南四大名刹之首。鼎湖山因为覆盖着茂密的森林而蕴藏着丰富的泉水，从而造就了千姿百态的流泉飞瀑，幽深的自然景观，东西两溪流形成两大景区：天溪景区、老鼎景区，

时至暮秋，草木衰凋。然而，鼎湖山连山绝壑的参天古木，横树逸枝，屹然而挺。营营蓊蓊的碧翠仍涂抹在大自然的怀抱之中。淡雾雄踞涧腰，逍逍遥遥似乎永无倦意地盘缠在起伏连绵的山峦半

腰，给整座鼎湖山缠上了一条玉带。仿佛尘世的喧嚣在这里根本无从提起，更说不上阴翳的烦绪缠身。抬眼远眺，远近各处的诡石飞泉，松涛溪流，鸟语花妍，峰洞古寺，霎时扫除了秋的阴霾与落魄，令人神清气爽起来，精神无不为之一振。松涛雅韵隙中，隐隐轻洒水瀑的浅吟低唱，绵绵漫游鹊鸟的啁啾醉语，嫣嫣摆弄紫葵的婀娜媚态。未及至山腰，忽见溪水俨然由脚下黢黑的断崖峭壁上喷薄飞泻而出，涟涟荡荡，铺一路银光雪粉，途经布满嶙峋峥嵘、森然罗叠的怪石的溪甬，在瀑潭相接的决口中，如一帘珠帘直挂在高耸的危峰与深涧之间。目睹者无不倒吸一口冷气。在静穆的空山中，平添了几分冷峻雄遒。透过这幅动与静渲染的水墨画，仿如在葱茏的春日里沐浴着和煦的蕙风，也如在冰寒之中拥抱着杲杲的暖光，让人融进大自然所赐予的恩惠之中，人在大自然的怀抱中如在氤氲中漂浮，那等惬意是任何乐事也难以相媲美的。如果人与万物将冥合于真正和谐而完美的自然中，一如这山、这水，那么，天地间又是如何的辉煌和臻美？

伫立于寺前，举目睃视，眼前诸景倏然引发了原始的夙愿，心中不觉骤起一种欲求的奢望，在片刻的静谧中，忽地想起了此行目的——听梵音。

佛中的梵音是我等最为骛求的境界，此行先期我们就以一聆梵音为旨。此时，正值晚课时分。疲倦的夕阳软沓沓地在我们头顶轻悬着，而暮秋山中尚存的暑气已泯退了几分。空山静寂，水潺渺声，唯有晚课的钟声这一千年不变的律吕，在空谷、水湄、深壑、林间悠然回荡。那气势，浑然天籁间霏霏之音飘流而来，又如在五度和弦的振荡中豁然而起，摄人心魄，动人之灵。即便是憨呆之汉，灵魂也会在这片肃穆绕梁的梵音中得到净化，甚至会得到飞升。此时此刻，端的有神仙飘摇之感。正所谓“佛人五窍，圣存三生”。

对于一个凡胎俗身的朝拜者来说，那嘹亮铿锵的梵唱、僧人心怀的慈悲，不啻是凡人的一面镜子。年复年、月复月的一身青衣，日叠日、夜叠夜的那份淡恬，斋膳素食里只求得肌体的腴润。生命与灵魂皆是在“出世不离世，人尘不染尘“的佛门境界中彰显，也是禅者对于寂静的生命的最深体悟。青磬红鱼、青灯黄卷无论如何都已经成为他们的精神支柱。凡尘中的污秽已在心中湮泯。这里没有了尘世间阴翳的哀叹和愁绪，没有了人间阴暗的狰狞幻影，没有了世俗中喋血的争斗与倾轧。有的是一种舍弃红尘风烟阴霾之后修心的大彻大悟、大慈大悲与宁静皈依。抑或就是涅槃——带着净身羽化便是他们心中的图腾。与目下人世间那些貉鼠辈们相比，他们的那份虔诚、希冀与祈愿就足以让世人钦佩与景仰。

透过缭绕的香火，在雾绕烟萦的瞳瞳之影中，善男信女们如是虔诚的朝拜里，是否在将自己的灵魂去作一次洗礼，还是寻求精神的寄托与慰籍？抑或是在烟火中对芸芸众生重新去作一次审视或纠正？佛光中是否隐藏着一种箴默的智慧和力量？佛光能启迪凡尘中的愚昧与无知吗？人世中，如对于佛学来说，本来每个人就有太多的愁苦与忧怨，人生的桎梏无时无刻不在锢锁着人们的手脚。也正是这些聪明的善男信女们在佛之脚下虔诚地洗濯，因而便使得他们的躯壳得以清净，灵魂得以漂白。哪怕是一种虚缈的精神寄托也罢。而佛教的精粹之一恰恰就是给予人们一种希冀和信念。这种希冀千百年来就这样周而复始地轮回着天地间永远也说不完的故事。

人暮时分，山中雾岚悄然而至，霭气缭绕着经幡，袅袅娜娜，悄无声色。风掠松涛的低吼，水衍山色的天合景象，如同一勺浓浓的醇醪洒过心头。空山夜暮，仿若有极光透过时空，给人一种从未有过的从容与宁静。始于生命的追求和憧憬的信仰就这样不经意地融进了大自然之中。“空山流水去，明月揽风来“当是此时的写照吧？

在这样的仙景中，我们在半醒半醒中聆听着钟鼓声，也许是在灵魂的浴缸中浸浴得太过于温柔，冥冥中忽觉得幽静的山谷在晨风中醒来。睁着惺忪的睡眼，又一次审度着人间的嬗变。钟声悠扬而漫远，极具穿透力的余音绕山过梁，在乾坤中聩发着一种撼动人心的声音。那“钵中油频断，佛前灯长明”中的执着与坚韧，再一次卷写着永不衰落的黄卷。

晨曦隐退了渐薄的夜色，头顶上染出一片明净的天空。伫于寺前，于晨风轻撩、暮夕绯红的时光中，看云淡风轻，看天地乾坤嬗变，看云卷云舒，看花开花落，看细水长流，看时光从指间流过，看凡间演绎生离死别，看佛光在心灵穿梭。而所有的芜杂心绪均在香烟与钟鼓声中烟消云散。此番观感，虽是粗陋的糟糠，却是由心底泛起的潋滟，化作了刻骨铭心的镌记，这便是鼎湖悟禅所得。

（载《广东林业》2008 年第 2 期，该文在“美文天下 · 首届全国旅游散文大赛”中获一等奖）

青湾看明月

青洲湾，俗称青湾仔，是天然的海滨浴场，位于广东阳西县沙扒镇。“青湾渔火”是广东省阳江市八景之一。

人说，大海是人类的母亲。母亲以其世上最伟大的胸襟，包罗世间万象。

也许我们到海边的时候是十五月圆之际，浑浊的圆月高悬于霄汉。苍茫的夜晚颇有几分空寂苍凉，海风放浪、恣意地回旋着。隔海可隐约地看到海岸线尽头，一盘残月倾诉着对海风的眷恋，似又将顽皮的银光轻洒在海面上。海面上的阔波随着阵阵涟漪，似乎自天外轻悠而来。又似乎是从大海的心脏中喷薄而出，涌动着万钧神力，在向世人喧嚣和鼓噪着。月光被激起一堆堆湿漉漉绽放的花儿，回首窥探着自己倒映在水中的倩影。也许是它被眼前的美景震撼，或许是为尘世间永恒的运动所惊诧。眯缝着醉醺醺的眼睛，如猜谜般苦思冥想。

海边，馨风起处，尽得清凉舒服的感觉。践踏着软绵绵的黄霜霜的沙地，如陷幼棉般的轻浮，幼嫩的黄沙与脚底下的涌泉穴摩擦着，顿觉血脉畅通，血涌心田。深一脚浅一步的蹒跚甚是惬意，恍如走进了软绵绵的泥潭，更如醍翻灌顶般的快慰。陪同我们的当地文友别出心裁地给我们安排了一个半是游戏半是劳作的节目——捉沙蚂。沙蚂者，海边一种类似螃蟹的小生灵。据说沙蚂是一种十分滋补的小动物。别看那小东西小得可怜，可鬼精得很，稍一听到人的脚步声，转瞬便逃得无影无踪。我们一行十多人就在海边上追逐着、嬉笑着、打闹着。一只只小生灵倚恃着大海给它的福荫，愣是与我们斗智斗勇，逗得我们汗流浃背而徒劳无获。主人们教会了我们用小竹杆横扫小生灵，顿时，那些小生灵们人仰马翻，纷纷束手就擒。倒霉的小生灵当夜便成了我们的腹中餐。闹累了，我们懒慵慵地躺卧在海边软绵绵的沙滩上，静心地品味着大海之上的明月和海岸边的惊涛。

明月高悬于苍穹，银辉涂抹着整个宇宙。举目似乎是银的世界，就连湛蓝深邃的海水也染上了浩渺的银光。海浪轻缓地拍打着岸边黝黑的岩石，发出律动清脆的音符，仿如在向天地传递着大海深处神秘的旋律。飘跃的音韵绽放出雄遒的、如千军万马奔腾的律吕，忽而又氤氲着一首缠绵哀怨的小夜曲。委婉阴柔，令人遐思百度。听着大自然赐予的恩泽，我们一个个昏昏欲睡。眼前的礁岩峨削巉峻，甚是诱人，千万年来的磨砺，只能将它犀利的棱角打磨得更加笃实与尖锐，更使它具有坚韧的意志和豁达的胸怀。大海的静谧、祥和，刚烈、阴柔之美令人不忍触摸，更无非非之念。我们只是静静地相度着它在月光下勾勒出来的黛墨的带有几分沉郁的轮廓，任由思绪在广袤的空间遨游，生怕一个细微的响动也会惊破它的美梦，美丽从此会倏然滑落，以致那份永恒的神韵在人为的无聊的消遣中烟消云灭，再也无法寻觅到这份撼人心魄的绚丽。

大海赐予了人类无垠的福祉，而明月也赐予了大海无边的遐思。明月谓之为神，明月谓之人类的灵魂，我看一点儿也不会错。曾被誉为天下枭雄的曹操，倒也对明月独有感慨：“明明如月，何时可掇？”叱天咤地的恢宏气概昭然于天。而忧国忧民的士大夫屈原面对渺渺之月，在迷惘中不止一次叩问天际：“日月安属？列星安陈？……夜光何德，死则又育？厥利维何，而顾兔在腹？”屈子处于迷惘、疑惑之中把盏问月，个中衷肠已言表于其对患世的忧虑，这也难为屈老夫子一腔热血的铸就了。君不见，张九龄在《望月怀远》中“海上升明月，天涯共此时”的题咏，那情愫又是何等的恻俳缠绵，何等的哀怨肠柔？要不，又如何有“情人怨遥夜，竟夕起相思……不堪盈手赠，还寝梦佳期”之叹耶？人类情荡似乎永远是在没有终止的纠缠中衍生，因而便使得我们这个世界所有的演绎更显得色彩缤纷了。

心灵随馨风轻漾，思绪随轻波撩动。我心仪着月光海韵，眷恋着大海的深奥旋律，缅怀着时光的嬗递与变迁。大海以雄浑粗犷的自我释放或以贤淑娇妍的婀娜媚态来诠释沧桑的禅偈，扪心冥思世道的刚柔与羁荡，垫枕默想人间的跌宕与沉浮。明月以它的清辉荫泽着万物的葳蕤，无时无刻不以它母性般的慈爱去感化林林总总的世界。难怪善于怀月的先贤们对明月是那么的偏好与钟爱。以心去默默地感受，我方才发现，尘世间的美可幽幽如梦境。放飞一颗心，让它旋转于瞬息万变的大海，忽如一丝春意荡然而来，深沁脾腑，世界在这一刻竟是异样的宁静和平和！

风忽而似停止了舞动，海悠然静止了呼吸。唯有在璀璨的明月下，海涛不时低诉着人间最妙曼、纯洁的管弦之音。此时，我们才觉得世间一切声音都显得那么疲软无力，显得那么苍白空寂。忽而也觉得这青湾之月的灵动似乎在那一瞬间款款而至，迸发出旺盛的生命张力。

青洲湾，银一般的明月，能给人予清心雅典的濯浴，天一样蓝的大海如歌一般咏唱着史诗，能给人予博大、无穷的力量和智慧。撩人的海风月韵，朦朦胧胧的仿佛从梦中走来，从洪荒中穿梭，深深地镌刻在我的心底，深藏于我的灵魂深处。

（载《中国海洋报》2008 年 2 月 22 日）

大理掠影

乍一听“大理”二字，还是在我们的知青年代。因为那时的文化生活匮乏，我们只好偷偷地从别人的手中辗转拿到一些关于“大理”的小歌小调哼着，就如《蝴蝶泉边》诸如此类的歌曲。真正撩开“大理”面纱时，却是近年的事情了。

大理原属益州郡（现在的四川成都）所辖，早在西汉武帝元封二年（前109年），这里就设置了叶榆县。公元8世纪至13世纪，谁也想不到，地处偏僻的大理竟是云南政治、经济、文化的中心。至唐代，南诏国在此建都。南诏王皮罗阁最早建都之地是在太和城，其位置是大理城南太和村以西的苍山脚下。公元779年，皮罗阁的孙子异牟寻继承王位后，将都城迁至羊苴咩城，意为“羔羊城”。这一时期，可谓是大理城繁华兴旺的发轫时期。时延至宋代，号称“大理国”也在此建都。是我国和东南亚各国文化交流、通商达贾的重要门户之一。正是宋代曾一时的繁华，便令得边塞一个小国的名字一直延用到今天。且有“文献名邦”之称，可见其自然的生命力是何等的旺盛。

走进大理，仿如走进一部亘古沧桑的史书。

甫一进入这座弥漫着历史气息的古城，便让心绪在那一刻陶醉了。一座金碧辉煌的古城楼，在历经一千多年的风风雨雨后，仍以其峨峻高傲的头颅注视着苍生，似乎仍以它辉煌的经历在向人们述说它的悠久与灿烂的历史。时光虽历一千余年，当年南诏国的古城墙城垣依稀可见，突兀着星星点点的历史痕迹，如白垩纪般的斑驳仍历历在目，给这座既古老又年轻的城市平添了几分厚重的庄严。石板铺就的街道，纵横逶迤地广布着历史的回声——随处可见的淙淙的小桥流水，无不使人联想起当年马老夫子于凄然之中叹息“古道西风瘦马”的那种黯然之色。不过，昏鸦枯藤倒未见得。映入眼帘的是鳞次栉比的院子，三方一照壁、四合五天井、三叠水白族门楼和翼然若飞的水榭楼台错落地镶嵌于彼，自然而然地勾起令人无限的遐思……

忽如天籁般传来如诉如泣、优雅迷蒙的南诏国古典乐声，那乐声似向现代人宣示着这方土地上峥嵘的活力与嬗变：一条条深巷，可能隐藏着悲欢离合的故事；一块块苍老的石头，可能是磨砺大理人的法宝；一口口幽井，可能深藏着大理人的智慧与聪敏；一朵朵激荡的浪花，可能翻滚着大理人的荣耀……

无论是亘古的城楼，还是古朴苍老的苍山神祠，无论是亭亭玉立的三塔，还是金刚城遗址，无论是沧桑的南诏德化碑还是风华正茂的苍山洱海，无时无刻不在焕发着蓬勃的生机。

大理的煦风、阳光却是特别的可人，阳光与清风悄然从脸颊上摩望而过，让人直觉得这片神奇的土地上每一缕阳光乃至每一丝馨风都是那么的诱人，使人不饮自醉。悠闲地漫步街头，不知不觉中走进了变幻的时空，走进了历史的怀抱。我不断地睨睃着那一块块石头砌成的墙体，轻抚那一扇扇古朽而硬朗的雕花门窗，俯首独自思忖。冥然之中，我的心与身却融进了历史散发出来的暖暖的体温和在漫长的风烟中不断沉淀下来的厚重。

即使离开了大理，我的心仍似在默默地读着一部充满着传奇与

神秘的史书。这部史书是中华民族辉煌的历史缩影，是炎黄子孙的千秋史册。

（载《云南教工》2008年第四期）

岳阳楼絮说

初闻岳阳楼，是那篇如黄钟大吕的千古绝唱《岳阳楼记》。那“先天下之忧而忧，后天下之乐而乐”的名句激励着无数代的有志之士为国分忧，为民造福，以至岳阳楼成为千古圣贤之楼。岳阳楼令我心仪已久，令我魂牵梦绕，趋之若鹜。虽数十次从楼下经过，但一直未曾一睹其芳容，殊为遗憾。去年中秋时节，我登上了我此生为之崇敬的岳阳楼。

古贤有“欲为平生一散愁，洞庭湖上岳阳楼。”之叹，实不失为一真实之写照。岳阳楼的风景是由“山、湖、楼”三物所融。岳阳楼的金碧辉煌、洞庭湖的银光璀璨、君山的翠绿葱茏，三者的和谐统一，色调丰富，悦人耳目。以情韵而言，洞庭湖骚动不安的野性与君山静若处子的贤淑，以及岳阳楼的雍容华贵的气息相映成景，令人心旌摇动，精神酣畅，逸兴飞扬。

岳阳楼，高耸于市区西门古城门楼上，背倚古老的岳阳城，使得它在背景上开阔而不觉空荡，因其与周围地理因素组合得和谐，置身于湖光山色、烟波渺茫的水域及岳阳城的建筑所组合的背景里，不觉有鹤立鸡群之嫌，反倒给人以“万绿丛中一点红”之美感。正如明代诗人杜庠之诗《岳阳楼》所云“茫茫雪浪带烟芜，天与西湖作画图。楼外十分风景好，一分山色九分湖”。正是金秋时节，斜阳一抹，点缀其间，三层主楼气势恢宏，雄伟壮观，面临于碧波浩渺的洞庭湖，地势开阔，“北通巫峡，南极潇湘”。楼檐下金辉熠熠的“岳阳楼“三字，笔势豪劲，气存雄道，在夕阳的辉映下分外的耀眼。岳阳楼金碧辉煌，巍峨峻挺，秋水与楼影交相辉映，苍苍渺渺。其雄浑博大的气势是何等的吞天撼地，一切尽显风姿万千之妖冶。叫人心中好不顿生倾仰之意。更使睹者顿生敬意，无不催人趋前一睹为快。

岳阳楼不仅以江南楼台建筑之妙见著，且更为历代骚人墨客把盏凭栏吟诵而名。岳阳楼可说是天下墨迹瑰宝之宫殿。历代骚人墨客于此抒怀咏物，直吟胸臆，共诉衷肠，留下了大量的名篇佳作，给这方圣地留下了千古不泯的绝唱。单是唐代吟咏岳阳楼和洞庭湖的诗歌就有 130 多首。最著名的莫过于唐代诗人孟浩然的《望洞庭湖赠张丞相》：“八月湖水平，涵虚混太清。气蒸云泽梦，波撼岳阳城……”其情其韵，好生勾人之魂，夺人之魄。倘以文章而论，当首推范翁的《岳阳楼记》了：“……衔远山，吞长江，浩浩汤汤，横无际涯；朝晖夕阴，气象万千。此则岳阳楼之大观也……”

大厅正壁的《岳阳楼记》雕屏，凝重、肃穆，字体刚劲、飘逸，端的有清恣高洁、幽虚淡静的气韵，既有胸罗海岳的荡势，也有气纳山川的动态。活泼而不嚣狂，沉稳而不失飞逸的风神驻扎其间，令人叹为观止。

登至二楼，竟意外地发现与一楼范翁的《岳阳楼记》雕屏相仿者，颇感意外。细探之下，方才得知其中竟有奥秘：原来宋时，楼记的雕屏是宋朝书法家苏舜钦所书，雕刻家邵竦所刻。后原屏泯失，不知所踪。及至清乾隆八年（1743）重修岳阳楼时，岳州知府黄凝道重金请书法家、刑部尚书张照重书，雕之以屏。据说道光年间，有个巴陵知县，对张照之手迹心存觊觎之心，便以金帛之资命人制作赝品并诱使窃贼偷得雕屏。知县任期至满，遂将真雕屏偷藏于船中，企图瞒天过海，将雕屏据为己有。奈何天眼识奸，知县的船行至湖心，顿时狂风暴雨骤至，俄顷，船沉人亡。雕屏亦湮没于水中，杳无踪影。数年后，一渔民打鱼时无意中将雕屏捞起来，送至县衙。雕屏才得以重见天日，悬挂于二楼。此传说与包公在端州任满，舟过羚羊峡，船有贿物之说有异曲同工之妙。不过那是有人想玷污包公英名之下作。

瞻仰间，我的视线落在了那脍炙人口之铮铮金言："先天下之忧而忧，后天下之乐而乐。"古往今来，有多少达官皆在寂寞、落拓之中老去？又有多少贵人于荣辱沉沦之中玩耍、消沉不振？更有多少圣贤于身陷囹圄中以身抗争，不以去国怀乡之情忧郁，而以拯救黎民于水火为己任？"先天下之忧而忧，后天下之乐而乐"之念又是何等的长青不败？又是何等的崇高与臻美？

（载《中国致公》2008 年第二、三期合刊）

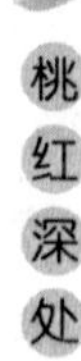

夏夜听雨

窗台外，铅灰色的天幕悬挂于大地，灰蒙蒙的一片。丝丝凉风，酥酥如蚁，爬上脸颊，既有一种瘙痒之感，也有一种被诱惑的冲动，叫人不忍轻拂。天阴郁得让人喘不过气来，毋庸说，那是一场夜雨即将来临的先兆。

微风过后，雨点“沙啦啦”地打在地上，落在小河涌中，滴在屋檐上，溅在阳台边，洒在田畦里，点点滴滴如珍珠跌落玉盘，铮然有声。那显然是一部交响曲的前奏曲。

夏夜的雨给了世界一片躁动，也给了这温馨的夜一丝安谧。夜雨在谛听街心的淅沥微音，芳香的小雨直渗失眠的枕边，滴湿了丁香甜蜜蜜的相思。独倚窗台，俯首沉吟。也许文人向来都是多愁善感的多情种，不由生出一缕惘然，或许是忧然的情愫来。冉冉之间，那牵肠挂肚的故乡情油然而起。君不闻“夜雨滴阶频碎梦，故园遥念怎凭栏”吗？

星星点点的雨花飞溅脸颊，似乎濡湿了我的一个魂萦梦绕的惴思。朦朦胧胧之中，经雨一漂，案头上所有的语言仿如都变成了一首首雀跃的小诗。在夏夜的雨中飞旋。不知何故，我历来喜欢在月夜下或是在空蒙的雨帘中去对世上所有的物象作揣测或是作深度的思考。也许在冷雨中，心旌得到片刻的清静或是远离尘世的恬淡，进而冥心自度。

昏暗的街灯弥漫了橘黄色的虚渺，极易在人们的心胸中填充着遐想。在恬静的夏夜，这雨声，端的是婀娜却又缠绵。夏夜的雨是音乐，而这音乐却又是一支魔棒，它以无形的魅力颐使着芸芸众生的理性取向。要不诗人为何会吟出“山河破碎风飘絮”来？音律于人的听觉中会随着思绪而衍化出梦幻般的嬗变。倘是心情开朗时，你也许会觉得雨声是何等的娴静、温柔，若是心情哀伤苦闷时，你就会觉得雨是那么的可憎或惶悒。遥想当年那个多情公子，不就在忧怨悲伤的窗前苦吟“雨霖铃”，“一任阶前点滴到天明”便是断肠人悲痛欲绝的哽咽。古人苦吟的“壮年听雨客舟中，江阔云低，断雁叫西风”不正是人生苦行僧般的挣扎之后的心声吗？

听雨往往是离别时节的回忆。长亭那枝绿柳，寄寓着多少离愁别绪？拂去的是千秋的遗憾和俳恻的泪痕。天涯各一方的苦恋又衍化了多少可歌可泣的故事？孤舟的离愁更是令人愁肠欲断，孤帆已远去，留下的是一片孤影。情还在，天隔远，折下的那枝杨柳还在吗？雨声带着悲泣，似在无言地告诉世上所有的人，天涯最是惹人愁思的就是夏夜的雨。这雨声，留下的是“夜阑卧听风吹雨，铁马冰河入梦来”。

夏夜的雨是多情的雨。多情的雨最惹人相思。

（载《福州日报》2008 年 8 月 12 日）

我读陈略

初读《打倒新沙皇》的漫画册时，还是在我读小学的时候，只知道作者是陈略。及至髫冠时，才认识一个长年穿地地道道的唐装的“公仔佬”（陈略自戏言）。这个“公仔佬”在我的心目中永远都是很神秘的。及至我年稍长时，我才知道这是一个画家。而当我知道这个画家时，我却更加迷惘——他仿佛是一个超异画家境界的思想家。

中国有一种淳朴的而且是化入每一个人的骨髓的元素，而这种元素便是辛勤。陈略是辛勤的园丁，也是一位精谙传统中国画的学者型画家。从他的作品中不难看出他深稔道、禅之哲理，流连于一种传统式的人文关怀，折射出一种纷繁芜杂的极光，重视认识中华民族古典美学的本源，向往“天人合一”的艺术境界和人格完美，从而将禅宗的“顿悟”化解于心，将禅机之博奥渗透、渲染到他的笔墨之中。一个简而显浅的人物形象跃然于丹青之时，钟馗的刚正与豪雄便是画家的人格天合的写照，那个横笛于牛背上的牧童的欢愉便是画家对人生和谐与怡心的一种向往。我想，所谓“天人合一”者之精髓也莫能概之于外。因而说陈略是一个思想家绝非贴金之炫。

陈略的画中人物一颦一眸、一举一止无不融合着博宏的玄机，而这种玄机却又是一个具有涵德的智睿之师的思想反映。正因为如此，才使得陈略的画境得以超乎寻常的升华。同时，他也深谙艺术的臻善臻美并非是顺手拈来，而是来自对传统的解读、拚拌与整合。需要“顿悟”，也需要“修心”与“省行”，而“修心”与“省行”

却比“顿悟”更难，非下真功夫当“苦行僧”不停地读书、读画、读人生，修炼笔墨，长期忍受寂寞与孤独不可。没有寂寞之道，就不会获得真学问，画家的艺术实践过程验证了这一永恒的从艺定律。

如果把陈略20世纪七八十年代创作的作品和近期的作品放在一起品读，其对水墨艺术探索的脉络清晰可见，世界之“精”与“神”更能集中于智者的毫端。我觉得他的前期作品盈实壅墩，仄迫之间有一种雄奇伟岸、坚不可摧的恣意，画风严谨凝重、沉稳缜密、淳厚韵远，重在质实雄伟。他的后期作品虚静淡雅，形显润腴、滋润明洁，清澈晶莹。但厚重之中也不乏清旷静穆之美，画风空灵通秀、简赅隽永。以苍劲又显柔弱、韧稚、抽朴之线条运笔写成，熔粗细于一炉，用笔徐疾有度，墨意泼放而不狂。独具奇纵险绝，而又不失沉着稳健之风神。其笔墨韵味将关山月的潇洒出尘和黎雄才的简疏高逸融为一体，以此凸现彰显自然的启迪和心灵的神通，文人画的气息尤为浓重。那种潜移默化的机杼有如“云行沧海五千律吕，月涌大江八百风流”无时无刻不在社会中的大旷。

而更为重要的是陈略以平常心去对纷繁的“象”了。平常的心态对纷繁的物象，智者总是以“静”而制于“嚣”，水到渠成、顺理成章地成就了一个宁静的意境。细味之下，却又有一种言不明的宁静意境中多了一种奔突的雄遒。君可记？《钟道捉鬼》和《梁山百八将》，不是其中的一个侧影？更有驰骋疆场的英风的叱吒、大江东去的余韵的萦怀。

于是，便有一本画匠需要读的书，且更多的是巷行的普罗人。这本书就是陈略。

无论我如何轻读、淡读或苦读陈略，我总觉得陈略还是一本读不懂的书。这个“公仔佬”至今仍将“神秘”二字镶嵌在我的心头。

（载《阳江日报》2008年9月9日，后略有修改）

文星之塔

春城文塔，俗称番塔。地处阳春市城区西南的岗背岭上，其岭因之俗称为“番塔岭”，文塔始建于清嘉庆元年（1796），为砖石灰沙结构，高 26.3 米，九层，八角形，中空，顶有铁穹覆盖。一、二、四、六、八层南北对开拱门相通，三、五、七层东西对开。拱门相通。取意为“文星显曜”。因年代久远，塔顶崩毁，塔身开裂，阳春县人民政府于 1988 年 11 月按原貌重修，始得如今之貌。

沿番塔岭东南面有一条宽二米余，蜿蜒长三百米的崎岖山路而上，即可径达文塔之下。“入眼异乡风景别，秀美一抹暮山遥”，厌倦了都市的喧闹和繁杂，来到远离尘埃与浮躁的春城西南郊外，眼前顿时似有一道亮色，如饮甘露般的畅快，心情舒畅，疲劳顿失。“绿遍山原白满川，子规声里雨如烟。”广袤的田野，葳蕤盎然绿毯粘贴于漠阳江两岸，无垠的青绿，烟雨氤氲，呈现出一派生机盎然的景象：在丘陵、田野、小溪中，无处不闻杜鹃声声，令人拥有心旷神怡、醍醐灌顶之感。

塔，梵文称作 Stupa，在古代的印度就是坟冢的意思。从印度的梵文译成汉文之后，曾经出现了佛图、浮屠等音译名称，和方坟、圆冢、高显等意译名称。而“塔”则是古代的中国人给予这种印度传来的建筑的一种很形象化的名称，最早见于晋代葛洪写的《字苑》一书。春城文塔一说是当年在阳春任县官的沈氏所建，一说是当地民众捐资所建，纷说已无从所考。但有一点无论塔为谁所建，定论并不重要。重要的是文塔的建立即体现了当地邑民对佛学的景仰和虔诚。在民间，至今仍流传着这样一个传说：文塔即将封顶的当夜，忽然狂风大作，雷雨交加，飞沙走石，三五步之内难辨人物。所有的能工巧匠都无法将铁盖盖上。眼看从外乡请来的方丈所定的封顶时辰即过，谁也想不到，天空中突然响起一道霹雳，震天撼地，刹那间，空中一道刺眼的电光倏然在万里苍穹中闪耀着一个真真切切的“文”字。令在场所有人都感到十分诧异。那个“文”字在空中闪耀了约一分钟即消失。说来也怪，风雨顷刻间骤停，满天闪烁着星星，大地一片辉煌，星光把大地照耀得如同白昼。工匠们即刻将铁盖盖上，不偏不倚，天衣无缝。

主持封顶的方丈大喜，遥望苍天，合十而祈祷曰：“春州之地，乃福地也，上天赐予吉地文曲星，天意合该此地三二十载必出众多奇才。”不知是巧合还是偶然，这个方丈的话却在几十年后得到了应验，阳春地果真连续出了才女谢方端，清嘉庆年间的进士刘荣玠、清乾隆年间的进士、号称“粤中三子”之一的谭敬昭。谢方端是春州赫赫有名的谢仲勋（《阳春县志》载为“土”加“元”）之女。谢仲勋生前曾任湖南常宁、衡阳、衡山、道县等地知县，最后官至常德、宜昌、岳州等地知府，一生刚直不阿，勤政惠民。著有《山余堂诗集》《耳溪集》等。谢方端秉承了其父遗风，聪明善读，记诵不忘，勤一生之劳劬，伛一世之心血，著有《小楼吟稿》《小楼诗钞》传世。时有广东督学李调元为之作序。与阳西的王若霞同为清朝漠江才女。被称为“粤中三子”的谭敬昭更是才华横溢，声名遐迩，兼有与段佩兰等同称为“岭南七才子”之誉。他所著的《听云楼诗钞》至今仍传诵于世，中山大学历史系的教授目前还以他的诗作作为考研的研究课题。

阳春文塔不愧为文星之塔。姑且不说当年那位方丈的祈祷是否有贡宠之嫌，但阳春自从有了文塔之后，从清中叶开始，阳春的确是好学之风蔚然，民风淳朴。这又不得不说是天之所赐，地之所造了。

（载《阳江日报》2008 年 9 月 16 日）

云里雾中探武当

武当山，在我国是知名度极高的道教圣山，位于湖北西部十堰境内。其名传说有两种来由。一是因之地势险要，战事频发的时代，必得据此以武力阻敌；二则此处是真武天神修仙飞升之地，有“非真武不足以当之”一谓。后明太祖朱元璋崇奉真武大帝而封其位居五岳之上。及至成祖大兴土木，历时十二年，据说动用三十万工匠建成“皇室家庙”。在当时已成为名盛一时的道教中心。武当山上的武当派也是中国古代有名的教派之一。

武当山被世人尊称为“仙山”“道山”。《太和山志》记载“武当”的含义源于“非真武不足当之”，意谓武当乃中国道教敬奉的“玄天真武大帝”（亦称真武帝）的发迹圣地。因此，千百年来，武当山作为道教福地、神仙居所而名扬天下。历朝历代慕名朝山进香、隐居修道者不计其数，相传东周尹喜，汉时马明生、阴长生，魏晋南北朝陶弘景、谢允，唐朝姚简、孙思邈、吕洞宾，五代时陈抟，宋时胡道玄，元时叶希真、刘道明、张守清均在此修炼。

武当山之盛名，还得益于它远离繁华喧嚣的宁静、清秀和奇异的风光。登上海拔 1612 米的主峰“天柱峰”，置身云端，所有尘世烦忧尽消于足下。环顾四周，七十二峰凌耸九霄，且都俯身颔首，朝向主峰，宛如众星捧月，俨然“万山来朝”。元人有诗日：“七十二峰接天青，二十四涧水长鸣。”武当山天柱峰一带，山高谷深，溪涧纵横，身入其境，会有俗念顿消的出世之感。武当山的宫观、道院、亭台、楼阁等宏伟的古建筑群，遍布峰峦幽壑，历经千年，沐风雨而不蚀，迎雷电竟未损，似是岁月无痕，堪称人间奇绝。

武当道乐“戛玉撞金，鸣丝吹竹，飘飘云端”，但凡亲耳聆听者皆肃然起敬，尊之为“仙乐”“梵音”。武当山武术以“内家功夫”而著称，是中国武术中与少林齐名的重要流派，誉为“北崇少林，南尊武当”。传说有的道士曾练成在万丈悬崖上步履如飞的功夫，其卓绝处令人景仰。

“五里一庵十里宫，丹墙翠瓦望玲珑”，这是过去武当山的写照，如今虽然不见了以前的上万宫观，但从山脚到山顶最高点的天柱峰——金顶的神道上，仍然遗留着无数的古建筑群。镶嵌在金顶中的古建筑群，俨然一颗颗璀璨的明珠，熠熠发光。它们镶嵌在峰峦岩洞和奇峰幽谷之中，或深藏山坳，或濒临险崖，或倚溪旁，或抚巨树，令人生出一种欲探幽访仙和神秘之好奇。

车窗上有缥缈的雨丝横漂过来。在这方神秘的土地上，平添了几分迷离的意境。空蒙的远山就是没有涂上七彩也显得绚丽异常。如瑶台般的虚幻和梦臆，难怪下车之旁有一地叫琼台。从琼台索道站走下缆车，蒙蒙细雨到了这里已变成了细碎雪花。听说此山四季瞬变，山下烈日山上雨，山下云雾山中雪，更何况这是隆冬季节。

恍惚中，远处一阵阵悠扬绵长的道家仙乐，恍如自天籁款款而至。如醍醐灌顶般的惬意，更如三伏中的透凉与清爽。此刻，便有了欲醉欲仙的昏然之感。及至下山后我仍觉得身在仙界中轻浮。那份于世间惹得的纷繁扰恼，在那刻中旋飞于九霄之外。我想，无论是佛或是道，其宗旨都是以善、美之臻而致人间，让世间都能得到国泰民安，太平温馨的吧。

我们蹒跚地攀上小莲峰岩壁上嵌有“一柱擎天”四个红色大字

下的大平台，跋涉过狭窄难行的九链磴，终于望见传说中用金子打造而成的“金顶”。金顶应该叫天柱峰，它坐落于海拔 1600 多米的天柱峰绝顶，据说是我国现存最大的铜铸镏金殿。整个殿宇四方玲珑，内奉的“金光妙相”真武祖师大帝铜像威严肃穆。

据说金顶的神奇在于由 20 吨精铜和 300 公斤黄金在北京铸造整体搬运来此。每逢暴雨磅礴，龙啸天炸，宇宙在翻腾，洪荒在嬗变。四周电光闪烁，火球翻滚，景象绚丽万千。大自然在极尽其威力的震慑之下的金殿，虽历经风雨雷电的摧残，历经沧桑的磨砺，却仍丝毫无损，辉煌如新。倘是在晴天丽日中，就可见四周七十二峰俯身颔首朝向天柱，恰如群臣拜君。而天柱峰则傲然屹立在众峰之巅，拔空峭立，巍峨弃它，高昂的头颅直抵天际。这时，你才会体味到“唯我独尊”“舍我有其焉”的一派君临天下的气势。

我以前认识的“金顶”无非是在《十堰日报》的副刊上，大自然的神工骤然屹立在我的眼前，竟使我一时有点束手无策，也令我觉得在这神圣的领地中忽然觉得自己是那么的渺小与虚无。

此时，巍峨的天柱峰下，风雨无声无息地停止了，四周静谧安然。群峰隐约环峙，时而隐现于天际边，时而飘浮于眼前。大团的白云从我的眼前款款而飘逝，渐渐隐汇入崖间，隐汇入旖旎的雾海中，遂给人予茫茫乎的感觉。心中不由陡然升起唏嘘之叹。

武当山究竟有何道法吸引不计其数的虔诚的人们不远千里的涌来朝觐？其态度又是那么的虔诚与执着？个中扣结让我一直耿耿于怀。

从金顶归来，按惯例我们是边走边开“观景研讨会”。众口纷然，难达一致。不过，我以我心揣度，武当山之所以以其神秘的魅力吸引芸芸众生，假如用不同的角度去诠释的话，应是其自然的神工与道学的统一和谐。正是这种和谐的工曲，造就了武当山的磁力。这里的春天繁花似锦，夏天飞瀑流云，秋天层林尽染，冬天银装素裹。这一大自然的赋予是何等的偏心，竟不折不扣地在中原的偏隅中云集了中华大地的精髓，使其出类拔萃的精英在此地得以温存。再说武当山的“道法合一”和“崇尚自然”的宗旨总是无时无刻不体现在云外清都和气象恢宏的融合之中。却又在虚淡缥缈的无求之中凸现出天机玄化的志趣、通脱透达的胸怀、深邃玄妙的渊博和激昂奋发的鹄志。

君不见，山水间的“天人合一”景观往往会在你的一不经意之中陶冶你的心隙？那瞬息万变的朝云暮雨，又何尝不予你人生刻骨铭心的启迪？那浸淫入骨的道家仙乐，又何尝不在时刻洗濯你那肮脏的灵魂？

有道是武当山是有魂的。

武当山将山的雄奇与巍峨，水的激荡与静谧，云的迷惘与顿悟，雾的生腾与凄婉，人生意态的高远与宽阔，在中原腹地凝聚成一种奇特的人文景观，摄魂夺魄般撼动着神州。

也许，这就是武当山的魂。至少，我是这样认为的。

（载《中国建材报》2008 年 10 月 18 日）

普陀望月

普陀山与五台山、峨眉山、九华山并称为我国四大“佛教名山”，并非故弄玄虚之谈。普陀山全岛呈狭长形，西北高峻，悬崖陡峭，临高而望，似有凌虚之觉。东南平缓，金沙熠熠，岛上峰峦叠嶂，万峰连仞，奇峰突兀，洞壑幽深，奇石嶙峋，古林参天，绿碧蓝天，蔚为壮观。难怪《西游记》里有这样的记载：汪洋海远，祥光笼宇宙，瑞气照山川，千层雪浪吼青霄，万迭烟波滔白昼……传说，这就是南海观世音菩萨所在的极乐世界。

正是这么一个极乐世界，才引得唐代那个倭人慧锷欲把我国大慈大悲的观世音请往他乡异国，岂料那大慈大悲的有灵有性的菩萨硬是断识那倭人的苦心，最终而老天有眼，硬是让普陀的心缘留下了，不肯前往异国他乡。无奈之下，那慧锷大师也不得不诚心而立“不肯去观音院”。倭人自觉无缘请得本国之菩萨，他又岂知这菩萨是何等的恋家？

本人素喜月下徜徉，于月下凝心而思，其功不亚于“三省吾身”。假如说庐山之月有其清雅之处，这普陀之月却又是一番风味。

入夜，普陀笼罩于月色之下，登高而望远，只见水天一色，薄雾缠绕，月袅其间，雾缠其中，月与雾的绞缠，便见个中深奥之处。银辉不甘于其寂寞，遍洒天地，满地银光。这月便端的是静如水墨，曼妙如馨，悄无声色，更兼那远波无声，水痕轻漾，月光与水融为一体，分不出哪儿是水哪儿是月。难怪当年孙中山先生由沪抵杭时，于月下竟幻见慧济寺前耸立牌楼，仙葩成锦，宝幢舞凤。那幻象虽是墨客文人所撰，或是佛赋其光，但终是普陀之月使然。要不是普陀其月之朗，要不是其佛性使然，缘何能有这般奇景？以至于后来一代伟人以“月白风清”之印抚世。也许这正是普陀之月的佛性超然而居世之力，也许是普陀之月稔有人性之举。

月下仰观奇石，俯窥灵洞，闲步金沙，心如明月人隙，心中污浊均于此时一一洗涤，灵魂便于一瞬之间得以净化，心胸于此时也得到开放，千古以来，明月之大恩大德便于此可见一斑。

莲花池中，月色溶溶，光摄三魂。瑶池桥畔，白雾连天，苍茫之中，但唯明月一片光朗。众多的塔宇倒映于静月之下，越发显得静谧与清纯。恍一转念，但见这方土地没有凡尘之喧嚣，没有世俗之污浊，更无盗世之虚伪、强蛮与欺诈。难怪历朝历代、古今中外的骚客文人、达官贵人、芸芸众生，或肩负寻求净土之命，或怀抱洗净污秽之愿，或潜藏不欲告人的诡秘，于千里迢迢之遥，赴此地朝谒、祈祷，以构筑玮丽之奢望，或追求失落之陈梦……

寅夜时分，那月却更是分外妖烧，如翩翩仙子，欲翻欲飞，光更灿，色更明。远山于空蒙之中曼妙如舞，近水与月相贴。银箔不时跃出静如镜子般的水面，一如朵朵银花镶于黛锦之上。那情景才着实地令人叫绝。山，青幽幽然，水，碧晶晶然。小岛，礁崖均在月色的笼罩之下，无瑕般的纯净，一种朴实的自然美活生生地镶嵌于普陀之中。

普陀之月，可随时光远去，缥缈无踪，但其可濯心明志，清魂净念。来此一游之君，不无此感。

或许是那位过于清寂孤忧的杜老夫子过于悲怆也罢，在万般无奈之下竟道出了“中天月色好谁看”之句，他那沉郁之心可曾与这普陀之月相印？倘杜老夫子被眼前此景所迷，无论受到何等玷污，这一面如辉之镜也断断不会让其心翳的。假如其魂仍绕，终可得到安慰。

（载《中国海洋报》2005 年 9 月 30 日）

山中间赏梅

南国有梅，除粤北梅关外，尚有梅在阳春市春湾山中间村。此说多年前已闻说，只是未曾亲临一领“零落成尘碾作泥，只有香如故”的韵味就是了。“诗写梅花月，茶煎谷雨春”，古贤先人们对梅的描写，可谓汗牛充栋。而最令人神往的是“梅须逊雪三分白，雪却输梅一段香”的意境。

我们是傍晚从阳春市区驱车往山中间的，约一个半小时的车程，便到达了一望无际的梅林。据当地的村民们说，这里的梅乃蜡梅是也。本人对梅的科目并不晓行，只知道梅是傲斗冰雪，一身凛然风骨的化身。在我国的文人墨客中，常以“春桃、夏荷、秋菊、冬梅”以衍四季，足以见人们对春夏秋冬的美好时令的向往与追求。

田野里泛着皑皑的银光，泥土上的霜镜偶尔可见，孤寂而凄清。与一丘相隔的梅林却是如火如荼。正是“村前深雪里，昨夜一枝开”，深冬早春里，人们不经意就发现了大自然的恩赐是何等的慷慨与坦诚。白中透红的花蕾绰约而露。蕊中还带着微微的潮湿，看似生气有余。也许蜡梅并不像北方的梅花那样大气，瘦骨中蓄着一种嶙峋而曲折的力量。瓣瓣花蕊如含春的少女羞涩涩地套拉着头，似乎在对一种向往的期待和怀春的深思。进人梅林深处，不得不使人怀疑身处玉树琼花丛中。一朵朵盛开的梅花，正迎着南国少有的冰寒，含笑绽放，嫣红的骨朵在寒风中显得矜持悠闲，有一点雍容华贵的少妇的傲气和骄横，那势态，既可爱又令人频生怜悯之情。不时有三两片花瓣在空中打着旋儿，轻悠悠地落在衣襟上，悄无声息。也不时在林中偶尔听得几只小蜜蜂围着梅林飞旋。几只不甘寂寞的小鸟也来凑热闹，不时从我们的头顶上翻飞鸣叫着。使人想到春天即将来临。转过另一丛梅林，所有的人都被眼前的美景震撼。只见千树梅花“忽然一夜清香发，散作乾坤万里春”。不知是谁翕动着鼻翼在拼命地嗅着空气中流动着的清香，似在心底发出二字。“好香。”众人也驻足细品，果然在空气中流动着淡淡的清香。那香味不比其他类花的香味。既有天成的香气，也有浪漫的温馨之精华，更有来自苦寒后的怡人的超脱和喜悦，令人闻之，精神为之一振。

山里的暮气来得早，夕阳徐徐滑向远方的山峦，渐渐地没入群山中，最后，金黄色的余晖留在了梅林里。把整片梅林渲染得更是满有诗意。此时，我的脑海里不时泛起触景生情的联想。古往今来，百花是热烈而奔放的，而梅花，只有以清冷来解释，它也许在尘世间的磨难的负荷太重了，因而它多了几分孤傲和清雅脱俗。古人在立世中，屡得伤感、寂寞与愁怀，便寻得梅花与酒为伍，低吟独酌，在斜樽剩盏中，熏陶了源自心底“眼前谁识岁寒交，只有梅花伴寂寥。明月满天天似水，酒醒听彻玉人箫”的幽独闲静之趣与好曲之美。而更令人叫绝者是于梅边听箫。冬夜，于梅边听箫是最美的意境。幽怨间，风雪飘摇中，于静谧中凝神细听，婉转缠绵，于暗香中一曲，惊破梅心。吹得疏枝挂玉，冷香暗凝，琼花满树，落梅点点，流光溢彩。便会突发奇思，于落寞中攫取灵感，墨在胸中而溢，词由心中而出。怀中的那丝寒意，眉中的那丝凄婉，心中的那缕荫翳，残躯的那身疲倦，皆在心底深处荡涤出最淡泊的底色。那林老君子的“疏影横斜水清浅，暗香浮动月黄昏”的清绝风姿便成了千古绝唱。

据说梅花是夜间噙着冰雪绽开的，它汲取了天地人间的琼浆玉液和聪颖智睿，与天上的仙子姗姗然投世而来。寒夜中，朔风呼呼而来，在没有尘世的烦扰之中，悄然携一缕清香，藏于冰天雪地中，祈望人世间的淡静和安宁。倚疏篱而开的梅花，一生中以雪为颜，以冰为骨，以香为魂，以风为伴，以情为伍。历尽人间坎坷、沧桑，信念不变，唯我而生，秉性无意与世相争。其品其行是一般凡尘所不及的。以至其终老也如陆翁所言：“零落成尘碾作泥，只有香如故。”甚是“无意苦争春”了。陆翁对梅花遗留世上的恩泽感怀至深，认为梅花的品格是最为高尚的。伟人毛泽东更是对梅花情有独钟，感慨人世间的峥嵘嬗变，以大气、华贵、潇洒、浪漫的手法对梅花“俏也不争春，只把春来报，待到山花烂漫时，她在丛中笑”的品性给予高度的评价。难怪国人在“国花”的定夺中，在梅花与牡丹纷争中难以割舍。假如让我认可的话，我会大言不惭地说：梅花。

赏梅归来，有文友嬉而问之，此番收获如何？半晌，我自心中而得：山中间赏梅，似智者超然物外的深沉和温馨；似仁者远离尘世的宁静和恬淡；似幻者轻跳世间的荣辱和沉浮；似静者拒绝人间的喧嚣和鼓噪。这便是山中间赏梅之心得。君不信，可趋之。

（载《广西林业》2009 年第二期）

三月江南

三月，我葳蕤的思绪濡染着春雨，与桃花舞蹈着一支小曲，对大地说，我来了，我来了。

这是三月的江南，江南的三月。

徜徉在桃花雨中，水灵灵的柔情流淌着春之歌，耀眼的春色诱人心醉。有百灵鸟在欢鸣、嬉戏。带着满天澄碧的飘逸，挽起玉壶，斟出苍茫的心事。

轻舟载着酒与歌，带着远古的思念与追求，带着柳永的风流倜傥，带着李清照的忧悒郁闷，驶进心灵的浅水湾，倒下一江绿酒，搅浊每个人的心池。江枫渔火，映红了桃花人面。晓风残月，我却找不到柳永的水井。多情的江南，一帘幽梦谁知？

“吴酒一杯春竹叶，吴娃双舞醉芙蓉。”

三月，我梦入江南。我的灵魂飘摇着色彩斑澜，骤然，有清风扑面而来，一丝暗香自血脉深处涌起。小桥流水之外，深深触及春风灵魂的笙弦，悠然奏起《春江花月夜》。丝竹里隐藏着曾是悲苦的故事，化作一江春水，漫上古岩。

烟雨迷蒙的江南，桃香如水，溅红了村姑的双颊；

吴娃美酒的江南，一帘幽梦，卷起了小楼的春晖；

多愁善感的江南，一缕春光，迷惘了青案的玉词……

漫步桃林，浸漶着故乡的馨风，怀揣唐诗宋词的惬意油然而起。

感受清风和煦阳光明媚以及乾坤滋润的所有生灵……

桃香时刻孕育故乡的滋味，眷恋一片温馨的土地，勾兑着浓浓的乡情。

枕着桃香，我梦入三月的江南。

（载《世界文艺》2009年第2期、《课堂内外：创新作文（初中版）人民教育出版社》转载2010年第3期、2013年被选入山东省冠县东古城镇中学七年级语文下册《宋词素描写作探讨》学案）

黄河，母亲的河

一次又一次的传说，一次又一次的梦寐，一次又一次的向往，那是一种什么样的憧憬啊！那是我梦中的追求吗？是我的心仪吗？啊，那是母亲的怀抱啊，是我们前生的灵魂。

这是如世界一般年长的民族的精魂，是黄皮肤的母亲，是中华民族的血管。在河中，流淌着中华民族的血液，是红红的血液把这万顷的河水染红了，再经过千万年的旅行，河水就成了黄皮肤的玉液琼浆，把这里的子孙们养育，把这里的子孙们的皮肤也染黄了。

这里流淌着力的强盛的巨能，流淌着永远不息的脉搏，流淌着雄遒的美，流淌着雄健的呼号。黄河，用它的血浆浸润了这里的山水，顽强无比的力量与粗犷的嗓子，把中华民族的灵魂唤醒了，把愚钝和无知唤醒了。

不息的心血流动着一个个不息的不老的传说，用了这些传说，去把男子汉的剽悍和巨力，一年年酿造着发酵了的醇酒，把山山水水都醺醉了，把黄河边上的儿女们的肤骨也醉硬了。

人们都说你是从黄皮肤里酿出来的高纯度的酒，是民族的精魂，今天，当我呷上了一口醇浓的酒时，我才知道，这遥远年代酿造的酒是用祖先们的铁骨和母亲的乳汁浸就的。

我多想在黄河上来一次历险的漂流，在母亲的怀抱里再做一次撒娇。

母亲的河，请你洗刷一次我的灵魂吧。

（载《江河潮》2009 年第 3 期）

三月跳漠江

三月，我葳蕤的思绪濡染着春雨，蹒跚的足迹，与桃花舞蹈着一支小曲。袅娜的乐声似乎早已被雨润出来的茵绿淹没了，绿毯铺展的声音犹如响彻在心头。

傍晚，从小城出发，进人漠阳江（广东十大江之一）边，思绪随着岸边的杨柳飞扬。头上有莺啼燕鸣，空中有白灵鸟在欢鸣、嬉戏。这里，曾是多少人梦萦的胜地。徜徉在久违的岸边，徜徉在桃花雨中，水灵灵的柔情流淌着春之歌，耀眼的春色诱人心醉。心中既有慕名的意臆，也有莫名的眷恋——因为这里是我生活的地方。

这里的江水虽然比不上八百里洞庭，比不上滚滚东去的长江，没有莽莽苍苍之觉，然而这里也曾是一方并非寻常的宝地。1600多年的风雨嬗变，上苍赋予了这方土地多少疮痍与繁荣。历史往往能将时间凝住，凝不住的是这方土地的灵性。而这灵性却又是在千百年来无时无刻不在演变着撼动人心的故事。自打赤乌元年这里有了史载的文明以来，这条延绵的大江，流动着烟花风月的经典；流动着怆然悲哀的春牛调；流动着刘三姐与张伟望的缠绵情歌；流动着冼夫人的金镝鞶鼓。只有夹岸的百里绿竹才能得知其幽婉的衷情。乃至今天，还有人于奖声灯影中打探前人的遗韵，漫燃着一缕淡淡檀香，燃一段幽幽古梦，苦觅着那失去的史书。

望着一江春水，眼前，俨然是谁倒下了一江绿酒，搅浊每个人的心池。对着一江醇香的美酒，渴望漠江却又如在娇羞中已把漠江的天望断。天空中飘洒着的三月桃花雨就像漫天飘来的醇醪，湿漉漉地覆盖在脸上、心上，身便恍惚着从满江的雨雾中来到了江南。轻舟载着酒与歌，带着远古的思念与追求，带着柳永的风流倜傥，带着李清照的忧悒郁闷，带着我们驶进心灵的浅水湾。阳春三月，草与水同色。本是艳阳莺飞草长的江南三月，我却在黄昏中搜寻被千重黛绿所醺然的漠阳江。

漠阳江，千古的客人已随云烟泯弃，在你的心胸中，至今还有多少红粉佳人、英雄豪杰在为你唱着赞歌？还有多少生离死别的悲歌悬浮于水面？还有多少铁马金戈践踏那辽阔无垠的阡陌？隔岸树林中透过一束如泣如诉的灯火。静静的漠阳江沉寂了如烟往事，温柔躺似处女般睡熟了。我不觉喟然长叹一声：“大江东去，浪淘尽，千古风流人物。”俱往矣，人世间红尘尽如这潋艳旖旎的江水沉默，沉默得如同水底清澈可见的鹅卵石，沉默得如同河床之下埋藏了无数的故事一样缄默无声。

于船舱中举目远眺，暮霭中，朦胧的山岚中层层幻映出牧童、牛群、炊烟、垂柳、青竹、浣衣女，稻田、鹅鸭和篱笆围绕的农舍……

翠柳中黄鹂的鸣叫,和风拂面时燕子呢喃着筑巢;布谷鸟啼唤着，农夫把牛赶出院子；色彩斑斓的风筝下，传出一片哭闹声；一片片蛙声像翻滚的稻浪，震颤着灰墙绿瓦……鸡狗喧闹，婴儿的娇哭，村妇的低吟，丰满月亮下的酒香，丝竹、笛子也明快悠扬飘上姑娘的绕梁绛唇……

阡十里、陌十里、雨十里，岸边，青石路上撑着花伞的姑娘，扭动着婀娜的身躯，踏着春雨的滴答声，轻挪身子，燕动倩影，纤纤风韵，也许又在轻吟一首爱情小诗。

春风拂着杨柳枝，溪水托着花瓣，流动着村姑的嬉笑声。举着花枝追逐蝴蝶的二八少女恣意地发出银铃般的欢笑；牧童的笛子悠悠扬扬地振颤在牛背上。远处，深宅大院里，屋前篱后，或是雨打芭蕉，素手调琴；或是风娑新篁，管弦骤鸣，绛唇玉萧，润了酣睡着的孩童。

子夜，昏昏然的我梦入漠江。我的灵魂飘摇着色彩斑斓，骤然，有清风扑面而来，一丝暗香自血脉深处涌起。遥远的小桥流水之外，深深触及春风灵魂的笙弦，悠然奏起《春江花月夜》。丝竹里隐藏着曾是悲苦的故事，化作一江春水，漫上古岩。

烟雨迷蒙的漠江，桃香如水，溅红了村姑的双颊；

碧波璀璨的漠江，一帘幽梦，卷起了小楼的春晖；

多愁善感的漠江，一缕春光，迷惘了青案的玉词……

我仿如深一脚浅一脚地漫步在桃林中。桃林里浸患着故乡的馨风，怀揣唐诗宋词的惬意油然而起。感受清风和煦、阳光明媚以及乾坤滋润的所有生灵……

江枫渔火，映红了桃花人面。晓风残月，我却找不到柳永的水井。多情的漠江水，一帘幽梦谁知?

桃香时刻孕育故乡的滋味，眷恋一片温馨的土地，勾兑着浓浓的乡情。枕着桃香，我梦入三月的漠江。

（该稿获重庆首先杯征文三等奖，入编《首先杯全国征文散文卷》中国戏剧出版社 2010 年版，收入《水墨阳春》光明日报出版社 2014 年版）

映日荷花别样红

说到荷花，无不使人联想到西子湖。只因了历代圣贤于此泼墨抒怀而使其名闻天下，既使其成为千古集贤的胜地，也使其成为咏荷的“金榜”。圣贤们飞逸的文采给这片绚丽的土地披金铄银，堪同于曜日吟月的天堂。毋庸置疑，名闻遐迩的西子湖是菡萏之国的大家闺秀。

然而，小家碧玉亦可谓汗牛充栋。君不见，四海之内，何处无“清莲”？最为令人心仪者，窃以为是朱自清笔下的《荷塘月色》。而朱先生在如银的月色下，端的是另一种怀柔抒情、感慨人生的柔情。忧柔之中无不烙上对大自然的恩赐的感激和玩赏的烙印。

闻说本邑黄村之地有荷花可赏，便邀友前往。以一遂濯心洗眼之愿。

眼前是“波平十里铺云锦”的姹紫嫣红的天地。如争翠吐红、乔纱曼舞般的轻盈少女竟是撒满了池塘。同行中竟有雀跃者迫不及待扑向池中，争相抚慰久违的嫩荷。远眺，荷池如绿毯一展芳姿，施施然、懒慵慵地醉卧其间，似装满了沧桑之态，昏然轻摇飘动。风起之处，却又曲扭纤腰，随风起舞，那意形，平添了几分暧昧，叫人心猿意马，热血偾张。近看，那绿中夹红的舞娘却又是艳而不娇、妩而不妖，濯而高洁，婀娜的霓裳在微风中翩翩起舞，轻柔而飘逸，温情而幽雅。再细看，那荷花纤腰抚疏，绿裾时而裹于胴体，时而以娇媚之躯羞羞涩涩地裸于人前。丰腴的躯体如凝脂聚玉，雪霰放光，晶莹中透着几分婉约，粗朗中又有几分风骨。再看那含苞的骨朵，结实中透着英气，松弛里裹着可怜，奔放中孕着蓬勃。一苞苞花蕾含苞欲放，如处女怀春前夕的激情奔放，令人徒生几分爱怜之意。此时此刻，正是“荷花笑沐胭脂露，将谓无人见晓妆”之时。

片刻，晴空中忽而洒下串串银丝。南方夏天的阵雨据说是有灵性的，在烈日炎炎的空中，飘洒着的几滴甘霖，便是观世音菩萨从银瓶中倾泻而下、普度众生的甘露，世人共享之，那便是国泰民安、风调雨顺的祥兆。阵雨过后，我们再趋前而看，却是另一番意境——阵雨虽小，池泛涟漪，整个荷池中水雾氤氲，朦胧晦暗，黛墨似粉，纷纷扬扬腾升于花苞之上。雨水却将荷叶上的污秽之物一濯而净，碧绿鲜亮，翠绿欲滴。窝凹的荷叶边缘微微翘起，敞开宽阔的胸怀将一颗颗如珠的水滴盛起来。那些水珠晶莹剔透，在玉盘中倾旋滑动。微风过时，如斛斛玉珠行云驾风，如淙淙水银泻地，如清澈小溪汩汩而歌。令人看得眼花缭乱，心旌晃动。花蕾上的水珠更是冰艳透明，寒光四射，芬芳淡雅之意呼之欲出。

昔日吴王夫差为博西施美人一笑，不惜重金在苏州灵岩山上筑“玩荷池”，以供丽人春心归附，然而纵有鸾舆凤驾，也难得江山万代之春，一切荣华富贵、万世显赫却也只能付诸东流。世事的嬗变只是给后来的史学家们留下了长长的叹息。倒是那个颇有才气的王安石老先生把荷花吟作“故应将尔当西施”去了。

这荷花，这美女端的是世中宠物！

古人有“十里荷花，三秋桂子”之羡，更有《诗经》中“山有扶苏，隰有荷华”之冀。可见世人对圣洁之物之宠爱与向往。古往今来，多少圣贤俊杰，乃至枭雄市井之辈，同样对荷花这种圣洁之物顶礼膜拜，奉之如神灵。即便是身藏污秽之徒，也在观世音的莲座下以虔诚之心祈得“省身净魂”“脱胎换骨”。世中一切雍容华贵之美，倘无清洁纯净、质朴之美，亦是枉然。君不闻周老夫子“出淤泥而不染，濯清涟而不妖”之儆吗？

（载《湖南邮电报》2009 年 6 月 18 日）

圣陶沙上看水幕

前年初夏，我们一行十多人到狮城新加坡观光。

新加坡（Singapore）原本名叫“信诃补罗”，古称淡马锡（爪哇语为“海城”）。新加坡以“花园城市”著称，是亚洲的“四小龙“之一。在这个现代极为文明的岛国里，我们领略了它清洁、宁静、美丽的现代文明的气氛，被它那富有文明的气息熏陶。狮城的鱼尾狮公园小巧而别致，给游人留下的印象是沧桑之中裹含着清新、蓬勃。登临花芭山，狮城美景可尽收眼底。而这些过于雕琢的痕迹没有给我留下过深的烙印。而最难忘的是在圣陶沙上看水幕。

圣淘沙位于新加坡本岛南部，离市中心约半公里。这个田园乡村式的度假岛屿，马来文名字是“和平与宁静”的意思，单从它那富有诗意的名字就可想象它一定是隐藏奇山秀水，碧翠宜人的地方。圣陶沙原是一个苍凉、萧条的小渔村。由于历史的原因，它一度曾成为英国的军事基地。从 1972 年开始，变成了一个度假岛屿。夜幕刚刚降临，甫一踏上这片青葱翠绿，充满着原始与现代气息相交融的小岛屿，便觉得如同进人了另一个世界。瞬时，初夏的闷热被绿荫下所具有的氤氲气息所掩盖，沁人心脾的惬意随着夜风轻柔而来。给人以馨风徐来的感觉，更有大自然天然氧吧轻娑的感受。脚下，是以汉白玉石筑起的龙道，一条条千姿百态的石龙翻飞腾跃，挪闪滚动，那栩栩如生的动态，绝不亚于国内的所有的龙雕。从这条延绵数百米的龙道来看，足以看到炎黄子孙生生世世对龙图腾顶礼膜拜的虔诚之心。如阡陌般的天然幽径，星罗棋布。此刻，我们都觉得如同走进了乡间朴素而广袤的原野，凡心在远离城市喧嚣的那一刻得到了入定。簇簇行人，沿着白色的沙滩轻松漫步，不时踢撩着微微的水波，溅起银白色的水花泛起刺眼的光波，在芸芸众生中常常荡起欢快的笑声和嬉闹声。年轻人则乘着游艇，漫无边际地随意享受着大自然温馨的福祉。

在圣陶沙最让人心旷神怡的是圣陶沙梦幻音乐喷泉。圣陶沙音乐喷泉俗称“水幕”，即是在泉水喷射出来时形成一大片的墙状的屏幕，屏幕上尽显自然和现代科技结晶的形象。据说这是世界上首个数码技术，堪称世上一绝。

我们进人表演现场时，天色已暗，满岛尽是辉煌的灯光。音乐喷泉位于鱼尾狮楼与钟楼之间的一个小山冲中，山冲是狭长的。舞台（倒不如说是水幕中心）正对着的是一道低矮的小山梁，那是天然的观众坐席。我们坐在山梁的最顶峰。俯首直观，舞台尽览眸中。来自世界各地的游客，操着各国语言，急匆匆地蜂拥着涌向观众席。听说圣陶沙音乐喷泉每天表演两场。我们在没有进入表演场时，就听导游说过，没看过圣陶沙音乐喷泉，就等于没有来过新加坡。

正当我们焦急地等待的时候，突然，一声震耳欲聋的音乐声几乎是从我们的头顶上轰响，如雷霆万钧，大地在那一瞬间似乎山摇地动地晃动着。我们为之一愣，随之几道灿如白昼的光柱遍照小山冲，把整条小山冲辉映得金碧辉煌。观众席上，传来观众雷鸣般的欢呼声——表演开始了。群山沸腾了，观众沸腾了，千山万壑也跟着沸腾了。

七彩缤纷的光柱，裹着热带雨林的氤氲，恣意地在小山冲里飙射，游窜着，如一条条狂龙在天地间任意飞舞。璀璨的火树银花在鱼尾狮塔楼射出幽蓝的光芒的混合中显得光怪陆离、祥和热烈。炽热的气氛霎时把天地万物搅融在一起。再随着一阵迅猛的音乐声飘过，灯光骤然落在舞台前，不知从哪儿倏地蹿出一个小丑般的主持人来，看他那疯疯癫癫、憨憨傻傻的样子，不说也知道是个滑稽的角色。如火山爆发般的喷泉骤然从舞台中央直蹿天空，一排井然有序的水柱齐刷刷地喷射而出，水柱上似乎粘着一缕缕金箔、银花，在微风的轻拂下，如柳摆微风，如怀春的少女，摇曳着丰满的娇躯，似乎在向多情的公子献媚。坐在我旁边的老刘，特别的“好色”，他连问我水柱的运动像不像婀娜的少女轻摆腰肢，也难怪他的反应是那么快速。我还没来得及答话，水幕上就出现了一群风情万种的新加坡少女。那群少女个个怀抱陶罐，轻挪莲步，边行边舞，羞羞涩涩，秀色可餐。那个主持人一会儿用荧光指挥棒指指画画，叽里呱啦地不知说着什么，一会儿跑近水幕前故弄玄虚欲拥抱水幕上的少女。他跑近水幕前，与水幕上的少女相比，他仿佛是个小人国里的一只炸锰，滑稽的举动，夸张的表演，惹得全场的观众直笑得喘不过气来。突然，那个主持人往水幕中一蹿，不见了踪影，那群少女也随之消失了。观众们正纳闷间，那个小丑却从水幕的底部往上一蹿，直蹿到了水幕的顶部，在空中手脚乱挥，一下子从高高的水幕顶上重重地摔下来。观众更是惊乍不已。

接下来是繁多的诸如美人鱼、天使、猴子等动物的粉墨登场。而最令人遐思的是水幕上出现了中国古代仕女的形象。一个美轮美奂的仕女轻抚琴瑟。那优美的琴音仿如从天籁传来，靡靡之音恍如在我们的脸颊上摩挲，在我们的心底里流淌。听着如泣如诉的怀春乡音，无不令我们对祖国忽然萌生了一种眷恋之情。虽然离开祖国是那么短短的几天时间。

濡染着热带雨林的温馨，举首仰望天空的点点繁星，感受如歌的林涛之声，我们仿佛处于仙境。凡心在那刻里得到了至高无上的皈依。

狮城，以其明净、清心、典雅林立于世，不失为“花园城市”的雅称。

（载《重庆晚报》2009 年 8 月 12 日）

秋谒三苏祠

常捏刀笔，免不了要读读东坡先生的诗文。先生的诗文逸态横生，如行云流水般的斐然文采，几乎令我醉倒。由是对这位文坛巨匠产生无尽的景仰。怀着对这位中国历史上的文坛骄子的崇敬之心，于秋日，我来到了四川眉山县的三苏祠拜谒。

三苏祠是苏洵及其二子苏轼、苏辙的祀祠，位于眉山县城内，整个园林占地面积五万二千多平方米。它的主体建筑是传统的中轴对称式，自南大门而入，过前厅、进飨殿、转启贤堂、达木假山堂、济美堂。两侧厢房对称，周围亭榭台阁密布，小溪环流，声注潺潺，林木葱茏妖娆，幽篁苍翠轻娜，给人一种静穆清幽的感觉。

三苏祠内的塑像颇为可观，令人驻足抚叹不已。飨殿正中的三苏彩塑令人肃然起敬：苏洵居中，苏氏兄弟分列左右，神情风采颇与前人评价三苏诗文的风格——“凝冻老泉，豪放东坡，冲雅颍滨”甚为契合，让人联想翩翩。再稍转一处，是披风榭水池上的东坡盘陀坐像。东坡安然戴着东坡帽，身着文士服，盘腿侧坐，临风远眺，长髯拂胸，一脸正气，超然神凝之态令人平生敬畏。

飨殿固然供奉三苏，无可置否。而祠内置木假山堂，则是后人爱屋及乌所至，乃人之常情。传说苏家门前有木假山三峰，苏洵曾作《木假山记》，以表达喜悦之情。元代改三苏故宅为祠堂时，后人景仰三苏之节操以及宏学，或许是敬重三苏“萃父子兄弟于一门，集八家唐宋占三席“之意，以木假山而置之。其实，以三座高峰喻三苏为中国文学之巅也不为过。木假山堂早已云去，据说是毁于明末兵灾。清康熙年间重修时，其址荡然无存。乃至道光十二年(1832)，有学士李梦莲主于眉山书院，见“异木于城南江浒，色黝质坚，三峰宛具，乃购归堂中”。此“三峰”由大小九块形状各异的枯木堆砌而成。枯木纹理宛然，至真至极。古之圣贤尚崇之切切，我等晚生更是贴之于耳。难怪此物谨存于玻璃柜内，尘世间污垢休得染指。

三苏祠内的碑亭，也可算是一绝。内有石刻、木刻二百余平方米。尤以苏东坡的四大名碑最佳——《柳州碑》《表忠观碑》《醉翁亭记》《丰乐亭记》。四柱名碑书文堪称天合之作，是苏东坡作为宋代四大书法家之一的书法代表作，弥足珍贵，不可多得。

祠中的联文也是一绝。对联的内容主要有两类：一类是赞颂联，如“一门父子三词客，千古文章四大家”。另一类是即景联，是赞美三苏祠的优美景致的，如“墨池烟润花间露，茗鼎香浮竹外红”。除去以上的对联外，尚有一些集句联，主要是集苏东坡的诗句的，如“酒后剧谭犹激烈；花前归思自飞翻”“五亩自裁池上竹；三人同作月中游”。有一对联是当代苏轼研究专家陈迩冬先生集东坡词和朱德诗句而成双壁，联云：“千里共殚娟，飞来三白鹭；一门三父子，都是大文豪。”上联两句分别集自苏轼的词，下联化用朱德1963年游三苏祠时所赋诗句，可谓珠联壁合，惟妙惟肖。

（载《工人日报》2009年10月16日）

魂兮·汨罗

绵延了两千多年的美丽的传说，穿凿着时空的隧道，在天籁中穿行。穿过岁月的河流，穿过洪荒的呐喊，穿过荫翳的岚霾。仿佛一个灵魂闪动着一缕蓝光，在汨罗江的上空凝结着一朵彩云，炫耀着千古鬼神皆泣的傩戏。

曾多少次，我的灵魂融入这滔滔的汨罗江，思绪在渺渺茫茫的时空中漫游，眼前幻化着一个耸立的身影。那是一个在荒野中踽踽独行的无援的身影。那身影仿佛高昂着头颅，项脖上披着忠诚的枷锁，拖着残躯，一路彳亍而行，亮着嘤嗡的嗓门，以彪悍的黄钟大吕对天长嘶。“路漫漫其修远兮，吾将上下而求索，长太息以掩涕兮，哀民生之多艰”组成了哀乐，弹跳着悲凉的音符，漫过黯然的江面。一代天骄，颤颤巍巍地拔剑而舞，抱剑而歌，三尺青锋，高擎云天。剑气直冲斗牛，腾升起氤氲的紫气。或许无缶可击，或许无歌可泣，一声声长太息，寂寥的灵魂，在荒野中发出绝望的呐喊。踌躇的孤魂，虽然缠绕于醉生梦死的琼筵，却丝毫没有给楚官的红墙绿瓦予以猛烈的撞击，聩醒不了昏然入睡的梦魇。震撼着楚国倾颓的挽歌，掩泯于汨罗江畔，飞逝于九天之外。九歌风韵，曾化作一道道崩天裂地的红光，爆裂出震天撼地的轰鸣，狂飙过后，毫光也曾划亮过悲壮的夜空。奈何怒吼的嘶声，渐渐地消匿于黝黛的江水，化作一腔愁肠翳心，连同楚官一起漂逝于爪哇。遥想那个阴霾密布的时节，当寄托已不能代替那份透彻心扉的绝望在激溢着一个伟大的灵魂的时候；当报国无门，悲绝人寰，掷锡觞于玉案，愤然而立的时候；当满腔热血涌动着胸怀，怒发冲冠的时候；当翰墨裹挟着蒺藜，民众身陷囹圄、水深火热之际；当群鸦聒噪，奸佞弄朝之时，一个孤独的身影，怀抱三尺青锋，回首苦难的家园，傲然脚下的污秽，笑对汹涌的大江。经天覆地的滔滔江水洗去了他所有的烦恼、污浊和梦呓。他终于将自己的灵魂寄寓于他的港湾。汨罗江从此也就收藏了忠贞和圣洁的故事。澎湃的江水和奔涌的热血一同汇入了他的血管，在他温热的躯体中咆哮着《天问》。于是，奔腾的汨罗江水更加清澈而有灵性。汨罗江畔也就沉淀了一部千古难以湮灭的史诗，沉淀了湘楚黎民一段耻辱的历史。纵然是一位满腔坚贞忠诚的爱国先驱，况且是中国文学史上第一位诗人。当美政思想悬在高崖而达不到彼岸，当“举贤授能”之倡导烟消云散，大统一理想成为梦幻的泡沫。可怜心中的君王任凭奸佞肆虐，朝廷的颓废，一个高洁、神圣不可亵渎的灵魂在充斥着妒忌和诋毁的混浊中越来越孤清寂寞。高远的鸿鹄之志只是他的梦呓。他知道，他的失落是一个朝代的失败，是一个国家的悲哀，一曲《离骚》怎抵得了那顽如膏肓的樊篱？一个国家被注人了毒瘤，其生机又何在？唯有风口浪尖上舞蹈着催人泪下的《天问》。问天，这片丰腴的土地怎的就容不下国泰民安的骊歌？容不了风调雨顺的笙乐？容不得莺歌燕舞的安谧？悲哉，哀哉。

那一年的菖蒲，让骚人点燃，炙烧着楚辞，冉冉腾升起一缕不死的灵魂。雄黄烈酒，让一条条狂飙的龙舟醉饮着，在沧海里、在大川小河中奔腾。甘饴的粽子馅中，年年填充着一个民族的无数悲泪。天涯那轮不圆之月，沉隐于一个没有星月的夜晚，惨淡哀鸣的挽歌夜夜萦绕于汨罗江上。

曾几何时，汨罗江上的凄风阴雨如鬼魍般的阴森可怕，那个载着一腔悲愤的诗人投人狂涛巨浪中，汨罗江就开始以咆哮代替愤怒，以呜咽代替抗争，千年万载宁静的汨罗江从此就没有了安宁，两千年的静谧由此打破，一腔热血，一腔悲愤，如幽魂般在浮浮沉沉的江面上漂荡，游走，哀号……

年年经过濯浴的灵魂，无时无刻不在教诲着世上一批批对这个世界充满着良知的灵魂，在呼唤着无数坠落的魍魉。滔滔江水，向东，向着阳光，向着不再孤寂和茫然失落的彼岸。眺望烟波浩渺的汨罗江，掩卷冥思，为何黄皮肤儿子的步履总是那么艰辛地在汨罗江的波涛上跋涉？

魂兮，汨罗。汨罗，魂兮。

也许，两千二百多年的潇风湘雨已经洗涤了尘世间的污浊，濯洗了行尸走肉的灵魂；

也许，两千二百多年的潇风湘雨已经冲刷了天地间的秽尘，熏陶了醉生梦死的噩梦；

也许，两千二百多年的潇风湘雨已经净化了宇宙间的糜腐，重生了浴火沥风的涅槃；

也许，两千二百多年的潇风湘雨已经引爆了乾坤间的沉疴，淹没了遗臭万年的罪孽；

也许两千二百多年的潇风湘雨已经唤醒了人世间的良知，孕育着多彩绚丽的一轮红日。

也许……

魂兮，汨罗。汨罗，魂兮。

（载《江河潮》2011 年第 4 期）

听莺春雨骤来时

三月之春，最是喜欢听莺啼，由是春雨骤起之时。那份氤氲的气息，濡湿着冬天远去的枯燥，让天地在姹紫嫣红中点缀的画卷中更显英姿。君不闻“花开红树乱莺啼，草长平湖白鹭飞”（宋徐元杰《湖上》）。那情景，端的是让人心旷神怡。

朋友说，位于城东北郊的情人河边的青草翠竹特别的有灵气，而且有一股淡定的超尘脱俗之气，有一缕悬浮于头顶的空谧禅意。而这方土地上最为吸引人的是听莺啼。当太阳向西山下滑时，群莺旋飞，鼓噪不已，纷纷各展歌喉，在宁静的山乡小河边，奏起春天的协奏曲。一杯清茶，一颗静心，懒慵慵、施施然地端坐其间，那才叫是神仙。我不知道情人河边的鸟鸣是否也是一种禅意，倘若是，我则细心去寻觅，以求得一星半点的灵感也是我的收获。在朋友簧舌的怂恿下，我心静如水般的心境竟蠢蠢欲动。终于敖不了这美丽的哪怕是欺妄的蛊惑。走进情人河边去听那久违的莺啼。

春来是何等的令人羡慕——

春天，是四季之首，春已来也，春天的恩赐是大自然的给予，如银丝般的雨帘懒散地挂在空中。天幕中扯下一丝丝如银般的雨线，编织成一道密密的银帘，悬挂在广袤的天地中，灰蒙蒙的一片。只要稍张开双臂，就能轻触湿漉漉的空气，沁人心脾的凉气渗人骨髓。远处，鹅绒黄般的青草羞涩地探出头来，似乎在偷窥这个新奇的世界。微雨飘洒间，让人有一种酥麻麻的感觉。春雨毕竟是那样的悱恻，让人觉得空气都是那样的暧昧，心旌无不在涌动着一种欲望。

一座残破的水泥桥迎面逦迤而来，桥之两侧是千年古榕撑着巨伞罗列于河岸，沧桑而凛然，伟岸的身躯傲然挺立。既有高举金鞭、叱咤风云的气概，也有酣畅淋漓、气动五岳的狂态；既有神定气清、安然谧静的清雅，又有蛟龙出海、猛虎下山的神威。这满眼古榕虬曲苍劲、勃然朝天，仿佛无时无刻不忘向人间昭示着生命的永恒与顽强。见者无不惊叹大自然的神奇与赐予。

我们端坐其中，侧耳聆听。起初，什么鸟声也没有，只有微风过处，聆闻些许窸窣声，间或还有一些虫鸣。这山野的阒静算是让我的朋友给我的“暗算”的礼物了。我正埋怨我的朋友的“缺德”，神情在那一刻有些恍惚。心想，既来之则安之是心定神宁的上策。

须臾，忽地听得一声清脆的鸟啼来自于上苍。这声音来得太突兀了，令我们猝不及防，以致几乎吓了我们一跳。翘首仰天，极目天际，却杳如虚幻。仿佛刚才这一绝无仅有的声音来自于洪荒之度、遥远的天际，却明明又觉得聩于耳廓，近乎得伸手可摘，唾而可舔。

“是黄莺，是黄莺。”眼尖的朋友们看见了昂立树梢的鸟儿。

“一只，两只，三只……”朋友们竟是如孩童般的雀跃。顿时，一股热流腾涌于古榕之下。

正是“几处早莺争暖树，谁家新燕啄春泥”（唐·白居易《钱塘湖春行》）时，啁啁啾啾的啼鸣在一瞬间拉开了帷幕。

这清亮、圆润的鸟鸣，婉转而悠长，其腔调又带着点凝滞和矜持。仿佛是前奏曲，又仿佛是它们骄傲的一个亮相，故意在我们的面前卖弄。那祥和的音律，轰然而发，直捣耳鼓。嗡嗡嘤嘤的吵闹声占据了整个世界。

片刻，莺啼声戛然而止。那片本来就静谧的古榕经这一群不速之客的鼓捣之后，忽而更加清静。仿佛整个世界似处于洪荒之际。也许，是鸟儿们留给我们一个小小的空间，给予我们一个遐思的余地。让我们有悠久的回味，让我们记住那音符的转折和跌宕，给它谱出缠绵的乐曲，抑或给它们配上一阕小令或一首绝句。坦然而言，越过冬天的那份枯燥，忽而如临近万物濡湿的渲染之中。

这莺声，这鸟啼，不禁令我遐思不已——

有时候，人类是绝顶的聪明。但有的时候，人类是绝顶的愚蠢，甚至是残忍。人类可以肆意地践踏世间的文明，他们能砍倒大片大片的森林；能污染整个海域；能惹得山洪怒吼；能毁坏大片大片的碧绿草原；他们能将土地龟裂成残片，眼界和心胸都很狭窄，索取是生命的至高点……上苍的赐予没有在世上号称最聪颖的生灵手中得以安逸的生存，而是随时面临着颠覆的命运，这是何等可悲的讽刺。

假如血腥般的教训能让我们觉悟，我们的眼界和心胸就需要更纯洁和高远，在这片祥和的土地上，在享有葱郁的世界的前提下，更需要对这个世界回报以关爱和呵护。

离开古榕之前，我再次潜心聆听了一会儿莺鸣，这是落日之前的莺啼。或许莺啼也会镀着一层金色，和着春天温柔的气象，在人间点染着一种永不消泯的春色。但愿，但愿。

我心在祈祷。

（载《汕头日报》2010 年 3 月 11 日）

因为生命的美丽而读书写作

世界著名作家高尔基曾说过："读书，这个我们习以为常的平凡过程，实际上是人的心灵和上下古今一切民族的伟大智慧相结合的过程。"读书，可令世上所有的人增智慧，长见识，而更重要的是在人类的历史进程中，让自然界的主宰者们有能力驾驭人类的征程。同义而言，对于一个作家，同样得以充实的本体应付纷繁复杂的世界，方能游刃有余。

说起舞文弄墨，至今已近29年。29年给我的心路带来的是无尽的深思。不经意间就在三千多的汉字中间斡旋着，乃至于今仍沉醉于某一种"洗心浴魂"的情结中。

人如果处于一种以本能的所为为主体的愿望，时刻在面对某一载体时不能自已的情绪频频出现，那么，这也许就是我们所常说的"情结"了。

作家的情结无非是在人生的崛起与沉沦、衰落与荣兴、激昂与颓废的人间烟火中挣扎与坠落的空间铸造。作家需要的是一种正常的、健康的情结。而这种情结是人们在从事于一切工作中，在与客观世界的摩擦中得出的一种世人公认的真谛，即是融入作家头脑中的世界观。曹丕曾说过："文章经国之大业。"（《典论·论文》）可见古人对"文章"之高尚与宏伟的景仰是何等的庄严与虔诚。一个人的生命历程以及一个国度的兴衰沉沦，往往被掣肘于诸多因素。在生活的空间由时空两维约束着生命的质量和传奇。因而就产生了世间色彩缤纷的故事与演绎，就产生了无数的可歌可泣、悲欢离合、黄钟大吕式撼动天地的神奇。纵观广袤五千文明，细味泱泱神州之嬗变，皆概莫能外。

说到时空的维度，不得不承认时间维度的短暂与虚缈，人生的时间维度是极其有限的，要不前苏联作家尼古拉·奥斯特洛夫斯基为何会对生命的尊严提出了一些尖锐的问题？他似乎是以一种告诫的口吻儆示后人——生命是可贵的。时间的维度取决于自然的律动，而空间的维度则取决于人们对生活的态度。空间维度在很大程度上是指心灵的辽阔与逼仄。心灵的狭小逼仄会把我们的生命导向一种偏执、冷漠、阴险、凶残。心灵的开阔则能予人一种宽容、包涵、磊落与善良。国人何以崇尚佛学？人生基点本身就是"人之初，性本善"的神话，只不过是在从良的过程中欠缺自身修养，出现了歧途而已。每一位作家都希望自己在"吹捧"中融人自己的观点与立场，并在其中找寻激情与喜悦，体验生命的丰厚与尊严，在演绎世事的过程中，拓展属于自己的心灵空间。认识和思考生活并领悟其内涵和意蕴，是每一位作家孜孜追求的"世外桃源"。芸芸众生生命价值的凸现，是每一位作家与之息息相关的纽带。万变不离其宗者是生命融化着作家，作家鸟瞰着生命。

我近年喜欢读书，陶冶情趣，更喜欢写些花鸟虫鱼、风花雪月、山川河流之类的小文，于我而言，不是以殚精竭虑的姿态使其成为黄钟大吕式的“绝世佳品”，倒是仅仅以个人感情的宣泄或是记录人生的鸿爪为宗旨。当然，能成为佳品那就是最好不过的事情了。因为一个人的情结会以一种对生命体验的外延而延伸，人的精神境界是无止境的，其升华的程度是因人而异的。花鸟虫鱼、风花雪月、山川河流是属于生命的一种美，生命的美丽本就应得到珍惜与呵护。在漫长的历史长河中，与人类的生存俱同的美丽就是一种纯洁、一种坦荡、一种真诚。

说到生命的美丽,这是一个永恒的话题,也是令鬼神皆泣的话题。我有一位远房亲戚，在南海舰队当了一个雷达站长。他的战友在一个荒岛上看守航标灯。长年沐风栉雨，工作之余与书为伴，过着一种非常人所过的生活，为了保护航标灯的运作，献出了自己年轻的生命。一朵鲜花似的生命就与礁石、大海长眠了，其英魂却时刻在他的头脑中炫闪着人生光辉的亮点。这个故事撼动了我的灵魂，在我的心灵中起伏着波涛。于是，我怀着一种震撼的心情，提笔写下了《美丽的谎言》。

令我意想不到的是，这篇小小说在 1999 年第 3 期的《四川文学》上发表后，直到如今，已有 20 多家报刊转载它，并被收入《一百个感动中学生的故事》一书，选入了中学阅读美文 600 题目。更令我想不到的是从 2004 年至去年，江苏省、湖北省、安徽省等地的重点中学把它选为中考模拟试题。

生命是天地间的精灵，更为可贵的是人对世界的奉献。是这样的生命对天地寄予一种永恒而辉煌的史话，因而它能令鬼哭神泣，令天地华光顿生。

蓦然回首，惊悚汗颜。人生中，毕竟有来自生活的痛苦、快乐、孤独、幸福、仿徨、挣扎与无奈。青灯黄卷中毕竟消耗了青春年华，两鬓华发又何有琴瑟之乐？惘然中竟觉得自己的灵魂是如此的孤独，于是便冀求、渴望在世上有一种精神皈依。“为伊消得人憔悴”，写，是写我，写人生，写世界，纵然衣带渐宽者也由此自乐，惶恐之时，额自汗涔，无奈之下，便由得自我一嗤也就作罢了。

（载《云南教工》2010 年第 4 期）

孔子与泰山

（一）

孔子作为中国历史上的一位政治家、思想家、教育家，在中国的历史上占有举足轻重的地位。至于历次的重大的社会变革，更给他披上了一层层令人难以捉摸的雾纱。但无论历史怎样的曲折，怎样的多情，总归有一个还原的时候。毋庸置疑，孔子的教育思想在中国教育史上占有极重要的地位，他的有教无类、循序渐进、因材施教等一系列的经验总结，是中国教育界宝贵的精神财富。

至于我国的五岳之尊的泰山与孔子的关系又是如何的呢？

孔子一生喜周游，他曾周游列国，足迹遍布中原大地，泰山距他的故乡曲阜不远，周游时经过此地是自然之事，更何况，泰山在人们的心目中是那样的崇高，作为万世师表的他不可能不到此一游。然而，在汗牛充栋的史籍中，以为孔子到泰山一游却难真正找到凤毛麟角的佐证。怪乎，奇哉？

孔子之后学孟轲及其门人所撰之《孟子》一书中，孟子以“孔子登东山而小鲁，登泰山而小天下”为喻，说明了“观于海者难为水，游于圣人之门者难为言”之道理。

至于孟子所言之“东山”究竟为何山？其说不一，或以今之曲阜城东之尼山为东山，或以今蒙阴县境内的蒙山为东山，谁也说不清楚。而作为一代宗师，就“登东山而小鲁”而言，其则认为：登上泰山就以天下为小矣。对见过大海的人来说，天下的水就不在话下；对曾在圣人门下学习过的人来说，天下庸人的俗论就不屑一听了。孟子之所言，可以成为孔子登泰山的唯一的正式的记载。

今天，能在泰山上找到三块刻石，以明证孔子登上泰山之壮举：一是山顶玉皇阁下的“孔子小天下处”；二是山下红门附近的“孔子登临处”；三是山上天街东侧的“望吴胜迹”。而“孔子小天下处”是后人依据《孟子》所载而设置的，年代大约在唐之后。从刻石的字迹看，不是秦之前的文字，且山上的唐以前的刻石甚少，故而有人认为该石当是出自明人之手。天街东侧的“望吴胜迹”坊，则是当代人依据某些传说树立以炫示游客的。当否？有待专家学者们鼓噪了。

总而言之，一代宗师有否登临泰山，则是无关紧要之事，而“登泰山而小天下”则是一代宗师之抱负或是其凌天之志之表现。

（二）

孔子登泰山虽只有《孟子》为孤证，但作为喜周游列国的他经过泰山还是有可能的。《礼记·檀弓》中则记载着孔子著名的“苛政猛于虎”之说。

孔子从泰山旁边经过，见一位妇女在坟茔旁痛哭哀号，孔子让其弟子子路去问个究竟。子路走到那个妇女的跟前问道：“大嫂，你哭得这样悲痛，一定是有什么伤心的事吧？”那妇人答道：“是的，从前，我的公爹让老虎吃了，后来，我的丈夫也让老虎吃了，如今，我的儿子也让老虎吃了，先生，这一连串的事都发生在我的身上，怎不让我伤心呢？”子路去向孔子回话，孔子让子路问那妇人：“那你为什么不离开这个地方呢？”那妇人说：“因为这里没有苛捐杂税的暴政啊！”孔子听后，深有感触地对他的弟子说：“你们要谨记，暴政对人民的危害往往是猛于虎啊！”

此则传说之真伪大不可考究，但对一贯主张“仁政”，反对暴政的孔子来说，则从一个侧面反映了他“爱人”“使民以时”“轻徭役，薄税敛”的思想主张。这个故事中的“苛政猛于虎”的观点与孔子的一贯主张是一致的。他的“苛政猛于虎”的观点对中国封建社会中的知识分子的政治思想影响极大。乃至唐代的散文家柳宗元仍受他的影响。柳公因不满江南赋税的繁重而写下了著名的《捕蛇者说》，就是针对当时的时弊写的，也可以说申述了孔子的“苛政猛于虎”的观点。

可以说，孔子的“苛政猛于虎”观点的提出，是一代宗师洞察人间，体恤人间的智慧结晶，真乃孔子幸甚，泰山之幸甚也。

（三）

虽然《论语》中仅有两次提到“泰山”这个词，但泰山在孔子的心目中是至高无上的，是任何一座大山也难以比拟的。可见泰山对孔了的影响是何等的重要。据《礼记·檀弓》记载，孔子在他的《临终歌》中尚提到过泰山。

一天，孔子早晨起床后，倒背着手拄着拐杖，在门前慢悠悠地散步，忽地心血来潮，似有预感地哼着自己编的歌儿：

泰山将要倒了，

屋梁将要倒了，

圣人将要死了。

孔子老是唠叨着这几句话，唱罢，回到屋里，当门而坐。

孔子的学生子贡听后，颇觉蹊跷，心想：泰山就要倒塌了，我仰望谁呢？屋梁就要倒塌了，圣人就要死了，我将仿效谁呢？大概是夫子的寿命不长了吧？

果然，七天之后，孔子溘然而逝。

这则故事也许是孔子的弟子们杜撰出来的，也许真有其事。但我们毕竟不是史学家，无须去对此探究。但有一点是值得我们相信的，那就是泰山以其天下之雄奇、天下之遐迩而耸立在孔子及其弟子的心目中，并为后人所景仰，以五岳之尊而世世代代地耸立在中国人民的心中，成为炎黄子孙的图腾与标志，那是受之无愧的。

（载《潮州日报》2008年6月29日）

阳春瑶语趣说

阳春西山瑶族历史悠久。南朝梁、陈、隋间冼夫人部属就有瑶族的将军追随冼夫人南征北战，并立下战功。

据民国《阳春县志》记载：明天顺二年（1458 年）抚瑶记事时加注，说瑶人多来自“湖蜀溪洞涧。即长沙、黔中五溪蛮。其后滋蔓数千里。南粤在在有之。”又明万历年间《阳春县志》中“瑶”条记述为：“瑶盘瓠之遗种也。阳春山林深郁，径路险阻，故瑶多居之。其人衣斑斓布褐，椎髻跣足，言语侏离；登临险地如履平地，就涧依林，刀耕火种。以砂仁、豆蔻、楠木、藤、漆为利，无甚蓄积，山赭地瘠，辄移他所，往来无定。”因此又有“过山瑶”之说。

正因为居于山险林密、关闭壅塞的山区，先是要应付自然界中的历练，其次就是抵御外界的侵略或骚扰［据县志记载，阳春从开元十八年（728 年）至明万历三年（1575 年）的 847 年间，历朝统治者对少数民族进行军事镇压就达 20 次］。由此而产生的恶劣环境就不得不促使当地的居民奋发图强，抗争外侮。随之而来是全族人的凝聚力的形成和“土著文化”的诞生。因而在言语的另类空间中发孕并形成了自己的独特的语言——瑶语。它的单音发音有很多与汉语相同。但也有很多名词或动词与汉语发音相去甚远。其特点是传内不传外，只有语音却无文字，代代相传，既能“语”会又能“言”传。

基于瑶族居民散居于阳春各地，其生活习性及语言绝大部分已趋于汉化，原所有的“族语”逐渐融入汉语，年纪在四十岁以下的人已基本不会说“族语”了。能操“族语”者已是寥若晨星。

最近笔者写了个反映山区土匪生活的小说。其中有描写事态嬗变的情节。为了尽量还原真实，笔者将原话请能说瑶语的赵云梅老师（阳春永宁横垌人，瑶族，现系广州市白云区同德小学高级教师，广州市作家协会会员）“翻译”成汉字。但有些语言是无法以文字表达的，兹撰一小段，录于如下，祈望方家雅正（用话发音读）：

青楼二妹（漏记普语 mui），凭我玉镯（凭呀玉额），视为我身（当呀敢敢）。请付黄金二十两（qing bun wiang giang 语接龙）。翌日即到巢营（缸内 fair 偷迪 bo），我恐有变（呀何能卖市），见机行事（谬请况鼎）。切切（giang 稳）。

“瑶语”独特的语言发音与客家话的语调一样，其中很多发音与客家话的发音近似，与古汉语的平水韵几乎无一相左，令人惊叹不已。由此可佐证，瑶族其实从远古不断的衍化中，仍保留着中原文化的底蕴及影子。其实，说起来也不足为怪——因为瑶人绝大多数源于“湖蜀”。而此“湖蜀”也并非土著，其源延于中原。无独有偶，前段时间我在某报上看到一个惊人的推测——粤语有可能是夏商时期黄河一带的“官语”！“粤语”并非“广州话”，而“广州话”却秉承了“粤语”某些残留的芜杂语丝。故而在历史的长河中、特别是在岭南这一独特的地域逐渐形成了新的“粤语系”。至于这个推断是否合理或是梦呓，行外者诸如我等如染指就贻笑大方了。

（载《高凉文化研究》第二期中国科学文化音像出版社 2010 年版）

江边怀月

总是在有月的夜晚，绕过暮色，徜徉于江边，冀盼能有一分月光是属于自己的。天庭里，悠悠然地伸出了轻柔的掌心，欲把天地人间紧紧地握于那片方寸之地。

微微的露珠轻盈盈地点缀于苍茫的大地之上，一切都是这样的静谧，静得让人的心里发慌。远处，传来了划动水声的诱惑。心里满是轻微的震颤，月儿并不急着要露出头来，也许它并不要过早地窥见人间尚浊的世界。月色朦胧，淡淡的光线融汇于一片若远若近的涟漪。腾升于水面上的那缕鱼肚白，发自于苍穹的光芒。迷惘的月影之下，咋呼着渔人的声声嘶哑的呼号，水花不时泛起隐约的狂喜。我想，总是在付出了劳动之后的那种欢愉之情。可又有谁想得到，是在这片无瑕的月光之下，融入江边的该有多少静默的等待。

一切都如正常的晨钟暮鼓般地运行，这一片江心里，不知记下了多少风尘雨露，记下了多少荣辱兴衰。月光如水，平静得如在一块雪白的丝绸之上印下淡淡的光环。月光恣意地尽洒于大地，那一片不可言状的情景着实叫人相信，大自然的造化竟是如此的美妙，美得让人口服心服。我想，人与自然的风景定是在一个或是多个心境入定的时候形成了其独特的风格，美与丑就是最好的比较，于是，无数个经过遴选的晶莹瑰丽的美景便应运而生了。

其实，那美轮美奂的独有的天性就是人类赋予的，并不因了某一点瑕疵而失去其光泽。

正如这江边的一切，有喜也有悲，一切大起大落的东西只是一瞬间就闪现了。往事不是这样吗，身上的荣华富贵、悲哀落拓不也是这样的吗？

看远处朦胧的山色，若隐若现的端倪正如人生的沉浮兴旺，多美的景色也会随着潮涨潮落而泛起诸多的泡沫，随着江水一去而不复返。

苍穹之中倘若满彻青光，但又岂能照亮多少苍白的故事？人生的沉浮兴衰又岂能因此而永不改变初衷？

蹒跚于月光之下，让月光在心头里去作一次纯净的洗礼，让心头拥有一种沧桑之感，让那五颜六色的诱惑抛于江水，让透明的心境不陷于轻浮的世事，那是何等的圣洁？又是何等的潇洒？

江边归来，满天月光如银，心绪即如这片银光。

（载《江门文艺》2010 年第 4 期）

夏夜荷韵

菡萏凝香的时节，心中便梦萦于江南。梦幻中幢幢纱帘无时不缠绕于心头，眼前晃动着的是婀娜多姿的江南小女子，划动着尺余的小舢板，悠然在波灿水灵的湖面上摇动，从樱桃小嘴中哝哝地发出软糯的古老的夹带着现代时髦的情歌。纤纤小手不时扭动成兰花式的弧形，在水面上舞动着一曲曲江南小调，这是江南一隅碧波上晃荡的莺歌。湖面上流动着一丝丝绵绵的心弦，小橹也拨动着我心中的弦，令我魂萦心仪。

曾几何时，梦中的江南是那么的遥远和缥缈，历尽沧桑的时光在烟雨中泛着袅袅的遐思。梦中，我犹如寄居于水烟中的江南夏夜——

娴静的小窗，悬挂着娴惬、昏慵的月色，几枝枯残的柳叶，融着冷可逼人的月光，袅袅娜娜地摇摆着身躯，欲从窗棂上沿探身进来。也许它知道我此时的心境——秋天即将来临，秋毕竟是萧杀的季节，万物将从葳蕤的勃发转而踏进一个落拓凋零的世界。随风飘浮的柳枝一时竟如此的可怜，我的心头油然而生一种淡淡的悲悯。

雕着七彩菱花的窗户正对着桥外的流水，一湖碧水绿莹透彻。湖心的中央是一座拱形桥，凭栏都是石雕狮子。龇牙咧嘴的石狮似乎与这片和谐的月光洒下的温馨有点相悖，令人在欢怡中不免淡然而生一种惶然的心境。然而，在“江南可采莲，莲叶何田田”的氛围中，人们却一点也不计较它的凶相。也许是大自然的相生相克造就了诸多不和谐的插曲，而不和谐的场景只不过是白驹过隙般地闪现，储留于人们心中的美景是永恒不变的。

圆月如银盘般高悬于天心，皑皑的雪光直刺得人眼花缭乱。大自然的恩赐对于善良的人们来说，是不吝惜其美德的，它的恩惠自始至终都如甘霖般普洒人间。

打开小扉，施然踱到湖边，耳边只闻稀疏的几声蝉鸣，在江南，在夏夜，能听得到蝉鸣倒不是稀奇事。风中传来咿咿呀呀的摇橹声，声音在夜空的陪衬下，显得格外耀耳。湖面上是一片仿如薄雾般的水汽，水汽笼罩在整个湖面上，湖水浑浊得如同一块磨砂玻璃。桥下有三三两两的小艇，摇着一泫沾着零碎的光影。如摇着生命之橹，欸乃之声，声声入耳。那些历经沧桑的吼音竟也带着娇嗲之声，甚而晕黄的粗野调侃在湖面上飞旋，不时令人回首侧目。中有年轻的小伙子或妩媚的小姑娘嗔骂着"老花俏"。

与老翁们相隔不远处，又是一番情调迥异的场景。七八个打扮入时的红男绿女相拥于一条逼仄的小船，几乎是拥挤成一团，放浪的嬉笑声，洒落在湖水中，点点星光频频地泛着熠熠的银光，溅得满湖生气四射，一湖皱水满满地掺杂着碎银，仿如一湖银花在踊跃，在喧嚣。

载着红男绿女的小船从东边迂回到了西边。那边是平静的一隅。岸边的柳丛中隐约传来一些小虫的唧唧叫声。夜晚的湖面十分平静。我所乘坐的小船也随着年轻人的小船慢慢地在湖面上游荡。举桨之间，只是以些微之力缓缓而动，实在不愿以粗野之举打破这温馨的氛围。夜幕中，湖面上的点点灯火，闪着迷人而又神秘的光芒。岸边上隐隐约约地闪烁着灯火的人家幢幢如幻，迷迷糊糊撞人眼帘，令你目不暇接，晕然醺醉。远处，偶尔飞旋起一两只不知名的水鸟，引得小船上的红男绿女一阵阵哗然之声骤起，水面上定然是如雨炸般的不安。身坐于狭逼的小船，是由不得自我猖狂的。那成团成抱的男女也由不得过分的张扬。

不经意间，不知从何处斜刺而来一只只容一人乘坐的小舢板，那上面的来客也很兀然。来人不卑不亢，不妖不冶，透过湖面上时烁时暗的光影，可见来人妙曼的青春活力——现时极少见的一袭似是而非的绸缎缝纫的村姑常见的小襟衫，紧紧地绷罩着她凹凸有致的躯体，小村姑的头上竟打结着一方粉红色的方巾，一绺刘海飘冉在额头上，鬓边还插着一朵小小的洁白的荷花，村姑白里透红的脸颊上挂着几滴不大的汗珠。一个典型的江南小村姑！姑娘的这身打扮，令那帮红男绿女也惊讶得在瞬间停止了嬉闹，好奇地端详着姑娘的举动。而此时，正是“月到江心分外白，人到醉时不恨眠”的情景活灵活现地展现在眼前，叫人猜疑眼前的来人仙乎，人耶？

正惊诧中，天空中忽而洒下串串银丝。传说夏天在荷花池中或有荷花的地方间中有雨，那便是观世音菩萨从银瓶中倾泻而下、普度众生的甘露。世人如得共享之，那便是国泰民安、风调雨顺的祥兆。君不闻，“无言独上画舫，月如盘，星光无限泻莲叶”的感叹中隐寓着千古的憧憬与向往吗？湖中泛起涟漪，整个荷林中水雾氤氲，朦胧晦暗，黛墨似粉。阵雨虽小，水汽茫然纷纷扬扬腾升于花苞之上。却将荷叶上的污秽之物一濯而净，碧绿鲜亮，翠绿欲滴。窝凹的荷叶边缘微微翘起，敞开宽阔的胸怀将一颗颗如珠的水滴盛起来。那些水珠晶莹剔透，在玉盘中倾旋滑动。微风过时，如斛斛玉珠行云驾风，如淙淙水银泻地，如清澈小溪汩汩而歌。令人看得眼花缭乱，心旌晃动。花蕾上的水珠更是冰艳透明，寒光四射，芬芳淡雅之意呼之欲出。

好奇心促使我划近了小村姑。相言之下，原来那小村姑是剧团里的演员，为了做好一个公司的代言人，拍好广告，于明月高悬的夜间，一人来到这方瑶池里来体验生活！

姑娘告诉我，春桃、夏荷、秋菊、冬梅，假如由她选，她觉得夏荷是她的至爱。我问她为何独钟于夏荷？姑娘毫不犹豫地说，“桃、菊、梅有鲜艳嫣红之媚、清妍俊逸之风，戏寒熬霜之骨，但我觉得为人最为重要的是应有清白神圣之躯。”姑娘的回答令我愕然，想不到这个小小的“村姑”竟有着哲人的思维与智慧。而她与我告别的时候，她“晒”出来的“秘密”竟有几分让我景仰的愫意——她的名字叫清荷。

湖光粼粼，月色皎皎，湖水悠悠，绿柳斜斜。光阴在人间不断地轮回着秦时明月汉时光，轮回着大千生坛的兴盛风雅。但无论如何，纯洁清静的世界永远是我们孜孜不倦地追求的图腾。

江南是一首诗，江南是一斛酒，江南是一个梦。而江南之荷更是陶冶心灵的灵丹妙药。

（载《广东盟讯》2010 年第 5 期）

醉梦还是江南雨

江南之雨，自天外缓缓而来。如江南多情的女子，浙浙沥沥的，依依偎偎，饱含着一腔情愫。迷蒙晶莹的雨点，悄无声息地洒在苍穹之中，在天地间拉起了一道薄薄的轻纱，让天地撑起一道道绿色的帷帐。笼罩着江河、山川。

挟着美妙的清韵，捧一掬甘冽的醉歌，醉倒一路风尘，把绿色噙在天地间，带着涟涟的情思，把昔日那张荒芜的黄被染得翠绿翠绿。世间忽地变得那么清丽、润滑、透亮。江南之雨，洒给人间葱绿的爱，化作了一天甘霖，飘洒在天地之间。满目的热情全在你那双看不见摸不着的瞳仁中酿造成凉丝丝美滋滋的欣喜，把一腔欣喜抛送给人间。让天地同绿、同醉。

不经意地，走在一片湿润的田野上，沐浴着江南温馨的晚风。举首，遥看那一片遥远的天空，天空中仿佛流淌着如歌的悲泣，一如潮湿的伞下那片浓浓的思念。雨季的日子，心情总是如这灰暗的天空一般的沉重，心境如这片桃红缓缓地潜人万籁无声之河。

江南的雨少了北方的寒意，从天幕中扯下一丝丝纤细的银线，温柔地在脸上摩娑着，似姑娘们的芋手般娇美、轻柔。映入眼帘的是迷蒙中的几点绿意，那绿意忽地闪现在眼前，越发地青翠、可人。墨黛点点，掩映在女孩儿纱裙般的雨雾中，更添了几分别样的味道，凝重而又氤氲。碧翠青青，将牧童野性的叱咤，融人了绵绵的萦怀。

村妇们热辣的昵语，化作了一江桃花水，源源地流淌在故乡的小溪中。几尾不知名的小鱼痴情地在追逐着它们的爱侣，忘情地享受着大自然赐予的恩惠。

面对料峭的江南之雨，我不禁扪心自问：是谁将几束愁绪悬挂于眉睫间，晾在一个长长的冬季里，等到来春的莺啼，那片天空仍是一个漫长的雨季；是谁折断了那枝碧绿的柳枝，插于没有开启的心堤，夜夜与那支伤心的小调为伍，掩埋残缺的记忆，让雨点淋灭那束忧愁的目光。那只搁浅的小船如何能驶出弯曲的心港？那片白帆今夜可曾再属于我？眼前，暮春里漂流的河流，流淌着浓浓的春色。哪一瓣闪光的花瓣才是属于我的天空？

如果说北方的雨是醉卧沙场、叱咤风云的金戈武士，那江南的雨就是轻舞霓裳、柔美娉婷的小家碧玉。朦胧之中，如你侬我侬的在轻启朱唇，半遮涩容，欲语还羞。

北方的雨给人更多的是一种烈马狂歌、黄钟大吕的豪迈，北方的雨造就了北方人力拔山兮的气概；而江南微雨，则如青楼（最早是指帝王之居所，原意为“清漆粉饰之楼”，后文人墨客引申为“烟花柳巷”之意）女子般的飘逸、盈缈，妙歌曼舞中洋溢着百世流芳，千般妩媚，万种风情。

一袭素裙，一柄画伞，一片痴情。水湄边，桃红绿柳间，醺醉了吴语侬侬，细雨霏霏处物也依依，乍寒还暖间仍挥洒着淫然入骨的《长相知》。江南的雨映衬着江南女子的柔美芳华。江南女子最善于沉淫江南听雨中的恬淡，在水不扬波的靡靡琴韵中，水袖轻拂柳琴，朱颜泪频素笺；欲酹还江上，空祭望夫亭。江南的雨见证了多少这烟雨迷离中对远方思念的守望？又见证了多少这白驹过隙中香绡为土的红颜？更有历尽洪荒般的生死患难、离愁别绪？

江南雨，点点滴滴，滴滴点点，恍如在水一方的伊人。伊人含情，伊人如玉，蹁跹清绝；肤如凝雪，芳泽无加。江南的雨正如江南的女子一样，罗裳轻染，兰花舞起婀娜，琵琶声绕红梁。江南的女子亦如江南烟雨一般，心埋忧怨，秀雅妖娆、沁骨流香。

江南雨，醉生仍在缠绵，梦死犹须眷恋。我愿在你甘冽的怀中长眠一个世纪。

（2010 年全国散文作家论坛征文大赛一等奖，中国作家协会鲁迅文学院副院长、全国著名评论家孙武臣撰文评论。收入《水墨阳春》，光明日报出版社 2014 年版）

铁骨锋然是吾师

——痛悼著名儿童文学作家邝金鼻

老师，您真的走了吗？

真的不敢相信，两年前在广东省第七次作家代表大会上，我与老师相约在阳春会面。来不及践约，一位铁骨铮然、柔肠似水的汉子就这样默默地走了，走向了本不该这么快就走向的天堂。一时，心头陡然一振，继而令我惘然，竟让我不敢相信自己的眼睛——我是从网上得知老师走了的消息的，老师才 71 岁啊！

约在 20 世纪 80 年代中期，我就耳闻了集作家、曲艺家、美术家、戏剧家、音乐家、民间文艺家于一身的大师的大名。与老师侍缘而结是在 1990 年 8 月。当时的广东省民间文艺家协会《天南》编辑部在阳江闸坡召开“粤西片故事家笔会”，我有幸与会，更让我幸运的是在会上认识了这位令我心仪的老师。

一副矜持、从容、持重的长者兼学者的风范，就是老师给我的第一印象。与老师结缘，与其说以文结缘倒不如说是与老师的“酒”结缘为始俑。先我认识老师的作家们都说老师是“酒仙”。整个笔会期间，我就领略了老师的“酒中悟世”的真诠。难怪日后我慢慢地愚悟了老师的发必中诠的话语及其老师对人生的禅悟。

难忘的那一晚，与会的作家们相聚于闸坡海滩上听潮。这一晚，我知道了老师与酒的一段缘——

那段罄竹难书、不堪回首的日子，老师的刚正不阿、不逢谄谀、铮然铁骨惹怒了一班没有灵魂的木乃伊，招致全身皮肉之苦。他的夫人带着几瓶跌打榜药酒去探望他，好个铁汉子，硬是把外用的榜药酒一饮而尽，颇有“长天碧剑半樽月，翠阁华章一世诗”的气概。他相信酒可壮胆，但他更相信党和人民永远会像蓝天白云一样清明无瑕，乾坤定会朗朗杲杲。河清海晏的日子终于在人民觉醒的时刻来临了，老师高昂头颅的那天，一气喝了两三斤酒！老师醉了，但老师的心灵永远清醒着，浩然之气永远是那么氤氲。因为他与神州同呼吸、共命运的心永远清醒着。

酒，为老师的未来日子洒下了芳香的甘霖，酒，为老师的重生洒壮了姹紫嫣红的花蕾。也许在这时，老师才真正地觉悟到有良知的国度需要的是幼小心灵的培养与矫正。于是，儿童文学——这在当时被世人嗤之以鼻的文学式样在一个如铁所铸的巨人的怀抱中轰然而起，它的力敌万钧的能量一发不可收拾。至少可以说，老师的著作在教导着一代人！在任何一种文学式样中，唯有天真、纯洁、无邪、正义的字眼凸现于斯，是任何的文学体裁所不能比拟的。须知，老师是用自己的心灵净化着罪恶、污浊、丑陋、虚伪的阴影，在重铸着中华民族濒临坍塌的道德毛坯。

这一晚，我平生第一次聆听到老师的人生心得，听到了中华民族关于酒文化的真谛。及至在以后的处世中，老师的谆谆教导令我终生不忘。

风雨浊酒般的执着，让老师尽得禅悟的神韵。他对人生是那么的豁达，洞察又是那么的睿智，对文章却又是童真不泥。在天趣横来中信笔游走的同时，传统的矜持融汇当代的猖豪，出世的纵缰与入世的练达，凝结了他的作品的大爱大恨，纸中的云烟无不烙上老师对人世间的高屋建瓴般的审视元素。也许深沉蕴籍就是他的宗旨，神采飞扬却又是他与生俱来的天性。几分孟浪的老辣却掩饰不了他的纯真的表露，萧然于尘世之外的气象却是他淋漓尽致的倾吐。在君子的风范中，最难得的是他的那份童真。略览老师的巨制，当中的浩然之气仿佛就在眼前袅袅腾升。

一个曾是“嗜酒如命”的老师、长者，耿耿于怀的是让晚辈在“无度”中自律，让理性的教诲深渗于不能自已的他人的躯体，其胸怀与希冀又是何等的令人肃然起敬。每每与酒徒们斟酌时，我就不由自主地想起老师的苦口婆心。

2008 年 9 月，在广东省第七次作家代表大会上的某一晚的晚宴上，我给老师斟了一小杯只有十来毫升的酒，老师见我斟酒给他，先是迟疑了一下，然后慷慨举杯，历经沧桑的目光中隐含着难以言表的诚挚。老师深情地对我说：“建国，我已经戒酒多年，但是今晚这杯酒我一定要喝。不为什么，只为 18 年前在阳江闸坡的初次相识，只为我们心中的灵犀。我已老矣。”说完，老师似是铁了心一般，仰首豪饮。见老师不弱当年的豪气与铁骨，自是欣慰无比。当年的老师，端的是醉卧沙场，叱咤风云的金戈武士，他的胆气，有着烈马狂歌、黄钟大吕的豪迈，他的情怀，有着笙歌婉约，挥帛漏珠的缠绵。眼前的老师，已是羸弱如椽，似是形销骨毁的模样，我的心中油然涌起一股难以言状的酸楚与凄怆。顿时，我的眼前涌出了一层薄薄的泪花。只是压制，强装欢颜诚邀老师到我的家乡走走。哪成想竟是老师一语中谶的结果。

崇酒于觞，许能共话乡梓桑麻、世道沉沦，或能同嗟世态炎凉、荣辱兴衰，皆能烹煮人生数味。奈何阴阳相隔，斯人已去，朝朝暮暮的相思，只为了那一盏明我心志的水酒的相约，不由徒增了生死之别的哀伤。

老师，您真的走了吗？我相信，残酷的事实是无情的。但我真的不相信您就这样走了。我多么希望您能踌躇片刻，回首苍生，因为我们相约的那盏水酒尚有余温呢。老师，您要走，就喝了这杯酒再慢慢地走吧。走向天堂的路是坎坷的，有荆棘，有陷阱。

天路已经为您打通，老师，一路走好。此酒为您壮行。

（2010年10月9日泣撰）

（《新世纪文坛报》2010年第10期）

雨中西山

广东阳春西山，由粤西云雾山脉逶迤而下，沿市境西部从北直下西南，无数座山峰如珠串般起伏连绵，绵延数十公里。襟连云浮、罗定、信宜、高州，与境内的东山遥遥相对。群山巍峨耸立，山峰峭如利齿，直逼云霄，势可慑天；有的峰顶终年云雾萦绕氤氲，迷蒙如小家碧玉；有的峰峦重叠，如钢汉摩云。旖旎的自然风光慑撼人心。

虽处居本邑，但西山如同云遮雾障般的神奇，其妖娆的真面目杳如爪哇。儿时就梦寐着一睹其芳容。年长后，夙愿方才得遂。而我第一次踏进西山的时候，却是在一个烟雨迷蒙的春日。

螺旋形的山间盘山公路自山脚委蛇（yí）而上，其间不知转了多少个弯。约于山间公路上旋绕了一两个小时，方才到达山顶。脚下的山脉如一条沉睡般的巨蟒盘亘，悄然醉卧于漠江之西，酣然入梦。仰首，远方蓝天白云飞渡、彩霞漫舞，绚丽异常；俯首，脚下是云蒸霞蔚般的重峦叠嶂。抬眼见远岫，山静雨潇，迷迷离离，淅淅沥沥的微雨在半空悬挂了一幅粘贴天地的水墨画。本是风吼入松的山峦，隐去了它的山摇地动的罡性，一任它咆哮撼地的本能轻缓地掩盖于静谧的天地之间，似乎在静中凝存着它的某种活力，等待着一触即发的怒吼。半沉半浮的群山忽而巍峨挺峻，忽而又岌巅轻浮；忽而兀坦如波，忽而峻峭峨削。凝眸细视，山中巨石仿如猛虎跳涧，山崩钟应，其势尽在呼风唤雨之中；再打量，旁有一巨石，竟如虬龙般盘旋，虽静如处子，却现翻江倒海之势，在波摇涛吼中雄风突现，让寂静的空间在一瞬间惊天动地，鬼泣神嚎，令人观而叹绝。稍一举首，半山腰中，突兀着如鹰隼般的页岩，通体黝黑的页岩凌空兀起，如一只翀天的雄鹰，尽展巨翅，翱翔于苍天。巉岩中不乏形似楼台亭阁的黄蜡石，那石头也许常年在经过天地精华、日月琼浆的哺育，以妖娆、奇特、俊俏的造型回馈于大自然，极尽其变幻之本事，恍如以其灵性与天公相较睿智。

举目所睃，西山雄遒无处不尽入眸中。苍劲的青山以其钢一般的性格高耸于春城腹地之西，给春城耸起了一道天然的屏障。大山的雄犷裹挟着时代的跫音，似天马行空般暴发着时代的黄钟律吕。

从峰顶向东眺望，蜿蜒如玉带般的漠阳江从北边缓缓注入东、西山相夹的春城腹地，如银如练般婀娜温情。忽而，“蒹葭苍苍……所谓伊人，在水一方”的梦幻奇景闪烁于眼前，直教人浮想联翩。江中绰绰约约可见渔人驾着小艇，在江面上穿梭，不时向江中撒着网。从渔翁那敏捷的身手看，也许他们正在收获着大自然的恩赐。可不是吗？你看那一排排一溜溜的鸬鹚扇动着巨大的翅膀，在欢快地雀跃、跳动，那不是丰收带来的喜悦吗？

凝息间，我又被眼前的雨景诱惑。所尽极目，“山路元无雨，空翠湿人衣”，回首仰望蓝天，天上的阴霾像一朵朵浪花，在天籁中冥冥蠕动，山岚濡渍着我们的衣襟。眺望青翠欲滴的群山，云海中，朵朵棉絮般的白云，轻轻地裹萦着我们，我们如同践踏于云间，飘飘然依偎其间，如醍醐灌顶，如甘霖渗入脾腑。云烘绕于我，我摩娑着白云，攀上沉浮在彩霞烟霭间的重峦叠嶂，这才领略到“若无闲事挂心头，便是人间好时节”的禅偈，这又是何等的惬意和幸福！

山中古木参天，古藤盘绕，虬缭骨耸。临风怒放的花蕾，风流倜傥，羁而不浪。簇簇团团，团团簇簇，姹紫嫣红，七彩缤纷，绚丽羞涩，纤细稚嫩，既像娇羞的少女迎风侍盏，又像佳人闺帏思春。潇雨在南国空蒙的画廊中恣意地悬挂着银丝，渲染、鼓噪着天地间的灵气。青山被熏红，碧草被染绿，大自然神奇的魔力竟在刹那间迸发出无穷的玄机。俄顷，云雾中雨随云来，云随雨动。云雨相间，复而云雨间竟是缭绕不清，浊朦难分。微雨顾不得我们目不暇接，裹缠着暖昧的灰云，颇有卿卿我我、若即若离的形态。那雨此刻如闺中佳人轻移莲步，曼摇腰肢，婀娜顾盼，甚有秋波频送之意。此刻，妙曼之感如销魂般的惬意。

微雨仍在飘洒，仿佛是少女纤细的手指在轻轻拂动，抹去所有的尘埃，山、石，花蕊、树木随之泛起莹莹的绿光。万物都经过濯目汶心，这或许就是西山雨的写照。难怪有前人在描绘西山“雨”时泼墨于“濯目清心”之寓意了。无意中，有文友随口说了一句：西山的雨是一首诗，也是一段动听的音乐。乍一听，令人咋舌。但细细品味，却一点也不错。君不见，霏雨淋铃，雨发灵性，便有了如弦丝之音浸淫、浮荡其间。那“叮咚”之声不是玉珠掉到玛瑙盘上的铿锵之声吗？那如弦弹将起来的锦帛撕裂之声，不是天籁抚慰乾坤的琴音吗？那如击缶弄筝之声不是如歌如泣的轻诉吗？那如篢如筑的轻飘不是欢舒的吟哦吗？那管弦气撼山河之势不是青山的灵魂的高吭吗……此时此刻，仿佛我们的灵魂已超凡了，脱俗了，随着馨风，在山峦中漫游着，在大自然中滋生着、发育着。至此，我方才感受到西山雨的神韵。

古人云：智者喜山，仁者爱水。无论山也罢，水也罢，都是大自然的赏赐，天地间和谐的造化。西山千秋万载，以其亮丽的风华一直在蔓延着它永恒的生命力。这又不得不从我的心中涌起对上苍的感激之情。善待上苍的赐予就是人类的明智之举。

［该稿参加全国“蓝焰杯”散文征文入围（中国煤碳文联举办），载 2011 年增刊《阳光》］

魂萦西湖

“接天莲叶无穷碧，映日荷花别样红”也许就是西子湖的铄金招牌了。烟波浩渺的西湖，如梦寐般地缠绕在历代文人墨客的胸中。打从我认识“西湖”这两字以来，西湖那梦幻般的神采，无时无刻不萦怀于心。而那瑰丽的色彩和意境，更如魔魇般地将我导入无限的遐想空间，神秘而美丽的西湖的魅力，如潮一样涌动着我的向往欲望。令人渴望、向往的传说与神话，历经沧桑的赋予、磨砺、凝淬和升华趋臻于完美。

西湖的荷花是令人神魂颠倒的宠物，而那至死不渝的、千古传诵的凄美爱情却更如鬼哭神泣的绝古篇章。

“尊得凌波仙子醉，锦裳零落怯新凉。”初夏的西湖，夏雨如酒、碧柳如烟的水墨画盎然铺展于斯，似乎在默然地接受世人的欣赏或是向世人倾诉久违的心事。沧浪之上，朗朗清风，幽幽淡情，霭霭缭雾，融进平淡的诗意里，轻泛着传世的情怨与悲欢。这泣血一般的小方圆，寄寓了大千世界的缩影，无限的空间不断地演绎着生离死别或坚贞不渝的诗篇。或许天地间真的有灵性，时刻在告诫着世人，人世间艰涩的沧桑、磨难中的跌宕沉浮，荣辱兴衰中无不撼动着梦幻般的寻觅和凄迷的回味，令多少贤人注入救世主般的教谕，诠释人间多少情憾者的心隙。

人说西湖是有灵性的，她纳尽了江南的秀丽，气吞着大川的雄道，抚慰着娇妍的浓妆，温柔着曼妙的芳香。端的是把人间天堂奢侈的欲望凝聚于斯。令人魂牵梦挂，心旌晃动。你看那岸边的垂柳，在碧波荡漾的湖边，轻晃着婀娜的娇肢，如含春的少女在展示着自己的青春魅力，为的是让自己得到世上的青睐。古朴典雅的富有江南特色的小宅院，透显出精致玲珑的面孔，睁着远古的醉眼，或许是睥睨的目光，惊诧地审度着世间的嬗变。一排排雕花窗格，在橘黄色的阳光下，发出淡淡的但也令人昏睡的慵意。难怪同行者竟也在这样沸沸扬扬的气氛中打起哈欠。身躯已被无数风霜雪月浸润过的青石板，毫不客气地挺起胸膛，任由你在它的身上再烙下深浅不一的烙印，似乎只有这样，它才有资格在世人的面前炫耀自己辉煌的历史。历史毕竟是历史，它可随风而来，也可随风而去。在这芸芸众生中，无论多少情事，多少忧伤，均在雁过风去的韶光中漂泊于尘世上。留下来的是魂断无寄，思结有缘的探问。谁不想，当年的西湖娘子，有曾愁问过万水千山何处去吗？我想那是断然的，只不过是奢想转而成为悲剧的过程中，有着后人的杜撰或是寄寓，方才演绎着经世的爱情戏剧。

遥想当年那牖窗之中的凄情惨意，宛如闪现于我的眼前。西湖娘子一盏清灯，两行悲泪，三首绝诗，半生遗憾，铸造了人间的悲欢离合的经典。她心水清明，慈祥度世，而世道竟是如此般的残酷，以致她的痛楚淫骨蚀髓般的疼痛。可又有谁于这个草长莺飞、烟花盈波的仙景中给予她丝毫的安抚？抑或是星星点点的慰问？此时，微风穿窗而过，疏影横斜里，恍惚将我糅进了那个“望断天涯无问处，只缘诗半有残情”的年代。当年的西湖娘子与情郎一别，其相思如水，夜来多少伤心事，皆在湖水的洗刷下，变得惨淡无光，害得那“剪不断，理还乱”的情丝扭结在心头。蓦然回首，那凄怆的相思便化作了一湖春水。红颜不驻，伊人扶醉，皑月依墙。

看觞前人去楼空，看帛散宴消，笙歌留得几许醉？一地清辉如雪，梅边淡然箫声碎。花落阶前，暗香难留，又有谁于斯海誓山盟，伫立危栏之中，撑持那空冥缥缈的冀望，让失神的双眸去守望遥遥无边的今生前世？君不见，在断桥边，白娘子对凡尘的眷恋，可望而不可即的奢求，终是穿越了蒙昧的桎梏，在荫翳的樊笼中脱颖着一声笃诚的呐喊。一种梦想，又在多少人的心底中游廻袅娜美丽的凄声？忧哀的情感，凸现了孱弱灵魂的抗争，化身于西子湖畔多情的精魂。即便是那个沦落风尘，堕人青楼的苏小小，在文人墨客的笔下，洗净铅华，也以其重情坚贞的完美人格塑型，倚立在西子湖畔，历经风雨，无数年来，多多少少也分得一缕人间香火。

夏夜微凉，逝去的星辰与今天的日月嬗递着无数次的更叠。远山嵯峨，近水至柔。光阴挥隙，漫溢着至情至渝的故事，永远是一部没有句号的长诗。而时光给人一种仿隔数世的时光隧道穿梭的感觉一般遥远。依偎在小绣楼上的一扇小牖，偷取一片残月，研下一滴沁人心脾的香墨，铺开一叶沾满情愫的素笺，酹上一碗涌动愁肠翳肚的黄酒，细聆窗外的湖水，朝朝夕夕泪沾巾，叹韶华荏苒而过。潮湿了多年的相思，也许被风吹瘦了几许，唯有端坐于斯的西湖娘子，怆然凭栏，悲惋轻蹙眉间，一杯苦酒，一腔心事，顺着纤指，默默地撒向江心。明月可知，清风可晓，白雪可鉴，岚雾可嘘？年年的相思如风，席卷凄凉，吹起落拓的黄花，蘸着血一般的苦相思，化作了三月的杜宇。那含着血的泪光，在湖面上泛着粼粼之光，那不是西湖娘子的魂魄在显灵吗？那醉人的也是断肠的才子与佳人的故事仍在撩逗着千秋不变的爱情悲喜曲。众芳摇落，红尘纷飞，古事烟消，梦魂俱散。唯有那千年万载铮然有声的生生息息和至死不渝，仍在弹拨着一首叫人心颤的史诗。纵然世间万物有枯有荣，有起有落，但那人间真情却是永恒不变的。

这就是西湖吗？这就是至死不渝的西湖吗？

［该稿获2009年“中华之魂”征文一等奖：载《华文百花》（澳门）2011年第1期，收入《水墨阳春》，光明日报出版社2014年版］

北河明珠

雄踞于粤西阳春市北部的北河水库，是一颗天赐的宝珠。上苍赋予了这方远离嚣尘的绿茵之水，是物宝天华的反照，是万物玉液琼浆的结晶地。

春日，我伫立于巍峨与嶙峋相伴的削足之地，偷得一瞬留神片刻，睃视这与天俱来的圣景。

一条宽阔的通衢如玉带般环绕陡峭的湖岸，仿如是谁不小心把一条银白的丝巾遗落于偏僻的荒野。水云烟花般的一块碧玉就蜒绵、镶嵌于千山万壑中，逶迤前行。直把人类对大自然的诱惑引馋得垂涎欲滴。昔日的坑壑之地，经过不可抗拒的天人之力，万般蓄劲的涌波，在世间主宰者的调驯下，乖服于一种定格。如今碧水如镜，平绸如茵，蕙风起处，微动涟漪，潋光四泛。馨风在水面如琉璃滑过，不觉船移。

也许是春天带来的讯息，让大自然的一切生灵在此灵动，它们不时在上演一出出柔化的画卷。

直到我们走入湖边时，我的脑海仍幻叠着恍如隔世般的遐想。浩渺的湖水如一幅纯绿的绸缎不经意间被王母娘娘铺就于蓝天白云之下，丰盈绰约，平风起处，端的是静如银川，其波不扬。罡风动处，晃如波光折射，直刺苍穹，旖旎的波纹一圈圈坦胸露心，直叫人心旌摇荡。

极目水湄，柳烟朦胧的深处，映入你眼帘的必是如幻的图画，心弦不禁被那宽广的绿与纯粹的绿所拨动——

小溪、绿林中特有的黄莺从来就是不甘寂寞的角色，它极尽生来就有骁勇与妒能的本性，夸张至极地张扬自我的歌喉，向任何的来者肆无忌惮地表演它并不高明的演技。

更了不得的是春的使者的炫耀——紫燕在南来北往的历练后的亮相。春秋的嬗变让它老成而坚执，万水千山、风霜雨雪的摧残，令这个人类最忠诚的朋友更臻其金钢般的意志。发自于肺腑的委婉的啁啾之声，是今生来世的重演，或是对明春的更大的期盼？

偶尔有几只翠鸟，先是抖搂着自个的身躯，翀空而翔，几达云端，至之顶点，旋瞬便转身直垂，继而棒槌般地往水中斜插，那姿势，即便是当今的碧池王子也望尘莫及。一种得胜的姿态在它的归途中即可毕露。

水中掩蔽若干岁月的鱼儿，耐不得这春的躁动，频繁地探出头来，或是晃动着借以骄傲的波纹，或许它们在春天的到来时寻找能委以终身的伴侣，帘帘私语犹如突波而出，向世间显示其生存的魅力与价值。

舟至湖中深处，举首远眺，但见环山绕岭处处皆是天设般的胜景，起伏连绵的碧绿山丘，或如垂钓老翁，在今生今世的劳碌奔波之后的微憩；或如禅定高僧老道，在修道济世后的冥思；或如豪放不羁的狂歌者，鼓动天翼的张力，狂吼人间的豪情；或如静思的贤士哲人，涌思于世间嬗变的方略；或如风华正茂的翩翩少年，积蓄着擎天的浩志，迸发着青春的劲力；或如娇沉腼腆、酡红怀春的熟睡少女；或如花前月下的情侣，缠缠绵绵香罗飞叠的婀娜身影；或如临水照影的佳人，手抚红枫翘盼曲水流觞中那销魂的记忆；或如抚筝哀怨的仕女，天籁之间带着人间的忧怨忽而袅升于魂魄之外；或如嬉戏、追逐的顽童，极尽其天生顽劣的品行……

遥想当年陶公孜孜以求的南山给他带来的臆念，怎一个“悠然”便解得了当今这方水土的神圣与娇妍？

在微风的轻拂下，在醺意的渲染下，忽而觉得欧阳修先生的《采桑子》中的“轻舟短棹西湖好，绿水逶迤，芳草长堤，隐隐笙歌处处随”似乎在一刹那被幻移至此。眼前晃动的是仙境就不足为奇了。

人云山水之间定然有一种神奇的魅力，这种魅力是一般生灵所不能体悟的。信之，否乎？北河的一水一波、一草一木、一禽一兽，都是碧水青山滋养而成的生命。在烟波的明珠之上，有一种引人入魅的魔力，它其实是我们所言的美。北河之美，美在其物我相知的真情，美在蓬勃的葳蕤的生命力的嬗递，美在天人合一的真谛。

在这里，有我们不知的些微。但是，肯定地说，有我们知道的大许。些微与大许是与之延续的，或是相应的。些微，它散布了芸芸众生的基本元素。些微，有亘古的匿藏，它匿藏的是人类现时或永远无法解释的谜团。大许，是成长的养料，是大自然给人类穷思而无尽头的偈语。大许，或是我们对未来的向往，更尊者是未来对我们的寄寓。它寄寓着现时我们对天赐的美景的审思与借鉴。这个大许，也即是历史的传承。

生命的源泉来源于大自然对人间的馈赠。反之，人类对大自然的钟爱即是人类功德的检验。繁衍的生命在这宁静和谐的氛围中得到了充分的彰显。人类所仰仗生存的温馨世界就是永恒的绿。

绿者，是人类的寄托。

我想，我们的脚下，或是湛蓝的无以探秘的深渊，必有一棵你与我谁也解释不清的大树。于是，我们可以述说后人接续不来的一段历史——

洪荒之年，盘古初开之日。混吨之浊，这一片天地就应该是万林蟠绕虬结，兀然斜刺，苍笠挺秀。满目的残竹新篁被草莞缠绵于山前寮后，绿柳翠花营营蓊蓊般争相勃发，姹紫嫣红的空间无不如流线般地滴红淌绿，恣肆于村野草庐之中，时间的驹隙穿梭着亘古的谜团，更令人抚首冥思，令之难眠。

也许是自然界中的姹紫嫣红醺醉了这里的风流倜傥；

也许是历史曾在这里编织着无数的风花雪月的细节；

也许是时光湮没了洪荒万载的风流故事；

也许是岁月的风霜在无休止地沉吟着逝去的韶华；

也许是永恒的乡酒在深度发酵着难忘的故事；

也许是亘古的铁马金戈给这方土地留下了旌旗倒下的愁怀；

也许是尘世的风雨飙飞了无边的恩怨；

也许是道德意念的消泯忘记了那曾是仁智的、至死不渝的山阴小道；

也许是幽深的玄机藏蔽着漫长的歌泣与咏叹；

也许是圣贤们的浅吟留给了后人们的抱膝长吟—

也许这里根本就没有也许……

（载《珠江环境报》2011 年 9 月 7 日）

阳春方言一探

地处粤西的阳春市，是广东省面积第二大的县份。人口已超百万。境内方言较为复杂，主要的方言有阳春白话、阳春佴话（即客家话）、阳春谣语。这三种方言同属于汉藏语系。

如追寻到以上三种方言的交流、融汇、发展，得先从阳春人的迁徙历史和建制沿革说起。

秦始皇三十三年（前 214）秦兵第二次南征百越，在岭南置南海、桂林、象郡，阳春地属桂林郡。秦分天下为三十六郡。此“郡”秦代以前比县小，从秦代起比县大。如从地盘的区域来说，起码比现时的一个地区要大得多。而秦始皇第一次南征时就号称有五十万大军，这五十万大军自北方而发，一直经中原而过，军队中千千万万的军人来自各郡县，其中语言的复杂性就不待而言了。

西汉末年的战乱，中原人士开始向长江流域迁徙，更远的还到了岭南地区。西晋末年永嘉之乱，中原人民在阶级和民族的双重压迫下，纷纷越淮渡江，相率南下，出现了中国历史上第一次大规模的人口迁徙。北宋时，女真南侵，黄河流域出现了中国历史上第二次大规模的人口南迁。中国古代历史上的第三次大规模的人口迁徙是从北宋末年的“靖康之难”至南宋末年。1161 年金撕毁了与宋的和约，大举南侵。淮河流域成为主要战场，迫使淮河流域的人民南迁到长江流域，主要迁移到浙江、江苏、湖南、江西等地。忽必烈继承汗位以后，于 1273 年出动大批蒙古兵南侵，发动了消灭南宋的战争，主要战场在长江中下游地区。当地居民为躲避战乱，大量地向珠江流域迁徙，主要进入今天的广东、广西、福建等地。到了元代，南北人口的分布出现了巨大的逆转。江浙、江西、湖广三行省（相当于今苏南、院南、沪、浙、闽、赣、湘、粤、桂、鄂小部分，黔之大部分），竟占了全国人口的 83.73%。由于地区的变迁，人口的迁移，人类的语言发生了翻天覆地的变化是不足为奇的。即使此时没有“国语”，但阳春话基本上是从以下发展轨道而延伸的：

一、阳春白话

从“汉藏语系—汉壮语族—汉语支(汉语言)—粤方言—高雷系—阳春白话”。

阳春白话属粤方言音系高雷小系中的一种次方言。它以阳春市春城地区为代表，使用的人口约占全市人口的 70%。因与邻县（如高州、信宜、罗定、恩平、新兴等县、市）方言互相影响，市境内的不同地域的阳春白话也有所差异。大致可分为春中白话、春北白话、春西白话、春南白话。

春中白话以春城白话为代表，分布地域有春城、合水、陂面、主岗、马水以及阳春俚话区域的永宁、潭水、三甲等部分村庄。基本属唐春州阳春县（包括并入阳春县的流南县）所辖区域。由此可见，阳春白话在一千多年以前就已形成了现在的雏形。寻根溯源，这一方言的形成，不无与历代派驻阳春地区的官兵所操的广州音系方言（主要是高州和西江一带的方言）和先后从高要县（隋开皇十年，590 年），撤销阳春郡，以阳春县属高凉郡；龙潭县改称铜陵县，分甘泉县置西城、流南（开皇十八年曾改称南流）二县，其时均属端州（即现在的肇庆市）境迁来的大批移民所操的高要方言互相影响融合有关。春中白话的发音（尤其是声调）与高要话的发音十分接近。此外，漠阳江流域的水上居民中，也操春中白话。他们自称为福建移民的后代，其祖先先在阳春、阳江陆上定居，后再分散居于水上，有的则是西江流域水上移民的后代。

春北白话以春湾白话为代表。分布区域为春北的春湾、松柏、河朗、石望、圭岗等镇。此区域为唐春州铜陵县境，南朝时属新宁郡。春北地区与新兴县接壤，两地群众来往密切，春北片的方言与新兴话互相影响，因此发音很像新兴话。

春西白话主要分布于阳春市西部地区，以三甲、八甲、双窖等镇为代表。这几个镇大多数村庄通行俚话，区域内的俚话与倕话相互间有一定的影响。但春西地区与高州县相邻，春西话与高州话同属一方言音系，部分操春西白话的居民的祖先又是高州县的移民，因而，倕话与高州话相混杂。

春南白话以岗美镇为代表，分布区域为岗美镇、河口镇以及潭水镇的部分地区。因岗美镇、河口镇与阳江接壤，群众交往密切，方言互相影响、渗透较大，故春南白话与阳江话的声调基本相同（如上声不分阴阳），但声韵与春中白话相同。

其实，我们如果稍微留意一下，就可发现阳春白话中至今仍保留着相当多的中原词汇。如：

1.“某某今天能发达，完全是'打傍'某某的提携。”——这里的“打傍”是“依靠”的意思。笔者若干年前读到湖南省一位著名作家的一篇小说，内中有几句对话，出现了“搭帮”的词语，而其语意完完全全是“依靠”的意思。现在湖北、湖南两省均有“搭帮（打傍）”的方言出现。

2. 阳春白话现在有相当的老年人说“饮酒”为“吃酒”的。《水浒传》中有鲁智深的一段精彩的对话："洒家要甚么！你也须认得洒家！却怎地教甚么人在间壁吱吱地哭，搅俺弟兄们吃酒？洒家须不曾少了你酒钱！"除此以外，《水浒传》中多处出现"吃酒"一词。被毛泽东戏称为"南下干部第一人"的赵佗，其在岭南第一个"驿站"是紫金县（紫金人至今还说客家的发源地是紫金），可想其说不无道理。赵佗是河北真定人，但大规模的迁徙可说以他为鼻祖，正是因为这样，他们的语言才能一直流传到如今，与本地土著人的语言相融合和发展，从而产生了"粤语"。可见北方和中原文化对南粤文化的渗透和延伸的力度是如此的强劲和"坚韧"。

3. 阳春白话说"穿衣服"为"着衫"，"穿鞋"为"着鞋"，"理发"为"剃头"等。其实这一"着"字和"剃"字就保留了中原的方言。

二、阳春俇话

从"汉藏语系—汉壮语族—汉语支（汉语言）—客家方言—阳春 话"。

阳春俇话属汉语言客家方言的一种次方言。明末清初乃至晚清年间，大批客家人先后从福建、东江流域和信宜等地迁人阳春聚居，他们所操的客家方言，因说"我"为"俇"，故邑人称之为"俇"话。由于客家人迁徙的起点地址和迁人的时间不同，阳春俇话中的福建、东江移民和信宜移民的俇话就稍有区别。但两者只有个别语音、语调、词序、词汇上的差别。福建、东江移民的俇话接近河源、紫金方言，信宜移民的俇话相当于信宜客家方言。其实，进入阳春境的客家人多数从闽南（闽南即指福建的南部，从地理上可以说，厦门、泉州、漳州、莆田、龙岩五个地区均可称为闽南。但我们通常所说的闽南这个说法，具有特定的含义，并不包含莆田，龙岩地区除新罗区与漳平市以外的各客家县，其主要是依据语言、文化、风俗等来划分的。莆田通行语言是莆田话略区别于闽南话，而龙岩除新罗区与漳平市以外，通行语言是客家话。两地均不属闽南语系。因此狭义上所指的闽南仅指厦门、泉州、漳州三个地区）而来。据说有另一支是从闽南迁至广西，再从广西迁到广东信宜的。操客家话的人口在阳春约占 30%。但其人口的分布几乎遍布整个阳春市。难怪客家人有“太阳照到的每个角落都有倕梯（ti）人”。（意即为：太阳照到的每个角落，都有我们的人）也难怪前些年时，一些贵州、四川、湖南等地到阳春打工的农民工竟能以倕话与阳春客家人娴熟地交流。笔者出差到湖北、湖南等地，曾故意以“洋泾滨”式的倕话与当地人交谈，他们竟能听得懂七八成。可见客家话与中原文化有着根深蒂固的渊源。

阳春倕话语言区基本上分为两大块：

1. 迁徙到阳春境的福建、东江的移民倕话主要分布在潭水河以南的春西、春南地域。潭水、三甲、八甲、双窖、河口一带基本上是说倕话。明、清两代，大批福建、东江客家移民到此定居，后来迁入者而讲其他方言的移民较少，随着时间的推移，他们中绝大多数的语言已被“倕化”。但在与阳春白话区交往、办事时则操阳春白话或带“阳春味”的“广州话”。

2. 阳春市西山山区，在明末清初时经过多次剿瑶战事，晚清时又经过客家军、天地会、三合会反清战事，境内的永宁、西山边沿及漠阳江两岸的一些村庄成为废墟，人口锐减。后来原属外来信宜的客家人大批迁移到阳春西山边沿和春中、春北漠阳江两岸平原地带安家落户，客家人的村落与原有的操阳春白话的村落错落杂居，客家人能讲白话，操白话的人能听得懂客家话，但不操客家话。

三、阳春瑶语

从“汉藏语系 — 苗瑶语族 —‘勉’瑶”—“阳春瑶语”。

阳春西山瑶族历史悠久。南朝梁、陈、隋间冼夫人部属就有瑶族的将军追随冼夫人南征北战，并立下战功。

据民国《阳春县志》记载：明天顺二年（1458）抚瑶记事时加注，说瑶人多来自“湖蜀溪洞涧，即长沙、黔中五溪蛮。其后滋蔓数千里。南粤在在有之”。又明万历年间《阳春县志》中“瑶”条记述为：“瑶盘瓠之遗种也。阳春山林深郁，径路险阻，故瑶多居之。其人衣斑斓布褐，椎髻跣足，言语侏离；登临险地如履平地，就涧依林，刀耕火种。以砂仁、豆蔻、楠木、藤、漆为利，无甚蓄积，山赭地瘠，辄移他所，往来无定。”因此又有“过山瑶”之说。

正因为居于山险林密、封闭壅塞的山区，先是要应付自然界中的历练，其次就是抵御外界的侵略或骚扰［据县志记载，阳春从开元十六年（728）至明万历三年（1575）的847年间，历朝统治者对少数民族进行军事镇压就达20次］。由此而产生的恶劣环境就不得不促使当地的居民奋发图强，抗争外侮。随之而来的是全族人的凝聚力的形成和“土著文化”的诞生。因而在言语的另类空间中发展并形成了自已独特的语言——瑶语。它的单音发音有很多与汉语相同。但也有很多名词或动词与汉语发音相去甚远。其特点是传内不传外，只有语音却无文字，代代相传，既能“语”会又能“言”传。

基于瑶族居民散居于阳春各地，其生活习性及语言绝大部分已趋于汉化，原有的“族语”逐渐融人汉语，年纪在四十岁以下的人已基本不会说“族语”了。能操“族语”者已是寥若晨星。

最近笔者写了个反映山区土匪生活的小说。其中有描写事态嬗变的情节。为了尽量还原真实，笔者将原话请能说瑶语的赵云梅老师（阳春永宁横塌人，瑶族，现系广州市白云区同德小学高级教师，广州市作家协会会员）“翻译”成汉字。但有些语言是无法以文字表达的，兹撰一小段，录于如下，祈望方家雅正：

青楼二妹（漏记普语 mui），凭我玉镯（凭呀玉额），视为我身（当呀敢敢）。请付黄金二十两（qing bun wiang giang 语接龙）。翌日即到巢营（缸内 fair 偷迪 bo），我恐有变（呀何能卖市），见机行事（谬请况鼎）。切切（giang 稳）。

“瑶语”独特的语言发音与客家话的语调一样，其中很多发音与客家话的发音近似，与古汉语的平水韵几乎无一相左，令人惊叹不已。由此可佐证，瑶族其实从远古不断的衍化中，仍保留着中原文化的底蕴及影子。其实，说起来也不足为怪——因为瑶人绝大多数源于“湖蜀”。而此“湖蜀”也并非土著，其源延于中原。无独有偶，前段时间我在某报上看到一个惊人的推测——粤语有可能是夏商时期黄河一带的“官语”！“粤语”并非“广州话”，而“广州话”却秉承了“粤语”某些残留的芜杂语丝。故而在历史的长河中，特别是在岭南这一独特的地域逐渐形成了新的“粤语系”。至于这个推断是否合理或是梦呓，行外者诸如我等如染指就贻笑大方了。

（载《阳江日报》2011 年 11 月 12 日、12 月 3 日）

春夜听雨

喜欢听雨，尤其是在春夜。

寒冬刚过，或许宫墙外的枯柳早已低头，残喘一丝气息，黯然俯视小溪那尾失魂的鱼儿，生发着不可相挽的悲悯，惺惺相惜般在喁喁告别。闪烁不定的朦胧的灯光，直射进这深邃无垠的夜幕。串串丝丝的银线直贯苍穹。烟雨笼罩着那不知何年而耸的乡间青砖瓦房，门楼上，高高的檐头那丛枯蒿衰落青黄的寄生草，耷拉着不屈的头颅。寄生草虽枯蒿，但在不知不觉的抗争中，却葳蕤着一种生命的张力，它给我的印象首先是使人联想到了历史的沧桑与古老，凝重与深邃。令人在冥冥之中不由得遐思。天心中暖昧的银丝，轻拂着霜寒，在寒蝉的翳闭下，带着一冬的慑怯，悠悠然地自天外而来。耳旁，顿然如芬芳的丽人施之素手，在轻拨琴弦，那弦声，就如从天籁中款款而至。那一只素手，在激扬的或是荫翳的靡靡之音中，将本不属于自己的专利据为己有。但世间却不曾憎恶它的霸气或是戾相。

不难想象，纤纤玉指的飞扬，或是裾裙袅娜、桃英的缤纷给予了宫墙内生命的活力和韵味。那是一位伊人在脸颊酡红之后神魂欲飞的时候轻挑慢拨的酥酥之音。轻拨、敲击、叩击，它们都没有贵贱之分，究其因，它们都在争先恐后地奉接着一个不能比拟的时期的到来。听着一夜春雨，我不禁独自吟诵着春霖的婉约，咀嚼着琼浆般的幽香。

“青箬笠，绿蓑衣，斜风细雨不须归。”千树万骨在春雨的浸润下，一夜桃花竞放，皑皑梨花如雪，满园春色让人垂涎欲滴。秋来所有的硕果从此就在春雨的呵护下渐渐萌生着一曲欣喜的乐章。

入眼片片垂杨，婀娜碧绿，绿纱轻漾，那可是水墨一般的色彩啊。朦朦的飞烟卷起层层素雾，如嬉弄着轻风。远近可见的茸茸芳草，已是进入墨绿的境界。甘霖湿透夭桃，展示着片片薄红。天工般的情怀润物大抵如此有情着意，任何一花一草也自在无语中纷纷各显本领。难怪宋代著名女诗人朱淑贞被这片春光所撼动。因而秉烛呼朋引伴，愿做那无忧无虑的闲云野鹤去了。

“沾衣欲湿杏花雨，吹面不寒杨柳风。”当年那位不食人间烟火的志南和尚，也深谙芸芸众生中的温寒冷暖，晓得这世俗中的蹊跷与奖赏。历经寒凝的万物，竟是让潺潺的春雨唤醒，何等神奇，或是何等深邃？最先“春风又绿江南岸”者，是柳。柳是说不得言的，要不，为何总是在人间几乎阴阳两隔的时候，它让人随意地折断自己的人生？但从另一面来说，它倒是乐意在一瞬的被害中让世间永铭自己的存在。那是因为有一种无形的滋润在不断地给予它素养。那是为什么？是源源不断的春雨，是滋心润肺的信念。因为“润物细无声”的高尚气节让它折服，让它甘于服侍人间。

雨在沥沥，沥沥的是雨，侧耳细听，那的的确确是春雨来了。是雕栏轻叩？是新篁拔节的轻吟？是绿柳轻摇腰肢的吟哦抑或是谁在弄琴击缶？“随风潜入夜，润物细无声。”此“夜”的真谛何尝是简单的阐述，定然是一种事物变更的蜕变过程。而这种蜕变过程冥冥之中就注定了一种疼痛的转换。我不懂音乐，但喜听，宫商角徵羽中的一点，我是认为那“徵”是人心而不可否认。因为春雨源自“徵”。春雨，在世间万劫之中，它给予美好的人间最大的复苏与鼓起，或是葳蕤的勃发。万象或万物的论断皆缘于心底的思想迸发，思想的形成，便有了人世间真谛的发展。

朦胧中，我恍惚地透过雨帘，在用心去体味甘霖带给人间的福祉。一条条蠕动着的春蚕，尽情地分享着大自然赐予的恩惠，肆无忌惮地啃食着水油油的桑叶，似在无忧无虑地尽享其乐。这些天生的尤物，又何曾想到它们享用的东西却是春夜的雨丝催生的甘饴？它们又何曾想到是那些天真的村姑们辛劳后的回报？它们在吸纳甘饴后必定会滋润着新的一轮生命的诞生。

聆听着潇潇的叩击声，仿如闻听到历代先贤对芸芸众生的一种慨叹，或是一种见景生情的吟哦。而所有的慨叹都源自对春天的渴望。杜甫在《春夜喜雨》中云："好雨知时节，当春乃发生。随风潜入夜，润物细无声。野径云俱黑，江船火独明。晓看红湿处，花重锦官城。"这是描绘春夜雨景，表现喜悦心情的名作。相信肯定是在一个美妙的春夜的妙悟，在偶发于心际中的灵犀中得道于上天的暗示，因而便得了这千古榜样，让我们也在濡濡的春夜中满享怡心的盛宴。而那空灵、活脱的孟浩然在"夜来风雨声，花落知多少"的感叹中，抒达怎样的一种惬意？而那将刺虎成功、报国无门的惆怅融入黄藤酒中、为情而殆的陆老夫子，不也是在这掀魂荡魄的春雨中抑抑郁郁而失志而争吗？

春夜的雨丝如筑如篢，如丝如弦，它律动得如歌如泣，永恒地成就人世间最优美的音符。莫道这春雨是自然界中的一点甘露，它却是人间的福祉，在嘤嘤嗡嗡的赞誉声中，充分地融进了些微的禅意，古往今来，有多少圣贤贵达，或是失魂落拓之辈，也无不在为它的降生而吟哦或狂书。

春雨，上苍的恩赐。它的永恒的眷恋即是一杯相思的酒。

（载《中华老年文学》2012 年第 4 期）

情人河畔话沧桑

从阳春城沿东北方向走，约三公里后向东折，便进入东山腹地——蟠龙腹地。不几，即可见到一条自东山婉蜒飘浮而来的仿如玉带的小河——情人河，这是一块神奇的土地。千百年来，神奇的土地孕育着这条可歌可泣的神圣小河。春城以东，浴尽东山之灵气。藏精蓄锐，灵气袭人，人说那是东边的龙气使然。

有趣的是，情人河算是两复其名了，它原先的真正名字叫作那（念 nuo，阳平音，是当地土著人的特殊发音）梧河，是因它流经的地名叫那梧而得名。传说当年的金花坑中的金花姑娘（春砂仙子）与她的情侣梁浩恩爱无比，两人私订终身，常常在闲暇之时来到情人河边，花前月下，互相倾吐眷恋之情，也与一些情窦初开的红男绿女们来到河边嬉戏玩耍，蟠龙村中的秀才们便将这条河戏称为“情人河”及至那场“史无前例”的浩劫时，全国在一片“破四旧”的风暴中谁敢把这条河渲染成浪漫的人间仙景？因而那梧河便再一次恢复了它原来的叫法。时光荏苒，到了 20 世纪 80 年代初，人们抛弃了一切禁锢，无数青春勃发的少男少女们青睐这一方“爱巢”，趋之若鹜，久而久之，人们再一次把它称作“情人河”。

蟠龙腹地得天独厚，俯仰之间看得最多的是蓝天、白云、苍山、小溪、大河、茂林。具有灵动生命力的情人河，千百年来，青山流淌着记忆的原色——荷塘古道，炊烟嬉声，农庄酒寮，牧笛村姑，日出月升，上苍铸造的人间风景画，无论何时都会给你一种特别的记忆。时光的粗疏之中布满了清晰的指纹，罗列着一如糯软细腻的漠阳方言，圈养着永恒不变的山中血脉，滋生着孜孜不倦的向往与憧憬，生于斯而又长于斯的“乡根”便连绵不断，生生不息。

蟠龙腹地的最高峰东尖峰长年林荫蔽日，雾岚长绕，藤葛大树密不透风，流水响亮苔藓厚重。而更值得缅怀的是千古淳厚的民风，峰脚下，触目之处，碧水泅泅，参天古木横空飞跃，苍松翠竹婀娜多姿，娇柔妩媚，流红飞翠的眼界中，尽显其春意盎然的本色。在巍峨的东山，也许你不能想象在这片土地上能随时随地邂逅从喀斯特地表罅隙溢出的清泉，人类生命的精华无时无刻不变幻着各种姿态，舞蹈着，奔涌着，缱绻着，自由惬意，恣意狂荡地以诗的流韵点缀自然。长年奔突的清泉穿峡越涧飞长流短，深流浅泻，时而低旋静泫，时而暴突千寻，片刻皈于宁静，逶迤在人群之中，外，所到之处春风激荡，滋润，桃儿粉，绿洲绵延。这两岸便有如吮琼浆玉液般的李儿青，无论是漓江的青绿恬静，植被之梅儿绽，松儿挺，皆是蟠龙的特质与精神，还是南湖的幽深神秘，都比不上这里的清泉的碧翠娇嫩，明澈可人。更为难得的是洗濯人间污浊者乃斯地也。

入夜，银灯璀璨，荧光雪映，沿河逶迤而上，向两岸眺望，这片生机盎然的土地充满了“幽幽花影云洒地，哝哝情声月在天“的书卷气。馥郁的乡土之魂在灵风幻雨般的沐浴中飞歌流韵，古风荡漾着扑面的现代气息。矗立在河边的吊脚楼虽然粗陋简朴，但在两岸的若明若暗的华灯的点缀下，水中粼粼的银光飞泻着缤纷的情歌浪语，漫延嗣续着古朴的乡俚遗风。山里人曾有人说过，这里可能是阳春的“秦准河”。或许言之过浮，但与秦准河边上的香脂味虽是相去甚远。而难得的却是在这苍莽的僻壤中竟也染得几分脂粉气，不得不让人倍觉惊诧。

情人河，这片神奇的土地，清澈的河水护卫着连绵的群山，群山却又襟连着河水，山与水竟是那样的和谐共存。一切有情的情人似乎在这里默默地享受着伊甸园赐予的恩惠，人类爱情永恒的主题在这里得到了充分的张扬，在这里，我们似乎俯瞰到了生命生长的另一种姿势。大自然的原质在这里尽显生命的真谛，不得不使我们惊叹。

（载《阳江日报》）

海边捉沙蚂

沙蚂者，南方海边人对一种貌似小螃蟹的俚称，我叫不出它的学名，我想，那也许它是真正螃蟹的亚种吧，或者是螃蟹的堂弟——个头比螃蟹小得多的小螃蟹。

后来，听朋友说，那东西的学名叫“招潮蟹”，据说那小东西是十分滋补的食疗尤物，现今在市场上的售价将近二百元一公斤，既是物之华贵，生来就不是草根们所享受的赐品，它只能是贵族们炫耀或草根们冀盼的贵贱的谈资，得以成享的是凤毛麟角，望之如渴者为芸芸众生，但人或物之贵与贱，并非是上苍的界定，既然上苍给了万物不平等的际遇，芸芸众生就不必哀怨。

领略这个贵与贱的真谛是一个偶然的机会，那是一次笔会的一个小插曲——主人安排我们一个独特的节目：捉沙蚂。主人别出心裁的策划令我们咋舌。

沿着委蛇崎岖的羊肠小道，高一脚低一脚地舞蹈，才走到海边，一弯水暖沙幼的黄橙橙的沙滩上，如鹅绒般的细沙，平展数里，婉蜒如蚓，懒洋洋地躺在巍峨的黔黑陡岩下那片沙毯，恰似一条玉练紧箍于一个壮汉的项脖中，单是离奇的造型，就让我们咋呼了几许。

主人是打小是赤膊光脆与海水浑搅的“海条子”，海就如是他身上的襟袖，稔熟如友，年长后，海的放荡不羁的模子就深深地粘附在他的身上、脸上，以至他以海的狂浪铸造了他的艺术元素——

一个具有海的豁达性格的书法家。

月明风清的夜晚，在海边，往往让人感到有窒息与豁放并生的感觉。在浪花的辉映下，初时，点点银光伴随着橙黄的光芒闪烁于眼前，一泫泫光波也随着欢鹊般的喧嚣而泛起。须臾，冉冉而明的处月，伸着懒腰，似让人烘托一般施施然而升，摇头晃脑地睁着惺忪睡眼，轻揉那分懒慵，姗姗而袅，悠悠而来。

主人告诉我们，“沙蚂”是鬼精，其个小而灵巧，削度而敏捷，精明而睿智。主人还煞有其事地告诉我们，“沙蚂”是典型的气象预报员。一旦有潮水突涨的时候，它就会坐立不安，四处奔突，以它天生的技能告诉人们风云突变的前兆。对于依山而生，靠山而长的我们，这简直是天方夜谭的诳术。山里人的豪豁与坚韧，沉稳与厚重，与大海相比，也是适得相符的伯仲。又何来高下之分？莫不是主人的故弄玄虚之显？主人还告诉我们，沙蚂很有灵性，在每月的农历初一或十五，它们就会成群结队地在沙滩上窜动，这是它们欢聚与交配的最好时机。海边的渔民们过去是不会抓它们的，因为海里给人们的馈赠太过于丰盛了，以至渔民们还来不及收获这些不起眼的小尤物。倒是近几年来，人们知道了它高效的药疗作用，才特别地青睐它们。每逢有远方的朋友来访，他们都会嚷嚷着要到海边来捉沙蚂。主人这样的轻描淡写反而令我们心里痒痒的。我们恨不得马上就能抓它个几篓几筐。

媚月是安详、娴静的。如小家碧玉羞涩，慢行如莲步，徐出如烟袅。在不知不觉中露出了半撇蛾眉，蹇蹇而藏，婉婉而露，叫人顿生可怜之臆。低头看海岸边上，一波波的海水直往岸边漫漶着，似在轻轻地吻着自己的情人般温柔。

“啊！那是什么？”人群中，有人惊叫起来。主人一见，马上兴奋地狂呼起来：“是沙蚂，是沙蚂！”在几柱懒散的手电光下，依稀可见一只失魂落魄的小沙蚂在沙滩上东跑西蹿，大家一听，顿时在海边爆起了一阵暴风般的咆哮声。

赤着脚的，穿着皮鞋的，一窝蜂的“呼噜”地涌上前去，尾随小沙蚂的后面拼命地追赶，那只小沙蚂被突如其来的惊吓吓得魂飞魄散，一时东突一下，一时西蹿一下，有时甚至在人们的脚面上蹿过，海边那一声声惊呼声此起彼落，我们当中的人追得甚欢，一小团一小团地拥在一起，又一小块一小块地撞在一块，好几个女的还搂在一块摔倒在沙滩上，直捧着肚子在沙滩上打着滚，几个男的追得最近，眼看就要把沙蚂擒住了，哪成想，那鬼精却在看似平整、坚实的沙面上突然钻了进去，身后只是露出几缕松软的沙粉和冒着泡沫的一个小洞，几个男的蹲下身子，用手扒搙着小洞，尽管他们扒搙得飞快，但一瞬间那小鬼精就无踪无影了，只留下一声声遗憾和懊恼的叹息，一个个气喘吁吁地坐在沙地上。

一阵激情的前奏曲过去了，主人也喘着粗气，十分歉意地对我们说。“对不起，刚才没有跟大家说清楚，捉沙蚂是不能跟在它后面追赶的，即使你跑得快过刘翔也没有用，那小东西情急下一是往水里跑，一是就地在沙地上直挖小洞钻进去，一旦钻进了沙土里，它逃跑的速度是惊人的，任凭你是金钢铁钻，也挖它不到，”一听主人的话，我们不由得有点失望，个个有点垂头丧气的样子。

人的生性就是为了延续盘古的香烟而攫取、杀戮，或侵略占有，更而制造残酷的饕餮或兵燹，而被掠者往往为了自己的生存与繁衍而千方百计地选择躲避与抗衡，这一“取”与一“抗”千古以来不知道造就了多少可歌可泣的悲壮故事，从而繁衍了人间互相倾轧、互相为敌的无休止的战争与灾难。

主人不知是故意卖关子还是怎样，直到看到我们怏怏不乐的样子才慢吞吞地把他的拿手好戏传授给我们——

主人弓下腰，一连在沙地上挖了几个坑，那坑是圆形的，直径和深度都在一尺左右，再在岸边的小树丛中连折了几根树枝。主人告诉我们：“当你看到小沙蚂时，必须用最大的能量惊吓它，它在它慌不择路的时候用树枝横扫它，在它还来不及翻身的时候就把它抓住。另一情况就是当你把它扫到坑里的时候，一般它没那么快反应过来，会在坑里团团转一会儿，趁这当儿用小网兜把它兜上来。”

一听主人说的，我们马上来了精神，跃跃欲试。按照主人教的方法，屡试不爽，一只只小沙蚂不断落入我们的囊中。到最后，我们盘点了一下今晚的“战绩”：以海边人的目光判断，总收获在五斤左右。听主人说，今晚我们的运数不是很好——那是因为这一晚不是初一和十五，小沙蚂特别的少，落入我们网中的只不过是那些背时的“不识时务”的小愣头。主人一番风趣的话和着我们的欢声笑语顿时响彻了海边。

这一晚，在这熙熙攘攘而又风平浪静的岸边，我们似乎又一次经历了一次历练和悟知。

大海以其丰腴之膏喂养了人间生灵，以其盛纳广袤的胸襟包容了翀翔的苍穹，涵养着世间的神圣与污浊，滋养了万物。万物与大海共存亡，与人间天地相濡着悲欢喜怨，谱写着生生相息的乐章，倒是人们汗青所不能记载的几何。

大海永远是深邃的，以致我们永远无法揭开它的面纱、窥视它的真实面目、诠释它的真谛。

（载《阳江文化》2014 年 2 月总第 52 期）

莫记前愁

品茗之最佳时节是春分，品得人间的甘苦，为人的最佳时节是对这个世界无怨无悔地品味与回想。

历尽了寒冬的苦劫，万物在料峭的春寒中复苏，那一声惊天动地的惊蛰雷经天行地，在作着万物复苏的巡礼。久蛰于千山万壑的生灵，在瞬间幡然而醒，乍惊于轰天动地的颤抖之中。远看青山远岫，高耸人霄，层林尽染，披云挂雾，在冬后尽炫妖冶英姿。

嘉木者，深山老林中，长年累月，长纳山川灵气，共沐日月灵犀，素雅清香，敢晒百花。以天生我才必有用之高瞻，指点天地山水，挥遒万物，凝聚琼浆玉露，归于精华一叶。当满口清香萦绕。醺醉人间之时，可谁又想到，此物初始焚身于烘烤之灾，历劫净身，再者为忍切肤之痛，历劫囫囵之楚。

这世间尤物，苦不得言者是为罄竹难书。躬身于世，造福天地，福祉人间，福荫天伦，自是世界之宠物。

我不嗜茶，但好以淡茶细啜，貌似细品人间，却恰恰以蒙昧之态消发无聊与恬淡。记不得是哪朝哪夕，忽发其臆，邀得老兄子洪，名曰“品茶”，实为“泄晦”。“泄晦”者，将胸中郁闷，身历磨难，今生前世忧愁凭空发泄是也。

一堂月光，一领破席，一张矮桌，一壶淡茶，几腔心事，于淡月下，细倾人生甜酸苦辣，细品芸芸众生“哪怕我俩都不是这嘉木

的享有者，但心中却有灵犀一点，那就是借得身外之物，坦然相叙，细说红尘千般苦楚，漫道人间几何愁韵，欢叙乡里数廪桑麻。

不识优雅，不知品茗之细啜，几盏消肠融肚的淡茶灌下去，虽说不像酒那样回肠荡气，却也勾魂生气。当苦涩过后，当有甘饴之气直贯颅峰，如冲天庭。

月是淡淡，茶也淡淡，心潮却是如云中之月，飘忽无定，忽而悬挂天心，忽而潜人阴霾，忽而行云突窜，忽而飞旋苍穹。有贤者所言：拟于茶之所托，喻茶为一杯水，汝之所闻所见就是你的想象。品之为甘者，即喻示着你的世间心态为之平和、恬淡，品之为苦者，即喻示着你的飘零与坎坷。言之为谛？孰对孰错，只有问茶了。

忆当年，何曾忘却，当年“指点江山，激扬文字”的一腔热血，融化成一身豪杰胆，青葱书生马上负剑昂扬猖狂，意气直冲云霄。酹半江绿酒，沸沸扬扬一腔热血，醉了千古的洪钟大吕，恰似悠然回廊于西厢。雾散之后，歌罄平川千里韵，可如今，落得个暮云轻送残阳之时，怎不教人涕零飞泪？怎不叫人肝肠抑翳？却喜得东风无恨不思量，寒凝大地之霜顷刻云飞雾散。千秋恩怨尽在沙漏之中，虽面对残阳，柳颓燕噤，但几度流觞过后，仍闻得莺扑绿畴，蝶舞花丛。

好茶者有一说：壶中水竭者，谓之为“茶已枯，。枯去的是心中的翳结，剩下的是清朗的笑声与欢愉的心情。君不见，茶并非止于濯肠滤水之物，却如灵丹妙药般活络心翳，升元保志，通经疏脉，其功能良强，其功效甚是可嘉，利是可赞，此乃功德无量之现。冥冥中，醺醉的那根弦却如在深壑中乘风而颤，嘤嗡之声自远岫而至，缭绕赤橙蓝绿的天幕，掠过万水千山，冲破迷岚，如龙潜深渊飙突而起，于水湄之上轻梳漫游。此情此景，诗意萌生，合当今夜诗兴大发，研得劣墨，就着席边，边敲边茗边吟，只落得未干之墨，权当涂鸦：

临江仙。与子洪兄品茗有感

引项呼朋催野鹤，清风香透烟霞。红尘入韵话桑麻。人间甘与苦，莫记夕阳斜。

煮沸忧愁披散发，适逢陆羽金砂。半壶荣辱绽心花。琼浆添梵语，天阙羡袈裟。

（载《阳江日报》2014 年 5 月 7 日）

春夜忆慈父

我很骄傲，我的父亲是军人。

楚天之地，永远铸造着钢一般的铁躯，哺育着超然的智慧和豁然的大度。

那一年，父亲默默地走了，在世间了无声息地魂归大地，带着他此生的荣辱与波折，带着眷恋与遗憾，向彼地的圣域皈依。纵然是身处他乡，魂泊天涯，忠骨虽无痕，但岁月仍有声。

春天的月色没有秋高气爽般的璀璨，却也因了它的明朗或是清辉，于世上春往冬来般摩娑，倒也易于濡滤沉忆的那根弦。

我们这个世界需要不断的更新和嬗变，需要长进与抗争，因而我们这个大千世界就注定了林林总总的荣辱与沉浮，功名与利禄，高贵与卑贱的衍生与延续。

古往今来，多少文人骚客，吟风弄月者并非凤毛麟角，而是汗牛之数矣。那些个欲超脱凡尘者，却恰好是被凡尘所困，多少功名利禄，多少荣华富贵，多少风花雪月，转眼便是过眼云烟，无一不是最终而落入凡尘之中，化为泥丸，最后郁郁而终者多如篆蚁，累数不尽。

父亲的一生，似乎与生俱来就生就苦行僧的素质，人生中搓扶跌宕，危耸渊薮。几度身处中流，却未能置身于砥柱之列。而他却不为失意所囿，更振作者是“我是共产党员”理念的迸发与荣耀的彰显。父亲终生不羡“芳庭车马辘”的生涯，也无“寒庐诗书黄”之冀。有的是“维路蓝缕，以启山林“的企盼。一种忠诚与坚韧始终浸淫于父亲的灵魂，哪怕是寒风与冽霜迎面而侵，依然罡风在胸，正骨倚身。

身度异乡，何尝不在春日悲啼的子规声中遥念楚塞？日暮风寒之时，何尝又不念家山故梓？庭前，面对寥寂寒蝉哑鸣于悴柳，仰首辽廓碧空，孤雁披霜历练涅槃，定生丝丝惆怅之意。曾有多少个不眠之夜，父亲也许会隔着无休无止的春雨，怅然于沥沥淅淅的愁怀，潸然泪纵。春寒尚料峭，愁肠翳肚的牵挂是那么的遥远，游子空有抱负，七尺雄躯骨毁形销，马上挥剑叱咤风云竟是那样的缥缈与失落。断肠人何意对灯浅吟赋诗？我想，是的，确有铁骨铮然之汉，不翳红绡颓落，不为风溯花残，不为青山脱翠而怆悒，不以清圣濯愁肠，只为漂萍何所泊，乡关何处是而黯然神伤。抬头眺望天角一方，雾寒星灿，太白光然。彷徨人梦的是桑榆魂萦梦绕，馨风有信三番再度飞旋，瞬间蓦然满眼尽故乡，皆为南柯使然。

纵观父亲一生，恰如雨打的漂萍，孤翔的哀雁。雁过处，有日留声。父亲却在芸芸众生中音邈嘘然，时时于浊尘中濯洗灵魂，以祈清静。人生一世，草木三秋。俱已矣，昨夜黄花皆凋零，今晨紫燕又鸣春。

杜宇声声，青山含悲。魂兮，魂兮，归于何方？父亲，遥远的宿乡也许是寒冷寂寞的，您可曾“衾冷霜寒说与春”？

（载《阳江文化》2014 年第 2 期）

莫冀回首

——写在上山下乡40周年纪念日

四十年前，我们浑浑噩噩地在渺茫的浑水中，去作了一次无浮标的长游，漂流中屡遇漩涡，生死未卜、动人心弦的劬苦故事，仍如幻影一般在闪烁。所幸者，今天，我们都到达了彼岸。

——题记

四十年，在历史的长河中，渺小得如尘埃。却在我们这一代人的心目中，深深地刻下了一段令人难以忘怀的记忆。

1974年10月29日，是金秋绚丽的十月，是等待我们经历狱劫的日子。

抗金英雄岳飞的后裔落居的黄梅县，有一种农具，名日“禾枪”（岭南人也叫“担歼”）这“禾枪”是岳飞五子岳霆的“专利”。南宋栋梁倾矣，岳家后裔不忘朝耻，身虽陷图圄，仍不忘光复中原，即使在莳农弄桑的辛劳中，仍忘不了兵燹带来的灾难，操兵练马，枕戈待旦。岳霆笃教本族之子民以坚硬的竹子两头削尖，长约二米，一可作扁担，二可作杀敌武器。

哪成想，悲即悲在八百多年后的清平世界，我们仍在每天使用那本是杀敌的生产工具在胁迫我们的膏肓，在蚀蛀着我们永远不能复还的青春！饥不裹腹之时，唯有将“余勇”发泄在身处庙堂之外的荒郊野岭。此时，说实在的，我们已经没有什么“可贾”的了。

孟子的“苦其心志、劳其筋骨”应不是生长在五星红旗下的我们的历练。

多少铁血男儿，刚正而不入懦弱，勇为天下之先，以“我入地狱”的天崩地裂的气势、姿态与俗世抗衡。

多少巾帼须眉，冰清玉洁，清萌而不入污秽，但为了生存与抗争，却蒙背青楼之杳名。

多少胸怀鸿鹄之志的贤士，空有一腔热血，那“力拔山兮”的豪杰，只能在瘤瘤群山中，让青春迸发的雄遒随春花秋月老去。

多少次，多少回，我们曾面对荒山野岭，长啸着我们的胸臆。那些曾经怒放而娇妍的花瓣，如今无力地佝楼着身体，似乎在无助地呼唤着什么。一阵阵心疼在孤灯人静下不由涌上心头，我们不曾好好地感受春天的烂漫、秋风的清凉，而我们的春秋就在惨淡的旋律中烟消云散。

多少日，多少月，我们曾沉思于漫长的黑夜，眼望无垠的夜空。悲怆地、轻轻地折下一朵蔫然凋零的小花，在悄无声息的月光下向我们的青春默哀。

田野换了一春又 春，岁月长了一轮又一轮。被岁月残暴摧残的斑痕，永远地镌刻在我们日渐苍老的脸颊，也刻在我们骨毁形销的残躯中。父辈虚冀的我们的衣锦还乡，只是一枕黄粱。悠悠的寸草之心，在风霜的淫威下，竟是如此的黯淡。那一年，月光竟是这样的惨白，竟是这样的恓惶。

我们都如一只只在无边的苍穹中旅飞的孤雁，渺无目标地在蓝天下哀伤地扇飞着带伤的翅膀。更如一个囊中空涩的天涯游子，背负着一生漂泊的落寞，身肩两月，两眼惘然，施施然般在茫茫的沙海中寻寻觅觅，彳亍跋涉，凄凄切切地在漆黑的夜幕中去寻求归宿。

此时，毛泽东老人家虽身得沉疴，但老人家的心腔中，仍悬挂着那近 800 万孺子的身寒肚饱，襟长裤短。要不，何有李庆霖的那封肠断的血书？何有“全国此类事甚多，容当统筹解决”之忧？毛泽东老人家是流着悲凉的泪水看完李庆霖的那封信的，如不是他老人家在这节骨眼上审时度势，当机立断扭转乾坤，中国的知青史可能会是另一种写法或其变数会更加诡异无常。

浮生秃笔，淡墨流年。兴许在我们的心隙深处，仍汩汩地流淌着一场杏花雨，伴着丁香的忧郁，飘洒着沉睡的回忆。一帘幽梦醒来，梦境还滑过时光深邃的隧道。一缕曾是馨馥的花香，悄然地缭绕着紧闭已久的心门。寒冬已过，春天已来。只影摇曳的诉说，只是杳无音讯的回顾。那股汹涌的澜沧，只是昨日冷涧的心湖。寂寥如花的哀伤，只是远去的音尘。

博物馆里收藏的历史，永远是让人悲痛欲绝的结晶，历史是在这些结晶的是与非中的拮摘。

今天，我们毫无疑问地会将一个苦胆珍藏在不愿开启的黑匣子中！

就让我们淡忘过去罢。青灯下，瑟瑟写下我们的永铭：

一腔热血，战天斗地，擒龙缚虎试说翼德。三生弦断翳愁肠。恨苦海无边，悲泪啼秋暮。往昔风流涕雪雨，还铁骨铮铮，衔来冷月闲留赋。于斯踏歌，漠水花开花落，千怆大怨皆收眼底。

七尺残躯，立志修身，捉鳖拿鲲敢问廉颇。几度曲终惊旧梦。喜康庄有道，寒枫慰夕阳。今朝倜傥披春光，仍正气凛凛，挥去寒烟且作诗。唯此捻诵，灵山云卷云舒，四海五湖尽入胸怀。

（载《阳江文化》2014 年总第 57 期）

从民间文学的认知到传承拓展
——田雨《华叔话阳春》读后

“民间文学”，在国外，通常称为“民俗学“（floklore），最早由英国学者威廉·汤姆斯于1846年提出。其研究的范围一般以庶民古俗和庶民文学为主，具体包括“旧时风俗、庆典仪式、迷信、歌谣、谚语、传说等，主要是有一定演进及轨迹及地域分布的下层文化”。民间文学是一个民族文化传统的体现，是各种社会知识积淀的精髓产物。

中国学者中较早使用“民间文学”这一汉语概念的是梅光迪。在处于文学革命的初期，他主张“文学革命自当从‘民间文学’入手，此无待言”，其实在历史的进程中，林林总总的表现形式就是以民间文学为始作俑者。几乎天下的文艺权威者都认为：民间文学是文艺之母。这话一点没错。新文学的从腐朽的股式到跨越式的嬗变，给新文学注入了生机和活力。

在1987年全国“三套集成”的挖掘、整理的鼎盛时期，阳春民间文学的理论教育与发掘创作，其结晶在粤西一度曾嗤右而居，彼时似有鹊声四起之征。尔后，却有一段声销迹混的沉寂之象。

作者生于斯，长于斯，与这方土地相濡以沫，这里的一山一水、一草一木，无不倾注和彰显着作者的人文关注与锲入的姿态。我们常说的文学创作的“接地气”，其旨就是在生活中贴近事物，提炼精萃，罟擭文学营养。

作者出生于农村，从事过工人、行政领导、党务、文艺工作。芸芸众生的迹象早已揽于翼下，只是有待温热而孵，更待叽叽而出。《华叔话阳春》的主旨反映更多的是关注民生与生活的热点与焦点，矫正谬误、讥讽愚昧、抨击丑恶、教导向善，歌颂真美，关注的热度涌然而出，更展现出了一个贴心于民，注心于世的智者的行为和思虑。以一个重德的行者苦心诲之诸事。

一乡一风，一俚一趣，一山一水，一草一木，一砖一瓦，一事一物，无不濡上稠浓的乡情。作者的笔端直如龙蛇般信游，且时若娓娓而侃，时若烛下长吁，时若篱中喃喃，时若斋中呢喃，时若堂前铮铮。事至而情，情至而怀，无一不与乡梓同呼吸、共命运。春州这片热土，便得氤氲的氛围而即生暖息。

无独有偶，前不久，有同学自美国回来参加同学聚会。一对夫妇是土生土长的邑人，离国已近三十年，乡音不改，仁心不变。他们本是裘身金壳之人，在春城逗留的期间，偏偏每天喜欢在街头巷尾的小食档中挑上了《华叔话阳春》中描述的“钵仔粑”而大快朵颐。这并非他们省悭，只因这脍炙人口、甘饴夺津的美食竟如小精灵般攫住了他们的心，他们享用这古老美味的美食后还谑说：“我们多想留长点时间，在家乡痛快地饱食久违的钵仔粑。”

故园的清水良黍，酿就了养身怡性的佳肴。合当这方水土的生灵有此等福荫，得天独厚的琼浆甘露便是春州人的骄傲和天福。《华叔话阳春》中的诸多篇什恰好点击至臻至美的门脉，里中勾人冥思的回忆，恰恰如生活的表象与质象的榫楔。“象”的吻合正好给民间文学与客观生活相辅相成的生长的佐证。

自人间的砥砺，方知磨剑之快，这一“剑”，包含了作者殚精竭虑之后的收获。从深冬的冽寒，尚识梅蕊之灿。这一“灿”，囊括了作者对人间的纷繁复杂的正悟。最为难能可贵的是作者对世界的感知至认知的一个转化。这是一个质的转化，灵魂的涅槃便受于了天地人间的赠予。而从认知至传承到拓展，得非有“荜路蓝缕，以启山林”的精神不可。想象与拓宽的空间仍有赖于民间精髓的转化与融合。糟粕者于摒弃之列自不待说，而更趋之创新与稳健之道需要我们披荆斩棘。

毋庸置疑，《华叔话阳春》中的一小部分篇幅，如能融进更多的民间文学的元素，在民间文学这一点上再拓宽一下视野，那更是如锦上添花般炫目。

如今，有一朵绚丽的彩云在春州的天空飞旋。想必姹紫嫣红的圣苑将会更加光彩夺目。百渠所开，非一水之流。田雨先生的新时期阳春文坛复苏的为人之先大举，恰恰是千涌注入沧海的一点。汹涌者必定继而来之。

（载《阳江日报》2014 年 8 月 30 日）

逶迤独山行

那是初秋夕暮时分。

虽是南方，初秋的山峦飘起了霏霏小雨，于我来说，虽然是在多雨的山区，但此情也是罕见的。很容易让人想起仲春的黄梅雨来。

记忆尚带着温湿，也有几分寒凉。庭院紫燕归春的讯息早已作黄鹤烟渺，犹记得芳丛中片片新篁的瑟瑟生声。那是春天所到的一片新生命的宣示。而这一切，都在檐寒冰冻的蹉跎中远去。时光只能让东君添上曾经蓬勃的一卷。带着对往事的缅怀，带着一腔说不清的臆念。去与山作一次推心置腹的交谈。悠悠的往事在这忽明忽暗的思绪中如飘零的风筝，时起时荡。

一路独腰，眼前的羊肠小道愈显狭窄，濡湿的路面上，有些许碎泥丸如颗粒般在滚动。路旁是凄蓑的小草在耷拉着头任由微风轻撩，全然不惜自己的身板。或许，它也无能力再为自己撑持。氲氤的潮气在冉冉而升，慢腾腾地在空中舒缓着、轻荡着，似乎这一刻它可以无忧无虑地舒展它本来就有的慵懒。万物的姿态在这一刻里，尽显其原来的秉性。

登上一小山丘，极目荒丘远岫处，疏削的薄杨随风摇曳，似在与微寒作最后的抗争。不难想象，即使是在神灵的祐佑下，也难免风枯菊瘦梦寒凉。这山这岭虽然经历了凛冽的洗礼，相信其清愁未断。不敢想象，也不能想象，明媚的春光也许在此留下蛛丝马迹，留下它们不愿散去的英风。谁也不愿想象或缅怀，这方碧翠的土地，昔日没有渐稀渐浓的忧怨？唯有枯老逝去的琴魂或弦声充斥这荒幽之地，即使无数次地断弦，终经不得这里蕴藏的岁月的更迭，可期待的是日月的从容与萦怀。

山窝窝里有一潭半清的小池塘，在山旮旯、凹凸的展台里显得特别的别扭，似乎给这一片平静的丘陵带来了不和谐的音符。但细一看，却也是天设地造般的吻合——历尽寒霜的砥砺，经历过春天的濡染，尤其是凄凄微雨过后的残痕的累积，剩下的是哀伤的寒苔以及其披裹的一腔心事。可以说，这半池秋水，今生来世只能在默默地怀想曾经的深春哀凉的独语。怜悯之情只是与日俱增。

而小池塘的另一侧，则是一条蜿蜒的小清溪。意想不到的是小溪旁边斜坐着一名二九少女。衣裳在她的手中不时在水中浸漉，不时在溪流的上面摔抖，一阵阵水花在干涸的空山中飞溅。阳光下，水花变成了一段段的小彩虹，辉映着黛青的空间。

我不由得想：沉积于十八个春秋（那或许是我对姑娘的年龄的揣测）的劲力，粘上了无数个春花秋月，哪一个明朗的秋月才是自己的呢？并不朦胧的意念，夜来袭向那湿漉漉的相思梦。或许，这姑娘在每一个芳香的夜晚，让心房里再浣一个甜美的故事。

虽不是深秋，但在这极致的仿如仙景的山旮旯里，依然能怂恿世间精灵的春情勃发，这是我始料不及的。

带着难解的臆想彳亍向山岌而行。

雁！不想倚近黄昏时，仍偶见一只孤雁在苍穹中飞旋。颀长的身躯，扇飞的姿势，断不是鹰类的做作。其时，只见泊云处，一只灵动的精灵在直翀天穹，瞬而没人云中。其态是优哉游哉，其乐无穷也。雁本是从一而终的候鸟，绝不会在半途落伍而沉迷或嬉戏。那么，此时，它是为自己的愚昧或是落拓而自残吗？是为自己的鲁莽或冒失而自责吗？雁也是与柳作为离愁、音邈的托体。长空凄凄，万里灰黯，不见长虹，最易动人思乡怀旧情愫。要不，何来“夜梦帘斜思灞柳，何堪悲雁萦怀”之念？

旋而，不见雁之踪影，雁去了，云飞了，我的心也随着它飞旋而去。蓦然间，心头是沉实的，带有几分落寞与凄清。转而是淡淡的离愁。听一些小猎人说，雁是没有孤离的耐性的，只要离群，它就会选择极端的行为而了结自己的一生。除了恻隐便是哀伤。此景，倏地让我忽发奇思：即使你在茫茫云海中盲游，哪怕凄风暮雨与你为伍，你何不以自己心犀的感知一如既往地前行！过后，我才顿悟：它的一生，你能改变吗？你能颐指其祖先选择的生存轨道吗？

蓦然回首，遥想昔日的春风得意，蒸蒸日上，即使在这寒秋迷看秋歌霉碎，残枫叶落也不懊悔。大自然的悭惜似乎没有在这方土地上倾斜过自己的天平。却无形中展现了葳蕤的盎然。使人怎么也想不到这是令人心翳的秋天。

一年四季，周而复始，光阴的嬗变，唏嘘老去的是颓废与哀伤。几度秋歌唱尽，几片枫叶残碎，历尽红尘一甲，迷茫如秋风平添的落拓。但仍有晓声在嘶哑地厮伴着残阳。哪怕山阴之中有轻雾紊乱，雨声仿徨，黯以天地，前途仍是光明璀璨，霞光一天。

（载《阳江文艺》2014 年第 5 期）

春日里的记忆

搓揉与烹煮四季文字，最是喜欢在春雨芝临的时节，尤是雨潇潇、夜蒙蒙的时光。

也许曾经在梦魇中时刻悬挂着一丝抹不去的记痕。梦境是在天涯海角还是在你游烁不定的明眸中？曾背负着一生的坎坷和劫难，游走于何方？我只能在你忧怨的目光中去寻找你的踪迹。

年复年，月复月的历练，总有风雨与冰霜和你同行。

浙浙沥沥的怆然的告白，昭示着世间一个时令的嬗变。透过朦胧的风尘，蓦然回首，大自然在暗处偷窥着一片残叶、一潭浅水的变迁与荣衰的故事。就是这片不起眼的残叶，这潭浊水，它该历经了多少悲欢离合的镜合，又见证了多少刻骨铭心的震颤？濡染过了多少荣辱兴衰的历劫？

暖昧的杏花雨，借上苍赋予的先机，以其得天独厚的优势，催生了一地鹅黄，渍满了一江春潮，葳蕤了一枝娇桃，透绿了岸柳湄花。透过淡淡的一帘幽梦，多少沉睡的生灵在这煦日里迸发出鲜活的旋律与韵味，它盥洗了旧日多少的龌龊、阴霾、疼痛与懊丧。使得人们鹊跃般趸进花前月下，去寻找花的气息与春天的烂漫，细酌清风的旋律和花放的玄机。逗得人们梦里闲中神魂颠倒，盼只盼那本是无可期待的花期与雨季。一如檐前低雨点滴到天明，忧忧怨怨，瑟瑟索索。

尤如秉烛穿堂而过，在那丝丝凉风中寻觅黑夜的尽头。半世浮生，荡漾着轻洒的淡淡银光。感恩于一场杏花雨的催醒，沉睡的记忆就在这一瞬间如碧翠般翻滚。或许，更深人静之时，孤影轻曳，辗转反侧，一帘幽梦便袭上心头。那挚爱的成分油然而生，默默地在一纸清笺中笔走龙蛇，水银泄地，一湍胜波。唯有那份灿烂与温热、黯然与寒冷，直沁心头。剩余清江瘦瘦的冷月与我同温，与我舞蹈。

几多凡尘小事，几多荫翳囫囵，不是一声暖暖的鸟啼就能化之。“鸟啼”不足以一片姹紫嫣红的圣景话佳，有时却偏偏就落得个“为伊消得人憔悴”。就连感叹《春晓》的孟老夫子也为“花落知多少”而忧悒不已。“不觉晓”就让他们沉浸于美酣。淡然的生命愁思，总是以生命的初嘤而至垂垂老矣，最终随生命的老去而消颓。孟老夫子又何必黯然呢？

那个缱绻多情的崔公子，他不在深宫之侧的皇场、青楼去找风花雪月，却在荒郊小扉门前徘徊，但待得芳踪暗渺之时，道来却是“人面不知何处去”的悔念与后人的同情的唏嘘。当配他“伊人瘦”了。好在他还有一句“桃花依旧笑春风”以掩饰他自个儿的尴尬。如今，又是“江南绿”的时候，崔公子会不会去折一枝桃花，面壁般去写“桃花杳迹我归家”？崔公子多情是多情，但他不懂在春光一片的温柔乡中，攫获桃花的芳心。哀哉，哀哉。巫山曾惹锦绣青衿，荒郊那缕叫崔公子神魂颠倒的情愫，酿就了苦苦的凄声，逝去的莺声何在？孑然吊影，凭空追思，不禁黯然神伤。那帘幽梦何尝不令他断肠伤怀？剪不断、理还乱的茫茫思绪都从记忆的残梦中分析成片片飞絮，遗下泣血般的相思。我想，崔公子那些飘洒在凛冽凄风中的回忆，只能在迢迢的凝聚中，铸造一段遑为释怀的孤襟。感谢崔公子留给我们一缕羡极的怀想。要不，后人如何将一蕊新瓣贴上崔氏的门面？

凝眸揣思，多少次茫然的孤忆，撼动着蹉跎的岁月。多少次怅然、失落，若那花开花谢的闲看，花毕竟是花，它只是春天的一个小符号。它终有一天是会碾成泥丸，落尘依稀，叹只叹得个伤痕累累，仍落尘留芳，至衰也荣。也如苍穹的云卷云舒，形若无他，淡淡地在观望烟雨人生，岁月是蹉跎，但人不蹉跎，也不彷徨，清淡如芬，芳香同馥，一如故我。

濡濡而溶溶，轻纱泊上天窗，丝丝如扣，点点如银，在这漫无边际的春夜里泛滥，在肆虐。芸窗下，犹念浮生，端的是浮想联翩，心潮泛起。流年经月的跌宕，仿如天幕迷幻。春夜之思，伴着花香，伴着虫鸣，伴着淅沥，昏昏然的如醍翻灌顶的香梦，恰似轻吟于无声的梦吃，叩开了紧锁的心门。说不上哪里来的骚动的热血，心潮一如连绵的波涛。

多少个寒夜里，拂着微风，独倚窗前，殚思竭虑捕捉一份生命中冥冥而至的灵感。无数次的怀想与臆念，如波涛般逐人渺渺的深渊，一去如黄鹤，空余一腔嗤笑与伤叹。

午夜的琴音，在青石板上滑行，在夜空中飞旋，极尽其铮然的能量，在柔柔的湿润中迸飞它激荡的韵律。也许砰然而出的是嘶哑的无奈，也许是历尽落泊风尘的无力的哀号。这音符，在小巷里是惨白的喧嚣。闻者，令人在流逝匆匆中领略这个世界朦胧的真谛。

难以湮别者，便是那些乱了的心绪，乱了方寸的愁城，几度花絮飘零，几夕阑珊黯淡，烟柳迷离，夺人愁翳。无论几春，冠以四季之首的季节，天下苍生的寒凉，皆耿耿于怀，至有天下仰慕，万世存留。

时光如瞬，白驹过隙。消享了人间的赞誉后，却悄然地消弭周而复始的姹紫嫣红，悠悠然的几朵闲云，施施然袅娜翻涌，似乎一夜之间箴语成夏，往昔的激滟，只能生出一段多愁的光阴。

对于春天，普天下的赞歌，就让墨客文人们在春天的曜光下几乎全攫取了。哪怕是在美轮美奂的缝隙里，我依然难以领悟春天的深奥与冗长。只能在寻寻觅觅的芳园中定格你永恒的身影，收拢你流盼的目光，模仿你的亮丽所为，深藏你氲氤的气息，羡慕你雍容的身姿，歌唱你纯洁的英风，景仰你的高尚的灵魂，直至洪荒亘古、地老天荒。

“春风又绿江南岸”就是江南的眼睛，本身就是江南的灵魂！此问不向江南，此情仍可相忆。

（载《散文世界》2004 年第 5、6 期合刊）

秋　忆

风起黄花瘦。

秋风起，独自步入江边。放眼，天朦朦，雨胧胧。一江秋水横尽眼前。远波之上，迷离的寒烟袅袅而上。几许迷蒙，几许隐晦，摄入眼中的连波片片，炫耀的秋光，濡染着黟翠间夹的水雾，尽在这里滋生着一个成熟的季节。

该当是帘外斜风方起的时候了，水湄之上的暮色已有了几分瑟瑟的景象，参差连片的树林，纷纷布上了褴褛的残枝碎叶，残叶也吸上了几分寒气，暮林中，仿如一枕琴音惊落叶，支离破碎的残枝败叶，在风中露出几分惊惶。西风索索，水涯泊泊，直冷沙洲。一江清冷冷的斜阳在烟水之上，偶尔闻得莺鸣。昔日的丝柳已颓伤，在略有寒风的欺凌下，无可奈何地机械般晃摇着无力的身躯。似乎在向人们述说其沧桑的际遇。最是撩人心扉的是夜梦帘斜时节的温馨的思念。满眼灞柳蔫然地扶摇着形影孑然的孤雁，哀鸣于天际的鸿号，令人心酸与惶恺。一天鸿雁已逝，昔日的欢弦却在一朝淡然而去，如今，剩下的是瘦月菱花、残阳孤影，只留下一缕缕淡淡的轻烟绕忆云台。唯有书锦在惆怅中频邀远雁，期望那瑶台清音长绕西窗，以寄付长亭那生生世世的嘱托，追忆那年年春水绿的盛况。

千古不变的风花雪月，年年的春风来，秋花去，令人淡如瘦菊般的雅娴与平淡，却又给人间来增添了多少愁情寂寥或衰老落拓？君不闻，年年风水起，岁岁有花姿，令多少文人墨客纤愁尽起。岁岁春花落，令多少君皇尽在寒宫中惘然去苦吟春花秋月？古往今来，春花皆是在姹紫嫣红中萌生，却在颓废哀怨中泯去。秋花秋景也不是如此吗？“一江春水向东流”，不正是最好的写照吗？

秋风飒飒，人瘦黄花，风是凝了，寂寞得如洪荒。几弯秋月如钩，仿如枯竭的逝影，片刻流逝于红绡轻游的薄雾，堕泊于清霜之间。残阳下几许芳影，瑟瑟然在秋风中涌起寒凛，一如白露降临人间时的惊悚与仿徨。

秋来秋往，月圆月缺，四季如轮般的嬗变，就如一缕风一场雨。如果我们站在云中，细窥人寰，几许了无者，毕竟是人如素菊，风淡如倦云般的寄寓。何有悲哀者会频问“花凋零”？即使横空孤雁哭雨，秋毕竟是秋，春花秋落早早就是人世间的谒语。只不过是每人的修幸结果已矣。既如此，我们何不趁着东风缓起时，在暖洋洋的春日里，让泪痕从指间缓缓流淌，花前月下，雕栏前，一盏肠断愁肚的黄酒，再恨那“梨花薄”，眼见那零落的花讯早去，独自暗伤春，岂不是雁来空对雾添愁？

又有谁于夜风中心怀愁城苦困，悒悒怀笺，痴恋一地暗香，继而“未若锦囊收艳骨，一抔净土掩风流”？我想，可能世中除了那个愁恹恹、哀恹恹的薄命红楼女就没有他人了。此情即使未能“两情相悦，朝朝暮暮”，却也让后人给她镶上悲情忠诚者的金身。

一池残荷后，昏月仍驻水云间。举头但见月色盈眉，顿觉秋雨丁香，熏风轻梳，红叶浅浅低吟，纸伞默默伊人，石板嚯嚯，秋雨淅淅。江南中的美景豁然入目。秋来或秋去，不述离愁，不诉别苦，只因是对此深深地眷恋。

秋是成熟欢乐的季节，也是抑郁的时光。芳草无情，人间有情，秋雁远去，美梦无痕。红绡不知何年有？秋风起时，只落得一滴相思雨。四季轮回，留下的是秋声的缭绕，闻听的是绮丽的水湄，轻轻地疏梳几枝残柳，再铺下一笺红锦，让秋耿耿于怀地铭记世人的惦念，让秋地老天荒地惦念人间。

（载《汉江文艺》2015 年第 3 期）

薯煲童谣

那是我们童年的故事。

烧薯窑，这是一个美妙、幼稚的奢侈希冀，但它毕竟是让我们梦寐的奢宴。饥饿、好奇与顽冥，驱使着欲望的宣泄。

那是我们童年的奢望与好奇。不管怎样，奢望与好奇总是让我们不能忘怀，或许会留给我们很多很多的悬念和反思。童年的时光往往令人难以忘怀，而年少无知的顽劣、恶作剧更是叫人忍俊不禁。

初冬伊始，我们耐不住窝居的羁绊，从没有阳光的小居和书包里走出来。年仿者都有一个找个“乐子”的理念。于是，邻居里年稍长的阿凡，“德高望重”的哥儿一声吼：“出去玩啰——”

我们住的地方是城乡的接合部，与乡村的小寨比邻，邻居放个鞭炮，这边也耳聋，只是离街道远着。除了“罢（收获后）”过的红薯地就是一片疏清的带着沙粉的霜白色的土地，再就是一大片营营蓊蓊的竹木林，好像是天赐的一样，狭窄的天地中，还有我们舒展拳脚的一方土地。长大后，我们身上的几分野性就是在这里锻造的。

我们这大群的头儿叫火有，是我家邻居，长我三年，是村中的“李逵”。他的两只鼻孔中不时流出两条黄中带绿的鼻涕。那鼻涕，滚圆滚圆地从鼻孔漫延而出，他不时“嗤”的一声就将那行将降生的“黄龙”吸回去。再过须臾，那“黄龙”又探出头来。就为这，他的“领袖”形象就减少了几分。

火有之所以能当上我们的领袖，一是因为他们家中有很多很多的红薯。在他们眼中的我们是“贵族”，而在我们的眼中他们是富有者。间中我们可以趁他家的大人不在家，在“汉奸”火有的“引导”下，可以填填肚子，解解馋。二是他的力气大，哪个小儿不听他的话，他就会冷不防地把你摔个狗啃屎。然后迫让我们围绕他一齐山呼“万岁”。要是不高呼“万岁”的话，那只有我们吃亏——谁人不怕那两条“黄龙”“君临天下”？

薯窑的泥块，在火有的支使下，不久就垒齐了。一膛熊熊的大火在窑中滚动着。不久，火有压熄了火，用木棍在窑顶上捅开一个小洞，依次把一条条红薯放进窑里。然后再把整个窑推倒，把红黑红黑的土块砸碎，覆盖在红薯上。

估计红薯快要熟了，火有忙差我们几个去赶“白鹤屎”。那是个古老的百无聊赖的游戏——红薯出窑前，参与者要走很远很远的地方去祈祷，然后再回来吃红薯，且要按“功劳”的大小分配红薯。

“白鹤屎，白鹤肉，那边臭鸡屎，果（这）边香腊肉。保证我个（的）番薯快快熟……”一连如是的无数遍的童谣（倒不如说是祈祷）在初冬的早上，在尚有秋天气息的上空显得格外的清晰和稚嫩。那声音一直飘得很远很远。

那奶声奶气的童谣，是几经辗转才传到我们这偏僻边远的城乡接合部的，乍听那声音，倒是有几分可爱——因为在我的身后，跟着几个八九岁的小毛头。那几个小毛头当中有赤着脚的，有拖沓着哥哥姐姐遗留的“残废”小拖鞋的，还有的拖着支离破碎的小木屐。几个小毛头也袭成着我们的头儿的优秀形象——两三寸的鼻涕不时挂在鼻翼下，在阳光的映射下，泛着稀黄稀黄的晶莹。队伍中，不时传来“嗤、嗤“的吸收声。几个小毛头还不时地你推我搡，拉拉扯扯。间中还会拳脚相向，偶尔会从我的背后传来一阵急促、凄厉的号啕声。

我们的“祈祷”是从村子的东头开始，绕着村子走一个大圈，起码有一公里。

“白鹤屎，白鹤肉，那边臭鸡屎，果（这）边香腊肉。保证我个（的）番薯快快熟……”带着童稚的参差不齐的”咿呀”声，在村寨的上空回响着。偶尔遇上往来劳作的大人，他们往往会做着鬼脸，戏弄我们一番。我们的心里老是想着那香喷喷的红薯，愣是没心思与他们计较。只是一心想快快完成例行的任务好回去吃红薯，那神情也算是虔诚的。

猴急猴急地兜了一圈，好不容易地赶回到薯窑前。只见火有一人坐在薯窑边，脸上阴阴地笑着。我们一班小毛头愣儿就是按捺不住了，个个把头伸向薯窑。火有一个个把我们推开，摆开了“领袖”的架势对我们说：“从现在开始，你们要闭上眼睛，连续从一数到三百六十，然后，要最快把红薯挖出来，要不，白鹤神会把你们叮死的。”明知火有这是唬人的伎俩，但我们哪耐得住那馋虫的蛊惑。火有从地上站起来，对我们说：“好了，现在我离开一下，你们可以开始数数了。”说完，火有就转身走了。

虽然是馋虫在腹中爬动，但我们都以最大的克制力抑制着即将来临的躁动。

几分虔诚与忠厚，在这里体现得十分的无瑕。“三百六十！”一刹那间，几个小毛头“呼啦”地扑向平坦的薯窑。拼命地掏挖着尚是高温的泥土，人群中，不时传出“哟哟”的喊声。

那层薄薄的土层一下子就让力气最大的阿凡扒开了，然而，令人意想不到的是，阿凡的手上粘住了一团黄绿相间的黏糊糊的糊状物，阿凡把手举起来，那糊状物一滴滴地往下滴。顿时，一股奇臭在空气中迅速地飘溢开来。“屎！”几乎是同时的惊呼。几个小毛头一下子一齐往后仰，嘻嘻哈哈地滚在地上狂笑起来。大家都想不到的是火有那家伙真的不够哥们儿，独个把红薯全吃了不要紧，却还把一大泡屎拉在薯窑中。过了片刻，大家才开始把矛头指向了火有。世上最粗俗的骂娘声此起彼伏。

不过，火有也为此付出了代价——我们几个小毛头当晚手持棍棒，潜到他家的猪栏里，他们家的母猪最少也受了轻微伤。

我们如果处于过去，可以叫顽劣，忏悔是必然的。居于如今，上苍必然会准予我们哪怕是哂然的一句“阿弥陀佛”。

（载《汉江文艺》2015 年总第 58 期）

绿柳上的鸟声

一些印象颇深的事情，虽然几经时光的冲刷，可是总会在脑海里萦绕，永远也不会遗忘。

刻人我的脑海里最深的印象是我住宅前的一枝婀娜的绿柳。春来之时，煦风款款而来，夹着一丝丝暖意，在树梢上打着旋儿，把丝丝柳絮悄然抹下来。那纷纷扬扬的柳絮如雪花般施施然而降，在空中悠闲地飘洒着，仿如漫天淡雾自天外而至。

据医学界的一些朋友说，绿色是生命的保护膜，是人类生存不可少的生活伴侣。这话也未免说得玄乎了些，但细细品来，却不无道理。

君不见，茫茫的绿林，寄寓着千千万万的葳蕤的生命。大片大片的森林，如水墨画般展现于人们的眼前，该唤起人们多么遥远的遐思，该给人类多少无限的浪漫？不论春夏秋冬，只要有了绿林，就会有婉转的鸟啼，啁啁之声就是大自然恩赐于人类最和美的音乐。人类因了这和美的音乐，就会在生命的嬗变中糅合了无数的希冀和追求，万物就会因此而勃发生机。如同在我们的眼前流淌着闪烁的音符，生命也因此而变得更加璀璨和光明。

这就是绿的世界给我的印象。它曾使我对未来充满了美好的遐想和冀盼，也不知道多少次掀动过我的心扉。令我至今仍萦怀那一片绿色的生命之膜。

不知经历了多少年的变迁，门前的草坪本来是绿的，高挺的树木是绿的，那枝婀娜的绿柳是绿的，如今却是一片灰白色的水泥地。昔日那只似乎是我家常客的黄莺鸟不知魂归何处？绿色的生命夭折了，替代了它的是一只囿于笼中的鹩哥。那只鹩哥是我的朋友见我怀物思景而从市场上高价买来送给我的。我不忍那只鹩哥魂归现代人貌似文明的枪械之下，久久也不愿放它走。只想一朝得了闲暇时再把它送到深山里。鹩哥那嘶哑的声音竟是如此的颓唐和疲软。常使我觉得世上又一个生命即将走向其终极的端点，潸然间，黯然的泪花不由得自眼眶中涌出。难免在我的心底深处罩上灰色的翳结，也由此而令我常常于风清云淡之月下倍生伤感。

假如是过了若干年或若干万年，聪颖的儿孙们总会抱怨先辈们的愚昧、残忍与无知的。先辈们把大地、江河、山峦留给了他们，却没有了碧绿色的世界，没有了莺歌燕舞，没有了生命的音符。即便是诗匠，抑或是妙手丹青，又岂能对着绿水青山吟哦和泼墨呢？这也难怪，是谁让我们今天恣意肆杀大自然的生灵，是谁让我们践踏文明的绿毯？

有了绿林，就意味着有了新的生命，没有了绿林，就意味着生命的河流会衰竭。

（载《阳春》2015 年 4 月 8 日）

远去的鱼王

距城北约 8 公里的漠阳江西畔，有一尊奇石，活像一条冲天的黄鱼。那是春州人为之骄傲的家宝——鱼王石。鱼王石紧倚漠阳江边，双峰耸立，顶天立地，在两峰相连下面横穿一洞，远看像两座石山并立，当中横架一桥，故又称桥石。

远踞于西山至顶，极目东北，一条如银练般的江水自东北婉蜒南流，这是漠阳江的中段。岸边，绿畴万垄，翠竹成环，茵草青青，杨柳轻漾，微风轻送，牛羊成群。好一派升平歌舞的景象。最动人处，是江边高耸的两座山峰。残阳染红了满天的云霞，映红了漠阳江面，几个打鱼的老翁撑起船，迎着夕阳，高高抛起了渔网，数十只鸬鹚在江面上翻飞、追逐。一幅夕阳打渔图跃然入目……

传说远古时候，阳江北津海直通三湖、黎湖，江海正好在这一带为临界点。传说，以前三春水涨，近海黄鱼结队溯江而上，凡游至此，鱼王必在其头上打个太极圈，以区别其他鱼类。所以漠江的黄鱼溯江而上到过鱼王石后头上都有一红迹云纹。

漠阳江边住着一位青年阿虎，每天到江上打鱼孝敬父母。江中的鲤鱼精见他心地良善，又有一副好身手，心生爱慕。于是化身一变，变成了一个窈窕淑女，取名阿鲛，与江边的好青年阿虎结为夫妻。婚后，阿鲛孝敬公婆，诚助邻里。常为出河打鱼的渔民们缝缝补补，天天在漠阳江边浣衣。

南海的小龙皇得知鲤鱼精已皈于人间，十分恼怒。派妖龙推出石山锁住大江，洪水淹没了附近的村庄。阿鲛为了解救百姓，冒着生命危险，向神仙岭的霹雳大仙借来金斧，劈开龙门，退去洪水。妖龙又搬来石山压住阿鲛，阿鲛与鱼王联手，合力战胜妖龙，挖开石洞直通江心，形成两个漩涡。

那个重情厚义的鲤鱼精阿鲛，由于过于劬劳，加之与妖龙斗法，其功力已经衰竭。在其升仙的前夕，留下遗言，要为鱼王彰功，为其包裹金身，礼待至人间尚典。

江边的黎民，端的是礼祉之数的良民孺子，为感恩鱼王的典戴，在石峰下建起了鱼王庙，为的是世世代代缅怀鱼王。勉励后人以刚阳之躯，以蹈海之势，以侠义之情而处世为人。

说起来，这不是历史或是民间的俚语或调侃。历史的封泥只是时光孵化的薄壳，生命的啼鸣终归在历练后嘤嘤而出。

彼时，除“粤东七子”之一谭敬昭有所撰文外，清代邻邑才女王若霞到此游览时曾写下很美的诗句：“何年星坠北江滨，砥柱中流可问津。异卉环岩惊过客，雄文铭石认骚人。谁言碧海三山岛，别是桃源一洞春。板鼓河图时出殁，鱼王名号绝无伦。”难怪无数的摄影爱好者蜂拥而至，为的是让世间美好的一瞬永远留在人们的心坎。

好个“一洞春”的美誉。岁月曾撩动了千年万载的冥思，谜一般的姣好，在风花雪月的熏陶中，必有一本我们暂时读不懂的书。远古的呼吸也许只剩下这些，或许更多的暂未挖掘出来的东西正有待我们重新去认识或塑造。无论是湮泯于洪荒或是沉醉于迷离，历史总归有一个芸芸众生的附和或衍生，再下来，新的历史我们更加难读。

旭日西沉时，两峰相搀挟，环臂相依，息息相濡，鱼嘴的凹陷处刚好装下硕大的夕阳。仿如金鼎盛珠，珠游熔炉。夕阳在两峰间扶摇不定，它的余晖尽放无限的光彩，恰如鱼王在吞吐一颗金灿灿的明珠。所以有“鱼王含丹”一说。这情这景，直让那婀娜的美女诗人诗兴大发，据说王若霞是在舟中泼墨一气挥就《鱼王石》的，如说若霞是闺中清照，而今却有了“鱼王名号绝无伦”的世相的描绘，与那“人杰”的俑者素质不相远去。真挚的感叹让她有如醍翻灌顶的酣畅，甚至是惊诧。也难怪，这世上桃源美轮美奂的景色也合当在春州的丰腴的大地上才有。

这一方曾是轰轰烈烈的土地，定是天惊地动的故事的衍生地。

眼前，禁不住想起那曾是风起之时的澎湃——战火爆燃，乌云罩天，天地间骤然如经天震撼起千钧雷霆，声如霹雳，气吞山河，千舸齐发，万鼓雷鸣，蚁矢如蝗，利箭经天，剑光斗牛，天地间如播筛般抖动。眼前，是一片如混沌般黪黑，山河嘶厉，大地狂震。惊天裂地般的震撼，直冲天庭……遥想烽火连天的残酷与流年，曾是寒风饕餮的光阴，断然在这里刻下千载不变的史书。终使这如云霓骤变的异迁在这方土地上淡然如春秋的流逝，它仍以矢志不渝的精神留下深深的烙印。

一切都归于宁静。瑟瑟抖抖的江风，在动荡之后，掠过江面，回归于风平浪静。鱼王音杳于一个不待圆说的季节，或是一朝一夕的嬗变，留下的岂止是干枯的怀念与揣测？临河边上，几位垂垂老叟，在踌躇着，兴许是在缅怀岁月风干的时节，或是冥思远去的风尘。夕照茫茫然在他们的躯体上勾勒着一个个如佝偻的问号。时光荏苒，几度夕红仍毫不吝惜地将余晖洒染在他们的身上。今生前世的落拓与荣耀，皆在一河的漩涡中泛起阵阵涟漪。伫立于岸边，风撩起淡淡的水花，水花在无力地拍打着远去的孤寂。孤寂的水花，也许，此时在他们的胸腔中游荡着他们的雄遒或心中的颓翳。夕阳是无法述说他们的功败与荣耀的。也许，历经涅槃的理智早就在他们的心中铸下了一个坚韧的理念。

远去的记忆，往往会涂上斑斓的垩纪。历史曾经断裂的碎片，终将在这里重新叠合。也许会在风云骤变中不断地重叠令人难以置信的神话。亘古的拷贝，唯有在今天复印混吨的记忆中闪烁。或许眼中是灰蒙蒙的一片惨淡，但山水难忘，沧桑铭记。鱼王，不复还的记忆也会随着你的消泯而不复存在吗?

远去的鱼王，鱼王，你真的远去了吗?

（载《作家时代》2015年5月、获2015年“东方美“全国诗联书画大赛金奖）

夏枕荷香

本邑有黄村荷花，是为地质公园的赏荷点。

荷花当花，世上任何一种花几乎是馥郁随风、香盈阡陌、馥透云榭。然，有友曾不止数次说过，唯荷花没有馨香。

绿池旁，水榭边，风盈烟轻的时候，荷池里满是缠绵的诗意。丝丝云片，搀扶着扶摇的疏柳，在沐浴着春风的赐惠。一如婀娜的二八少女，在空中轻摇腰肢，尽情地卖弄着它的风骚。而更为恬静的是荷池中，慵慵而眠的荷花。

春夏之交时，默默地造就生与死的锻炼。垩藏的荣华与落拓，皆是花红与月影下的吟诵。月映瑶台，这一刻，萦绕淡淡的红蕊或雪球一般的花童儿，慵伸着懒腰，蛇舌般的放肆，亦突亦婉般地舔逗。这沉寂的荷塘便涌动了一波蓬勃的活力，总是在缥缈的银纱中，谛听那若明若暗的竹笛声，这天籁之音在烟水渺渺中，忽远忽近地低诉着嘤嘤的闷音。时而是如霓裳般的尽璨，时而是生灵初妆的亮相。除了紫燕的光顾，尚有鹤影的潜入。这鹤的参加是不谙人世的游戏，纷繁中也来个热闹，但沸腾的当是万物的参与。夏的时节，本是不允许别个的侵入的，倒是允许旅居南国绿茵之地的使者。如无万物的参与，岂不阒寂至亡？

荷犹无语，风流尚注。一池涟漪，也是那黛绿的积淀的显现。谁个不见莲子的绿水心头？相思并非一朝一夕，也非天长地久，倒是那清心的莲的嘱托。连那个病恹恹的林妹妹也不得无意在它的洗礼下有所顿悟。虽则是处人之尊，其体羸弱至残，思念频生，那“理还乱”的心思过分地透支，就生就了她优柔寡断、节罡顿失的气质。只好在“他日谁葬侬”的粉色中抬眼尽望那遥遥无期的冀盼。她岂不想那兰舟之莲？不想那莲池重泛别梦清秋？悲哀者，凭栏有赋却无可消愁。萧萧然中，问君何酹酒，问君君不应，皓月在西楼。何问水流觞？于是，她却是葬花连自个儿也给葬了，哀哉，哀哉。

我想，那被葬的花当中也许有荷花！理由是林妹妹也是贤淑的闺秀。她就是永远让人痴怀，让人哀念。以至其让晓风残柳直叹，让花悴镜霜可怜。想那花是毒得不得了的。

美人西施浣纱，苎罗岂无菡萏？何无顾盼？岂无长惦？苎罗当是与菡萏同孕同生的死冤家。倘故国徘徊，范君此时不泛舟起波？她必定是香罗尽伴梦馨，说不准，好一个乖小娘也来个“斜壶舟作枕，抱月入眠来”。可惜凌波断肠在天边，西风客恨泪绵绵。是为千古成哀，万世抱恨。

君不是道个来，曾记否？风素素，雨凄凄，霜淋漓，荷花残去的那夕，但也是梦回的那季，仍是邀来秋月添香。怎不说荷花的余香，漫滤一池绿水，萦生一池诗韵。眼前这境甚如云净轻纱般撩升如雾霞结心头的寂寞。人生几许，凭栏几许，吟诵几许？只是一榭水云渐渐地没人了香柔的梦乡。隔岸的那支银笛在霓裳飘濯、琴萧后歇时，仍发出幽幽曲韵，令世间芬芳，娉婷心自醺醉。这不是兰芝胜似兰芝的芬芳吗？看荷端的是可清心寡欲，凝神悟道。君可问，谁人把盏荡兰舟，九曲迂回看我逐风流？这不是风流又是何等才算风流？

世风如云，人淡如菊，花红似雾。那一朝一夕的浮沉落拓、纤绵悲绪，心事的缱绻，在混沌之中，时时刻刻，尽在长着青苔般的忧伤，或是瓦砾般的压抑。荷韵在一刹那，偾张心弦的那一刻，除了它的馥香与旷世的张扬外，谁个也抵不了它传世的勋绩。要不，何来“纯香”与“妙曼”？哪怕悲绪成潮，愁肠为虬，浮生的荣辱，在那飘逸悠然，气定神闲的时光中，拂尽情欲，一任风尘荫翳在碧水中洗濯，在曜阳下灿灿而浴。一眸尽看咫尺红尘，雨沥旧蓟，风逐残云，万世荫翳，便已爪哇音邈、相离天涯……

友这才不得不说，我是第一次认识了荷花：素雅中满藏端庄，清秀中小显俊逸，香气里尽溢馥郁。吸浊秽吐清新，纳清新而赋良心。友此语一出，不由得勾人诗魂，个个蠢蠢欲动，一池边上，皆出无数李白、杜甫：

一池馨起柳烟眠，
何问凌波更着先。
思尽天涯皆过客，
临江无处不红嫣。

（载《中华楹联报》2015 年 6 月 15 日）

江边寻绿竹

漠江的两岸，营营蓊蓊的茂林修竹，寄寓着这片生灵的生态与兴衰、繁荣。

谁个不曾想象，洪荒时，这一片处女地，该有多少新篁绿竹滋生于斯？谁个不曾凯觎这方丰腴肥沃的笙歌？

诗中常看婀娜，雾里曾思妖娆。当不了这江边的缠绵与诱惑，竟是夜夜生出“剪不断，理还乱”的情怀。

这一条江，千年万载，流的是生生息息的灵气与肝胆，流的是睿智与聪颖。灵气与肝胆，滋润着江边的子民，睿智与聪颖，滋养着这方土地。

移步江边，但见江中渔火点点，星罗棋布般地刻印在漠江中。远见，如谁撒下了大小不一的一斛夜明珠，近看，却是繁星密布。依稀可见者是江边参差不齐的大片大片的绿竹。当下，地球已十分吝惜给予恩惠，可见这方土地却是万分的宽容与包含。让不是生灵的生灵在此“安居乐业”。且是营营蓊蓊，朝气蓬勃。它们仰仗着漠江的底气，自是一方土主的姿势。其时，是婀娜的，又是横亘的，其风骨在这时百般淋漓尽致。其神其韵不断地撩拨江边的踏夜人。

本邑由东山与西山隔江紧裹，东西以漠江为界。江中的通衢为三座大桥。一桥的年岁稍老了，且逼仄不堪，过往者多是为生计的贾夫草芥。二桥是南北最兴旺的通道，熙熙攘攘，车水马龙。三桥则是近年所建，稍远离嚣市，开阔旷宽。且江边静谧些。桥边上可远眺南北。北可远眺本邑的地标鱼王石，南可远瞻漠江阳下游。江的最深段，当是三桥往北的大洲尾段。

处于漠江中段的大洲尾，最是充满着神奇故事。它经历和见证了一江的沉浮与嬗变的历练和真谛。这一百九十九公里的流淌，流尽的是漠江的甜蜜与辛酸。没有任何一代人在作秀，上苍也不允许无端地揣测与诳加。因为毕竟是一条茫茫的大江在述说，在呻吟。其实，任何人的揣测与诳加都是徒然的。

如今，江边只遗下疏朗的几丛绿竹。那竹的身上如虬般地扭曲着身躯，怯怯地把身子探向江边，一任寥寥的月光施舍在它那嶙峋的残躯上。扭曲的肢体上，不时有如泪般的水珠漫漶着，涎滴着。

竹梢之上，悬挂着一轮圆圆的月亮，似乎在竹梢上婀娜的盘移，又似乎在与绿竹紧偎相依。此情此景，你不得不想起傣族舞蹈《月光下的凤尾竹》，那带着浓浓的泥土味的舞蹈，在皑皑的月光下，端的是如雾如风，如纱如幔，在白霭中轻盈而飘，缠绵而升。我知道，那人是醉的，那竹是醉的，且醉得芬芳与酡红，醉得迷离。

善画竹的郑板桥，对竹的嗜爱达到了无以复加的地步，我想，他该是个虚怀若谷的夫子。在车马嚣尘、鸡犬鸣天、灯红酒绿的尘世中，他却在寒庐中去手淫他的“宁可食无肉，不可居无竹”。在世人认为是迂腐至极、局促的幻境中去“修魂”。今人或可敬，或可佩，或可笑？智与愚的分界线并非一条红的或黑的线就能断定它们的泾渭。

这竹，修直，扶摇，却留给世间如此多的扭曲和崎岖、臆想和惘断，它本身就是智慧与魔鬼的混血儿。

水醉了，月醉了，人醉了，而人更醉。醉得十分的酩酊与无知。但这“无知”却是十分的清醒，因为这一方水与土是伴着我们一起生长的精灵与神明。我们时时刻刻都在仰仗着它的灵魂葳蕤而生，茁壮成长。

江面上，静谧地盖上了一层厚厚的霭雾，一江春水也已有了蒙胧的睡意，轻雾在江面上时而漫延，时而散聚，时而轻凫。它们都在灵巧地编织着一幅乳色的轻纱鲛幔，在江面上冉冉地腾升着。这千年万载的紫气，似乎与斯地有种脐与血的生死之缘。让江边忽然有了更多的朦胧与生的遐思和宁静，夜游人不觉无意中平添了一份欲吟欲哦的欲望，这份欲望使神仙也按捺不住了。

竹，在何处？笙歌在何处？只觉得朦胧的江面上是一片惨淡的清月。只有月伴着我轻哦。昔日胡铨老夫子初由“人言兹地恶”中遭遇一腔失意与惆怅，也许是得到了玉液琼浆的焖濯或是无意中在这清秀的桃源间汲得几分娇妍，便不得不作逆思而言，由衷地吟出“我爱碧孱颜”。此地的孱颜可是他乡可比，他乡可及?

（载《阳江日报》2015 年 7 月 26 日）

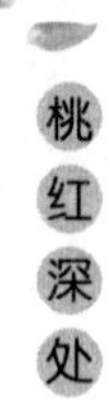

谁看春山老

一声惊蛰雷，把天的一角掀起了。冷索的冬色在淡然的苍穹中慢慢地退去，一天霞光不经意地在眼前闪烁。极目春山，似乎在灰蒙蒙的童话下，萦绕着难以倾诉的情怀。

横亘的是岁月的轮回，回想的是我们的梦寐，踌躇的是我们的回忆。回忆，我们并不踌躇。因为我们还记得伴我们一起长大的青山。

那是亘古的大山吗？

不错。是春山。

春山，即使它有千亘的延续或不死的传说，那只不过是墨客骚人的梦魇，而这梦魇恰恰是在仁和智的组合与昧与愚的混合较量后的再生。爱山之人，无论云自何寄，风自何起，雨自何积，心自何忧。那愁结的必是在“自在飞花轻似梦，无边丝雨细如愁”的契机下衍生，烟雨蒙蒙的江南自有一番述说。

雨飘着淡淡的愁，风含着微微的忧，朱阁亭前，酹下多少离愁别绪的诗篇和伤心的灞柳？朱楼里，水榭中，哀吟低唱的婉曲里，又寄寓了多少生生死死的缠绵曲？谁能解这千古伤心的一帘幽梦？

哪像那多情的种子黛玉妹妹在水榭横风寒夜冷、春雨莺啼的眠枕上，几番冷月，几点流萤，几缕愁思，便勾起了那不归的思绪？突发其思地要葬花。更是在春日嫣红的明媚时节，写下一首首断肠的离愁曲，硬是要“不教你陷落污泥遭蹂躏。且收拾起桃李魂，自筑香坟葬落英”。西楼无语，何不引来凋零落红之凄清？孑然悲怆忆漂萍，恐想那烟波随孤雁远去，惘然在更还长寒未尽之时细数寒星。

怨这葬花人，愁这葬花人，哀这葬花人，怜这葬花人，怀这葬花人。怜是大抵的，没有怜，何来那丝丝扣扣的纪念或是不止的长凿？本是深闺的臆念，本是柳带愁、桃含恨的主，却是香消玉殒。断弦的琴音谁知，心隙谁人可晓？只博得仰天长啸。低首浅吟。一寸芳心与谁共鸣，几根琴弦谁觅知音？只有惺惺之惜苦踌躇，万般无奈积心翳了。真真痛煞前之古人后之来者。

不论哪一朝的更叠，轮回自在的年数；

不说哪一年的风雨，反复四季的星月；

不说哪一月的霜雪，朝朝旦旦的梦想

……

均在岁月的风帆中一蹴而起，一骤而前。

婉转的岁月是回怀的，延续的是岁月的递进；不说哪一月的风轮的嬗递，是花长花不开的那一刻，又谁得的忍耐与长盼的欢庆？不说哪一夕朝起暮落，不说哪一轮的云卷云舒。哪一年都有在飞花轻如梦、雨索窗棂的忧寂中如默的念想。尽管无边的丝雨细如愁，那是多情的公子或二八丝黛的春情的涌动，一如这汹涌的春潮，给人间天上平添绚丽的色彩。虽是那色彩如七彩的人间童话，但它终归给了天地一缕情，一丝意。也给了这个世界斑澜的意念和骚动。得的是后来世界的指点和评判。

江南的人，江南的雨，都是悠悠然的主儿，都在阒寂中烟雨蒙蒙的江南雨里修得淡定与安详。谁不说那份睿智与贤淑是大自然的惠赐？哪份劬劳与英勇是上苍的回馈？合当这方子民才能领略上苍的恩惠与扶掖。

岁月的流逝，每一节的顿挫，每一层的起伏都会有每一节、每一层的智慧与愚昧的共进与决战，最终，智慧必定战胜愚昧或愚昧的附庸者。

春山，不老，春山，它的成长与兴衰的意蕴，即使是汗牛充栋的标榜，或便是万般罄竹，那当是万古长青的史诗。

那是亘古的大山吗？

谁看春山老了？

（载《阳江文化》2015 年 8 月总第 61 期）

几番明月入冠溪

春州东山堪舆之末，有一方绿地。

此方绿地，势如一条长龙，婉蜒于崇山峻岭，收于龙虎山之侧，常年腾起缕缕紫气，一如巨人安坐漠江东岸中段巍峨的“中鼎”。颇具霸气地横亘于这巍巍的牛山。牛山下，是潋艳清澈的冠溪。“冠溪”者之“冠”的来由有二说。一说牛山偏南方一峰状如一“官帽”，袭说为“冠”（guān，阴平，“帽子”解），另一说是饱学五车、满腹经纶的邑人谭敬昭（字康侯）于此结庐为室，呼朋引类，共筑帷幄。常熬小粟果腹，经以琼浆铸神，或以醇醪为胆，汲水为茶，指点江山。因了此隅水质清冽甘怡，欣然而予名为“冠溪”。“冠溪”者之初衷为东山数溪之“冠”（guàn，去声，为“首”解）。后人对此了无云烟。

我想，它只是春州的熠星之言。

冠溪因了谭公的淡泊修心，铭学为志，铸心面壁，便有了几分书卷气，有了仙风道骨的罡气。以至侯后连篇累牍、汗牛充栋般的诗书从这里源源而出，一时漠江诗章蔚然成风，也让冠溪名闻遐迩。彼时，也许是因为谭公的书诗名享于外，其道行常萦于墨客骚人，鸿儒者络绎不绝，这“冠溪”之名就遐迩百里，大有“庐”前车马趋涌之迹。

这一方土地，有个很极致的特点是四季交替中的两季的——春秋，那就是“春看溪水秋看月”。

月，常阒寂中婀婀娜娜，常半带娇羞般探出头来，妖烧地尽显闺秀的妩媚，净无纤尘，静如水银，在蛇行般的峰峦上冉冉而升。皎洁明亮的光辉，无时不普照苍穹寥廓。

可曾想，那个遥远的中秋，在这山旮旯中，或许有人对着一片昏暗的月，在如丝如纱的淡雾下，在水湄边，手捧一个陶埙，仰卧这偏远的湖光山色，偷窥九霄之奥秘，静听这天籁之音，将一腔郁郁之志，托付于青山流云，轻轻地抒发着内心的阴霾。哪怕高悬的明月不一定知道世间的心事——因为他们都是远行的孤家寡人，此身此时便是异客。异乡的月，有点惨白。即使那圆月有时透过残缺的窗棂，挤进一丝寒穆的清辉，却越是分外地让人怅惘、哀伤。月本是温柔的，而谭公在惨淡的月光下，触景生情，每每抚腮长叹、翘首长望。那情景倒是有几分苍穹沉默，愁对孤舟的寒穆。乡愁几分，月可清明？一湖春水硬是让月凄迷，惹得几分泪尽人空瘦的悲叹。堆积的记忆往往易在时光的菲林中慢慢地还原远去的时光或是如白垩般的光影中重叠。

长亭古道，水湄之则，阳关千里，总是在冠溪之月的辉映下，每每踏歌而来，走进千山万水，走进亘古与未来。与之相伴的千千阕无言的歌，或是温情脉脉的词赋。这月便伴着千山万壑，在宇宙的心胸中慢慢地旅游。

有人说，冠溪的月满含着刚与柔的成分。这话一点不假。生于斯长于斯的文豪谭敬昭，年少时，在冠溪结庐苦读。苦心面壁，经年苦吟，当是粤地的大彦才。臻成誉享朝野的诗集《听云楼诗钞》，因此谭公曾被誉为“粤东七子”。最为令人折服的是，谭公早已魂归天府，他的《听云楼诗钞》中的诗句仍于数年前被选为高考的试题。这也许是谭公怎么也始料不及的。

且不说他经天的文才，单说他的铮然铁骨，就让人钦佩得无以复加。清咸丰年间，穆彰阿担任军机大臣二十余年，善于揣摩上意，深受宠信，权倾内外。鸦片战争期间，穆彰阿主张议和，诬陷林则徐等主战派，其丑陋之行，已是罄竹难书。穆在玩弄权势的闲暇中，亦好吟风弄月、把盏戏风。他曾慕谭敬昭才名，数度以重金逼索谭公诗书墨迹。谭公愤其软骨、憎其媚奴，严词拒之。致穆对谭公心生怨恨，曾数度谗言达咸丰帝，欲陷谭公于泥沼。在那个权倾一朝的穆彰阿的淫威下，我春州男儿，罡风不泯，心存社稷，胸怀大千，硬是不与之为伥，铮然铁骨，气振大朝，英风长驻，可钦可佩，令后人顶礼膜拜。

这冠溪，端的是有骨，这明月，确是有情。

冠溪在东边，是月的归宿地，姑且勿论它的昏然的豪光是否会给万物带来生机或是柔情。但不容置否的是，千古以来，它总是以自己的光辉照亮乾坤，照亮世人的心底，以其纤细的光芒在濯洗所有的污浊与肮脏。

几番春秋，几世风云，月是照常地游行，始终一如既往地给这一方神圣的土地带来无限的光朗与清辉。这是任何与月有关的地方无可比拟的。

无论我走到哪里，冠溪这月，会永远地铭记在我心中。因为这月，不单有如水的柔情，且更有似钢般的精魂与它千古相生相存。

[注1：谭敬昭（1774—1830）字子晋，号康侯，广东阳春人。嘉庆二十二年（1817）进士，官户部主事。公余辄手一编，萧然自得。敬昭淹博群籍，工于文词，所拟《答客难》一首，《七稽》一首，甚称于时：其乐府尤独出冠时，极为冯敏昌等所推。与张维屏、王

培芳齐名，并称“粤中三子”，又与林联桂、黄玉衡、黄培芳、张维屏、吴梯、黄钊等合称“粤东七子”］

［载《阳江日报》2015年9月23日，2015年10月获第四届全国人文地理散文大赛一等奖（《散文选刊》杂志、《作家网》联合主办）］

天边那片云

一片云彩，本是淡然优雅的，安详而温馨的。它可曾引多少英雄引吭高歌？可曾致多少穷困潦倒的圣贤长吟？可曾使世间多少眷属分崩离析，天各一方……清风不知自何处徐来，总是带着百般的忧悒与惶悒。秋虫毫不厌倦地在呢喃，在悄悄地等待，蝉蛙的齐鸣在无休止地喧噪。唯有这洪荒的彩云是如此的淡定与休闲。

隔着遥远的山与海，隔着迷蒙的风花与雪月，隔着这亘古的不断流动的乡思，这一片云，在我们的祖祖辈辈的心田中烙下了璀璨的血印。沧桑哪有不老？何知这苍穹的调动与嬗变？佛里禅中有一说——六道轮回，岂非风霜雨雪、山川河流、星辰日月、林壑巉岵能自悟的？悠悠剩下的只有你与我相望的痴然的一副脸孔。哪怕你是出世于渭水的那个大器晚成的“人翁”？

我与佛是同行的平行线，虽是把自我扩宽了，但有一点是苍天可鉴的，那就是我的常问：云可藏于佛，或佛可寄于云？芸窗下，柳池边，不说东风送暖，也不说西溯寒衣。云与雨，都是它们的伴侣。既然是风与雨，想不准是你我哪个世纪的衍生的模型。

夕阳已老，白云已残，缀满着沧桑的光线，在冉冉然而形影相吊，任凭那亘古的身躯在毫无归宿的空间四处漂泊流连。或许前世间，它是那么的至尊与荣耀，或是它的光辉成为人间向往的奢望。白云的步履总是在崎岖的路上颠簸着，总会化作一把无情的利刃，刈断不该生长的奢念。

“白马浮云”，一个符号的先驱者，得或得不到大千的认可，那个是另当别论的主题。我倒是欣赏他（到它）的胆识。他让一个沉寂的国度新增了一个名词——且这个名词是千古一度沉默的喧嚣。

我只知道，云是由人间的情愫组成的，大千世界芜杂的成分多趋向于天空，纷繁的世界便由此而生。绚丽的云也不过如此。云是什么做的，从前我不是很懂，长大了我不大懂，老了，就更不懂了。古人的至挚、精髓，本是令后人顶礼膜拜的押注，谁个可想，在云飞之时，俗子看到的是云。也许，在后人的一不小心中，践踏为一片虚无与重新的追逐。

这一三百六十五的时圈的轮回，当是我们人生不可叵测的赌注。单是一个简单的数学题，也许能让一个人算一辈子或更多的考古专家一生的付出。

云与风或地下所有的物种，有个人告诉我们，那是世界，我们都应面对。面对的是我们不能自持的令我们捉摸不定的一朵云，或是我们脸上的充满着迷惘的木呆。而它们也是动的，它们动得更令我们一身痴呆。它们动的时候，在我们的教科书中有个错误的或是无数个甲骨文的艰难。

我们都希冀在云的呼唤中来一个早起。云，从来没有停歇过，地球那一边的倾侧，只不过是充满着尔虞我诈的幻觉。芸芸中，我想，我们都在云的热情与灵动里同行。云，毕竟是让我们有了一个准确的称谓。哪怕，这个称谓在我们活着或是不活着的时候，都有我们活着的记忆或想象。

后来风或许与它们有不歧的路遇。云，萦绕在令我看不清或被风所蛊惑的林荫下，我只能在潺潺的阴溪下梦想着与姜子牙共鸣渭河的逍遥调。我没有能看穿 N 倍的天文望远镜。但我相信——世界仍在我的心中。

风和雨是兄弟，或是孪生胞衣，分不出它的尊贵。给文人的一道难解的题是风催雨还是雨凝风？

这云与风，端的是让我费猜疑。

（载《阳春》2015 年 11 月 26 日）

更许何年会有光
——痛悼著名作家李光文先生

噩耗传来，真有点怀疑自己的听觉。先生加入中国作协才数月，本是老骥再腾空的时节，却与我们天各一方。

在今年1月31日的作家协会年会上，先生尚天南地北、纵横捭阖笑指文丛，怎短短几十天就天人袂分，相隔云岫，音容如梦？

祝枝山，江南四大才子之一。时为明代正德十二年（1517），祝枝山曾任兴宁县知县。在游神光山时曾写下神光山诗："出郭西南五里强，翰林留得读书堂，漫漫古岫云烟薄，寂寂闲陂草树芳，几点远村依野水，一间空殿锁斜阳，山灵为我乡人问，更许何年会有光。"我不相信"神光夜气"（兴宁八景之一，先生是兴宁人）中诗的专指，但我相信先生生于斯，长于斯，得天地之琼浆，领日月之光华，承乡梓之先德，扬故里之蕙风，定当是贤士之列。当他身陷囹圄之时，步于崎岖之际，一颗心总是在与党、人民和国家的命运相依。

认识先生始于我12岁时。当年，先父与先生同在本邑五七干校"炼魂""脱胎换骨"。年少顽冥无知的我，倒是喜欢看书。总是在大人的怂恿下，老是凯觎着先生的几箱褴楼的书籍。终于，在一个暑假里，我有机会得到先生的借阅机会。我只能在先生的房前的树荫下囫囵吞枣般"啃"下令我云里雾中不得要领的几本"大部头"。正是这几本大部头，让我与先生结下了一生的文字缘——时隔12年后，先生得以重见天日，他已是《阳春文艺》的主编。这期间，正是我学文的发韧期。某天，先生冒着牛毛细雨，骑着单车亲自找到我的单位，与我谈起了我的稿子问题。老师操着一口带着浓重的客家口音的普通话。先生的教诲，如汩汩清流，让我洗涤了蒙昧与无知，激励着我在缪斯的殿堂中去进取。

自此，我与先生交往更是日渐密切。更为偶合的是——

1985 年，先生介绍我参加江门市作家协会。

1995 年，我介绍先生参加广东省作家协会。

2015 年 1 月，我请先生介绍我参加中国作家协会。可惜，先贤已去……

先生的不懈追求与砺志穷耕乃我辈楷模。先生是一位骨子里浸淫着铮然铁骨的妙诗家；一个胸揽世界、随遇而安的乐观者；一个心腔隐藏着忧国忧民之念的好师长；一位文苑中甘愿布施广恩的老园丁。以至于本邑作家嘉称先生为“阳春文坛第一骨”。

直至先生逝世前的半个月，他仍以一个钢人般的生态，以一股铮铮铁骨的豪气写下了誓言与希冀——

孩子们说我病情加重，我认为不是这样，这几天我很痛苦，无法休息，不要担心，会挺过去。

共产党员志如钢，誓把病魔一扫光。不过天有不测风云，我也誓（视）死如归。除爱我的孩子们和爱妻外，我怀念的是阳春文友们。

阳春文友们——

青（出）于蓝胜于蓝

阳春将会有莫言。

3 月 5 日于病榻上

先生的心里装载的是血浓于水的亲情，满载的是语重心长、殷

殷之情的叮咛与鼓励。先生为人德馨可书，先生造就可高山仰止，先生英魂可千古彪炳。

一场春雨，本当是与先生欣闻檐前浙沥之声，掀帘温酒，看柳舞莺坠时节。哪堪琴声无缘弹三春，一夕别绪只是惆怅惶恐难断夜。从今后，霜枫露处，一秋雁断无痕。只留下孤灯寥寂沾泪人，唯有残夜梦贤君了。

“山灵为我乡人问，更许何年会有光。”先生，乡人定会以你的丰卓的成就为豪，春州文坛后人明年定会更有光!

哭大地无情，摘我云山北斗；

叹苍天有念，拜君漠水南溟。

呜呼!

（载《阳江文艺》2015 年第 4 期）

残霞鸿影

远去的炊烟与残余的晚霞初时是频频相吻并相缠绵的，时断时续，袅娜无力，惶惚无依，在落日的催促下，晚霞没有了余温的渲染，便凸显得倍外的冷清。几只淆然的老鸦，简直是撕心裂肺般地悲鸣，在寂寥空旷的独立苍穹中。这时，恰好是天涯落魄者神低魂衰的思念时节，何故不来“孤村落日残霞”与“枯藤老树昏鸦”之翳？再看那丝丝霞光，渐渐地萧瑟与飞散，更让天涯人弃魂夺魄了。那曾是闪烁的横笛便变得暗哑嘶然。

青山难遮悲秋，悲秋尚能述说青山流水。那是秋的风骨在轮回中永恒，以致亘古的伟大永远不能罄竹。在世上长存的是秋的心骨与意念。我不敢言，如果哪一天悲秋让人涂抹去了，那当是重回混吨的洪荒垩纪。

马公的“秋思之祖”，白公的“秋怀之始”，为世人所公认。他们面对的是啁啾的旷野，入眼的是一野蒿草，寂寥犬喑，云淡风素，流水无声，篁枯雨歇。举目尽是寥廓空也，怀不得的是笙歌琼楼，火树银花的歌罢所弃，要不得的是茫辽低暗、席散人悒的哀思。这一晦涩的天象与臆念，催生了他们颓丧的因子，于是，在旅途伶仃的多舛或是庙堂的弹冠，终归于他们的“枯藤老树昏鸦”与“孤村落日残霞”的意蕴的比较。“瘦马”已疲，万里遥遥，何是天涯？那一边厢，却又是“一点飞鸿”，怎个无边无涯？难道他们都在为人生的遥远的旅途而跋涉不止吗？两相不拗理，便让他们“秋水长天一色”了。这个无形的“契约”一方面凸显了他们骨子里的“多愁善感”的同类项的合并，另一方面则是他们对人生，宦场的无奈的感叹！一水一山，一草一木，丹青者是各有胸怀的，而各人所怀就不一样了。马公的“断肠人在天涯”与白公的“青山绿水，白草红叶黄花”的感情相去甚远。

其中的玄机就蕴含了他们那个时代的“天在何方”“家在何方”“人俗欲何相”的情思的涌动。多愁善感的方至得两相比媲的PK，两者的涵养尽得千秋，也倍相契合。

圣贤与市井，并无多大的差异与背离，说不好他们的昨天与今天恰恰是倒过来读的书。悖然的思维或际遇生就了他们秋的“悲凉”与“红叶黄花”的泾渭。一个羁旅漂泊的落拓人，一个郁郁自愁者，通点是耿怀情世的“翁者”。时逢冥黄，忧悒无比，有感而思，思则无边之悲，悲极是一幅哦而无声的天涯落魄图。

悲雁哭雨，雨洒孤人，这一路的“路漫漫”又是何其长兮？那一丝远离庙堂的孤清情愫，何有无生悲凉？“昏鸦”“寒鸦”，两位大师的“鸦”，皆能让他们的“鸦”让后人的定夺颇费一番心血。不说他们的时代或景际，他们都有一个共同的特点是“哀凉、落拓、无望、孤单”。横空孤雁的那位易水英雄，其豪情确是让两位“鸦”翁干脆利索得多，其胆魂确是也让两位“鸦”翁汗颜许多。莫不是他们都是在林荫的小溪或是在滹隙的旁边，让潺流年岁浸淫？让一叶小蕉就喧嚣那个“花凋零”的季节？

须知，芳草无情人有情啊！

两首出自大师写的“秋”，以其极致的智睿、优雅的韵律、难耐的凄凉以及其各自的世相，勾勒的是人间的凄迷和无奈的悲叹，除了有异曲同工的吻合外，更多的是大师们的心隙中隐藏着难以达人的由衷。

两位“鸦”的柔情、去“世”怀情的“愫”，倒是让我敬仰了些年月。至今，那些波伏浪腾的时光无时无刻不在演义、在拓展，岁月逶迤，记忆里的仓库仍是一片片萦怀的碎片。哪怕是思维的紊乱。

大江是会东去的，但东去的不是亘古的蹉跎。

（载《世界汉语文学》2015 年第 3 期）

月下，海边漫步

朋友说："你久住于山区，可曾以心去度度大海的胸怀？"乍听起来，哥们还是满有心将我放在心上。因为那是很久以前的一句戏话。说实在的，我早已忘怀于故。我说："听我们没有见过海的人说，海是在有月光的时候最有灵性的，是吗？"想不到那边是喷饭般的回音，欢声止后，一句嗔怒："老夫子，权当你是对的。"

说好了，一定是在有月光的时候看海。

苍苍茫茫的，只知道是无垠的辽阔，除了这个，的确看不出什么因由。

略带咸味的海风，依依袅袅而来，在我的脸庞上轻轻地抚娑着，滋滋如酥，撩得人心头中漾起一种淡淡的怀古之情。而那种感觉是以前所没有的。抑郁的胸臆便有了些许的畅放，心境渐渐地如远天的鸥翎般的飞旋。

踌躇于软暖暖的细沙下，只有惘然的遐想滋生于心头。友不经意间，俯身拾起一只灰蒙蒙的贝壳，在我的眼前扬了扬："夫子，你听听。"我历来是很注重现实的，文学作品的描写与夸张毕竟离我有点遥远。难以却情，我还是装模作样地把贝壳贴在耳边慢慢地摩娑着，细听起来。

疲软的涛声，被懒洋洋的海风轻抚而过，耳边剩余的是嘤嘤嗡嗡的回响，咋也听不出何味。一只貌似不起眼的小贝壳，在苍茫的大海中，历经了如洪荒般的历劫，却依然以铮然的姿态延续着昨天和今天的轮回。一刹那，惶惶中，我却好像把握了小贝壳和我的心声涌动的脉搏。

灰色的夜色笼罩的渺渺的海面上，吊着一轮形影孤单的瘦月。这千年万载的孤月，可是在向世间悠然地述说着亘古的人间的冷暖，述说着人间的兴衰荣辱，抑或是悲沉的苦闷？油然中，我却突然地冒出一种奇怪的念头，世代生于斯长于斯的人间生灵，还有那自古与此为伍的世态，是否依赖着上苍的恩赐，在迷茫的风雨中，在跌宕起伏的抗争中，涅槃着生死轮回的故事？看海的兴趣与梦海的憧憬悠然而生，只是静悄悄的海滩此时却不像诗人笔下那般的生气，让人徒生一种孤寂之感。

记得曾有文人墨客们在海边那种俯世之感是何等的豪劲与雄遒，是何等的潇洒与狂浪。而如今，却是这般的空寂。年少时常常在梦中与海有约，那种憧憬是何等的强烈。殊不知海竟是这样的温驯与谦逊，悠然间生出淡淡然的遗憾。

苍穹之中，天的脸骤然变得骇人，风逃遁至海面，彷徨四顾之后，便忐忑不安地呜咽着，低吟着，惊恐地哀号着。刹那间，浪涛汹涌着四向奔突，急不择路地向高处冲突，似要努力挤出死亡的重围似的。天开始铁青着脸，惨然地目视着眼前的一切，脸孔似有千种难解的痛苦表情。海是在向谁诉说着千年万载的积怨？还是伸展那久滞的宏志？浪涛跌跌撞撞般涌来，一直吻着我的脚踝，浪花向我的脸颊直扑而来，咸咸的海水，一直顺着我的脸颊慢慢地往下淌着。最后，海终于将徒劳的诉说化作了无奈的呜咽，无可奈何地停止了一切喧嚣与躁动，一切又归于平静。

帆影已让风霜冷去，昔日的白帆已经远去，沧海、蓝天、白云、鸥声、浪涛均是无声的明证，而他们却在此时竟以无声缄默来对待我。我素来知道大海的深邃与博大，遥远而亲近，冷峻而剽悍，多情而温柔，却在这时，我恰恰得到的是无边的遐思与揣测。我的确无法以心去诠释。

在这个似乎是远离凡尘浊世的地方，其中，必定有与之相衡或相悖的绞杀或倾轧。沉淀着的未经窥现的良知或罪恶也必定是隐藏着一种天机。只是我们作为凡夫俗子无能撩开其神秘的面纱罢了。

友说："夫子，你说大海有灵性吗？"

我说："兴许有吧。"

友指着远处的渔灯对我说："你再看看那天边。"

海中有若明若暗的渔灯，仿如那大慈大悲的海神娘娘的明眸。

友说，这一带的渔民们是极崇敬娘娘的，即使是胸盈饱学或是白丁也好，从他们一出生就与娘娘有缘，娘娘似乎永远就是他们的保护神，是他们的再生父母。

海景的变化端的是无常之极。此刻，天边透着橘黄色和蓝灰色，夕阳懒慵慵地倾听着海涛的述说，面容温柔而慈祥，它一步步地走向海崖，似要拥吻那久违了的情人一般。脚下，夕阳与波涛紧紧地相依，如孪生的姐妹紧紧相拥，踏着缓缓的步履，由远而近，由灰至蓝，由蓝至白，漫向岸边，似乎永远也不知疲劳地泛起阵阵微浪。悄无声息地延漫于我们的脚下。也许海浪积蓄了太多的箴语，欲向人间倾述他们的心声。好像寂寞得太久了，冀盼着与人类亲亲，聆听人间的甜酸苦辣。

转过一座高耸的利礁,那直刺苍穹的礁尖如一把利剑直抵天庭，与天庭中瘀蓝色的云彩遥相呼应。初月冉冉而升，银光在沙滩上满满地铺上了一层白霜，沙滩上是冷冷的月色，冷得让人猝不忍睹，冷得让人直有瑟抖的感觉。洋洋洒洒的波涛，在此刻散发着如珠如粉的水花。在我的眼前幻化着一串串光环，那光环不时倏然而来，却又不时倏然而去。我的心似乎也在汐潮中颠簸，我正扯着白帆陷在不可及的巅峰中，在汹涌澎湃的人世间做着殊死的挣扎。不知怎的，我却又突发了一个揣思：那可是大海历练后的泪花？月光下的海也许会隐藏着灼痛和忧怨，或许布满了无眠的梦痕。透过迷蒙的浪花，我却让泪水无由地浸湿了我的眷恋。

我只能这样想象，也只能在做着梦游。造物主造就了世间千变万化的自然景象。大海就是这样时时把它悲怆的或是欢乐的故事掩埋于深处，让有识之士去诠释那故事的根源。

茫然中，梦呓不经意间化作时光的隧道，蓝天白云仿佛飘落我长长的梦呓，蓦然回首，遥远的渔灯渐暗渐明，如镶嵌于天幕中的星星。海，在那一刻似乎停止了呼吸，阒寂得如夜空下的空谷。只有嘶哑的鸥声拍打着我的遐思与回忆。

（载《阳江文化》2015 年总第 62 期）

岳阳楼畔觅芳魂

我已是数次登临岳阳楼了，除了那黄钟大吕般“先天下之忧而忧，后天下之乐而乐”的铭记，就是岳阳楼畔的香冢——小乔墓。

墓碑后刻有苏轼《念奴娇·赤壁怀古》的词句：“遥想公瑾当年，小乔初嫁了，雄姿英发。”小乔墓地的周围既无翁仲，也无石兽，更无苍松翠柏。没有肃穆的氛围，也没有木鱼般的挽歌。平静得如一缕清风，或更是一湖没有风波的洞庭湖水。也许是这湖边的香魂就喜欢让昔日无数鼓角争鸣的岁月在淡然中安息，在硝烟中偃旗息鼓。

据明隆庆《岳州府志》载：三国时，吴国攻院，孙策得乔公二女，自纳大乔，而以小乔配周瑜，小乔一生随周瑜鞍前马后，南北征战。后卒葬于此。到清朝嘉庆二年（1797），岳州知府沈廷英筑二乔墓。再后来，在光绪十年（1881），督学陆保宗重建墓地，将碑文改为“小乔之墓”。

想当年，那英姿勃发的周郎，在万里征鸿中，于烟水中，他乡里，栉风沐雨，在晨霜夜露中枕戈待旦，形影孤单的伫立于抗敌前沿。仍念念不忘娇妻在深闺中、昏烛前独拥薄衾。正是这相濡以沫的浓情，给了周郎以无比的力量。以至于周郎发誓在凯旋之日，与妻在画阁中痛饮三盅。

阅尽有关小乔的平生，却怎么也找不到小乔的有关诗书的记载。

却在民间的说书人的口中“录”得据说是小乔的“杰作”——铁溯巢湖别意衷/戎衣寒夜露前缝/忽闻战马槽边系/卸甲扶君醉几盅。

简直是天设地造的人生契约。此是多么的契合，又是多么的心心相印。

此情尽在千里外，此情尽在桑梓中，此情尽在闺灯中。本无牍书所载，无独有偶，世间所有的书本及说唱，都能给人一个圆满的结局或开端。后世却有骚墨之人，极尽其能，好生给这一代英媚寄寓了一缕茧暖。

或许这是文人的杜撰,或是酒肆茶庄花范溪边的闲暇话题。总之，这出奇的女子，其标青的鹤立鸡群的高远，非一般高山所仰。

可知，那闺帏中能蜜嘬如莺、宫商琴韵、飞工走线者却又是一名巾帼英雄。且不说她能否在疆场中运筹帷幄、气指江山，单是那夫妻心脉相通，肝胆相照，同谋机抒，同仇敌忾的胆识，就足以说明这江东女子的娰可盖天下，名可芳万古。

公瑾，公瑾，人生得一知己足矣!

只不过是周郎气短，偏偏是无艳福长享这天伦。只是羡煞了那只有我负苍天的曹操，他朝思暮想的铜雀楼只能是慢慢地楼坍墙塌，蒿蜉鼠蹿，狐走阡陌，疮痍一目。这里，不说英雄的气短，也不说独夫的狂嚣，天生的淑能与贞忠是国人的精髓，是国人的魂。姑且不论曹操的鞭可投河和金可铺路，而他的冒天下之大不韪的暴戾与专横是天怨人怒的，终至于其身败名裂，其行其幸，人可诛之，天可弃之。试想，岳阳楼畔的香魂，岂可与蒿草为伴?岂可与蚁峄同窝?岂可与他沆瀣一气?

墓冢中，却没有片言只字的记载，这有着“沉渔落雁之容，闭月羞花之貌”的闺帏丈夫，花从中可匹千宠，闺中可绣女工，马上可叱咤风云，乡中可诗桑麻，杏林中可妙手回春。确是人间一奇女。

难怪骚人墨客们给了她最高的赞誉——“大乔娉婷小乔媚，秋水并蒂开芙蓉”。即使史书中极少提及她的生平所为，所幸者是她能倚名楼而眠，与大千风月而憩，与浩渺江湖而存，就足以告慰天之骄子的英魂了。人生一世，夫复何求？

我不是考古者，只是一个匆匆的过客。面对萧瑟斑驳的墓地，不敢想象，那香冢下的英魂果真是与天长存，共水为邻，与地共壤？但我宁可相信这是一个奇女子的精魂所寓，是灵魂的寄托。“云行沧海五千律吕，月涌大江八百风流。”这一片人为或非为的精神寓所，均是值得我们去探究或缅怀的。探究者，自古就有任何事物嬗变的无限变数，而其变数或是平行而进或是扭曲委蛇，谁也说不定。缅怀者，首先是好奇或是追溯，其历史的文化赋予极有可能是一个故事的再造或更迭。倘有一个不容置否的决断，那么，往后的一切的论说都是徒然的。我想，历史并非自我所左右的光阴或定格。

此冢，我曾来瞧看过，看过后，我是这样想的。

（载《阳江日报》2015 年 12 月 6 日）

桃红深处

本邑有桃林，林有绵绵千红桃花。

偷得半日暇余，抛下尘世羁绊，与友趋之赏花。只为在桃林中享受一分静谧。

“桃之夭夭，灼灼其华。”远岫雾绕岚移，这方桃林挑剔得很，不在荒郊野岭，不在渚岸水湄，却在三面峭壁怀抱的小平丘之中，面积不大，却也一目疏朗。抬首远眺，但见莺飞草长的时节，芳草凝碧，鹅黄初抽，满坡缀翠，柳陌含烟。人说姹紫嫣红的桃花是一阕曼妙婉约的词，虽在春寒料峭之中，却显几分钟灵毓秀，那哝哝粉面，有着风华逼人的韵味，含羞娇答的面颜，却是东风轻撩滋润的结果。忘情者此时不忘情，如同蜂拥蝶迷般趋之若骛。春风却是如此有神功，一夜之间让这世间尤物被人间尊为神灵。涌入桃林者，无不以为这厢福地为一坛醉人的女儿红。嚯嚯风尘，被这方神圣的土地摒弃千里，荫翳的忧愁，被这清纯的灵气氤氲。微醺的岁月，迷蒙了睿智的眼眸，剩只剩下逍遥的风骨，一任群芳来妒。

桃林中，二八含春的少女，最是雀跃，裙袂飞扬，似在追逐她们的青春梦。时而娇声低语，时而喧咋欲聋，不时引得旁人侧目而视。

面对桃花，心怡神清，顿觉天廓地广。思往昔，又该有多少恩恩怨怨，多少愁肠翳肚？多少红男绿女伫立于这千古激艳的花丛前，多愁善感般地采下一掬晶莹的胭脂泪，凄凄然的泪水潸然而下。那年年历经磨难的花劫，世人又有多少能理解其中？

那个缱绻多情的崔公子，绝不会在人面桃红的沸扬中安稳，说不定他也会身置其中，嗅嗅这令他魂萦梦绕的桃海。念念他“人面不知何处去，桃花依旧笑春风”的情愫。巫山曾惹锦绣青衿，芳郊那缕叫崔公子神魂颠倒的情愫，酿就了苦苦的凄声，逝去的莺声何在？孑然吊影，凭空追思，不禁黯然神伤。那帘幽梦何尝不令他断肠伤怀？剪不断、理还乱的茫茫思绪都从记忆的残梦中分析成片片飞絮，遗下泣血般的相思。试想，即使他毫无心情于玉案上挥毫，但后人也不得不由为他伤感而吟下这刻骨的伤心词——

临江仙·再寻桃花

风向寒花追逝梦，巫山曾惹青衿。蹉跎犹美月光明，莺声怜旧影，霜降语谁聆。

熬雪一春君已识，朱唇半点含情。寒蝉不念雨霖铃，烟消妃子媚，蕊败尚藏英。

“桃花落，闲池阁，依然春去又春来”的放翁，满怀悲懑，天设地生般地在那伤心桥下，与心上人不期而遇，冥冥勾起那肝肠欲断的痛忆，伤情最是难忆时，桃花劫，断人肠，红颜憔悴，人望何处？人归何方？唯有这清泪两行，伴随着苦命的一对情种，郁郁而为遗情骨毁形销，最终却为花而伤，为花而亡。伤哉，哀哉。衷肠尚可留千古，柔情只为多情郎。只是愁煞了这旷世无二的桃花劫！

桃林深处，随时可窥云山水阔柔情。恣意飞舞的微雨，如烟似雾，似幻如梦，袅袅腾升，在林中依偎萦绕。痴情游客端的是有幸于甘霖中的滋润，如拨动着心中那根弦。雨留情，桃留情，朵朵桃蕊，如漫漶千古的清香，晃响悱恻幽远的相思曲。君不见，满林飞红，漂红了如泣如诉的旋律；一川芳草，染绿春愁，让无数寂寥的痴情客桃边着墨，一咏人间缠绵的“人面桃花”。

（载《散文百家》2015 年第 12 期）

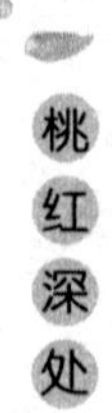

春夜听箫

每每听玩箫者，几乎是在春雨潇潇的夜晚。

仿似一缕淡淡的幽兰，暗香中，如丝如帛在晚风中轻漾，如水波汩汩，如杨柳轻摇，如莺雀软啼，如篁竹娇娜……那风情、婀娜，那娇羞、淑秀，不仅在笔中能娓娓而道。却只有天籁对大地的倾诉。

浓浓的夜色，泛着暗香的雨帘，在漫无边际的夜幕中，显得特别的黝黑。却有三月的芳菲与之流行。静夜，微雨霏霏，昏暗的水银灯下，偶尔有夜归的三二行人，撑着被微风摇摆的伞，顶着丝丝的银线，行在归家的路。

窗台上，有微雨轻飘而来，给这橘黄与墨黑的夜空飘来了丝丝微寒。还是那不知名的邻居，他的箫声缓缓而来了。瞬时，觉得整个夜色在空旷的天空中弥漫着。那婉转的箫声，似是从彼方直透夜空，又似是从天籁中逶迤而来。不知它们的哪一点共鸣在夜空中某一个交会点相融了，在发出嘤嘤的回音。似是雨声沥沥，又似是声声叹息。摄人心魄的幽怨，却像一缕暗香，悄然潜人广袤的夜空。

箫声，是从遥远的地方传来的，它凝聚了华夏开天地的一切，它组合了这个大千世界的精华。箫声，乾坤的表现或是我们目前不能化之的真谛，其极端所延的是如同一个人的生命的节宕，是一种仙音，本无抬举或大书的意思，它悠来之时，惆怅与荫翳，欢怡与喜庆，皆在缥缈地诉说着活灵灵的人生。即可给人一种训示或是教导。世上有很多的山川、太阳雨雾、河流或是日月江河，皆是箫声的化身。

人说，乱红是灿烂的凋谢，是一种生命的祭奠，却也是生命的新生，或是一种意象的葳蕤。凤凰的涅槃也罢，总之它是在不断地给生命赋予一种重组。

“乱红一曲香魂散，别过东风一梦遥。”也许，此时郊外有春风在招摇，一湖春水已被吹皱，繁花落叶或许已成丹泥。无数个世纪的追求或守候如何成泰山般的屹立？在千世万代中守候那冥而不灭的生命之光。在瞬变的时光中，花落花开那是人生灵魂的一个快递，并无过多的悬念。

所有的岁月风流皆将沉落于岁月的垩纪，花开花落，潮涌潮退，往事总如成淘洗的珍珠，而这串珍珠就永恒地散缀在世间的风尘中。在针雨般濯洗中，谁有旷世的哀怨？又岂有绝世的愁肠？

本人对宫商角徵羽一概蒙昧至极，却又是如痴如醉。这箫声，并非林妹妹的哀愁，也并非昭君的哀怨。该是她们对沉沦的理念的一种怀念吧？即使有那个病妹妹的林妹妹无端的糟蹋或无知的伤戮。可知，春乱仍难解人之彷徨与乱红如雨的愁绪，千般的哀叹偕融于春泥，任由明春的紫燕再与它共鸣。

到此，书房中，爽爽然，细敲键盘。便得劣词《临江仙·春夜听箫》一阕：帘外绿纱何处月，寒桐紫燕声柔。嫣红飞絮罩平畴，梧桐春未老，雨淡话空楼。

丝碧帘前思柳坠，何堪薄幸凝眸。一江春水不依愁，莺啼花解语，云乱又三秋。

我不懂音乐，但我相信音乐是懂我的。它不为我而生，我却为它的生而滋长着生得更好的欲望。因为它在鼓舞着我，噪动着我，它知道我在听着它，在细味着它。麻给着的我慢慢走在一条泥泞的路上，虽有泥丸腾满了一裤一脚，但我相信有一瓢清清的或淡淡的水在时时刻刻洗濯着我。有朋友看我一脸的风霜，就知道我渐渐地在向音乐的殿堂看去。更或许，秋雨到来前，即使丹泥成红，绿叶为墨，雨雾依然在大地飞旋，乐声仍在脑际漶漫，闪电仍在苍穹的眼中晃过，流水还在我的耳畔回响，我心犹如一缕阳光在透曜着。

那是因为音乐在我的心胸中与我的脉搏跳动的年时相当。

这，也许是一春或一秋的每一页的计算或更叠。

这一夜，更喜者，箫声缓缓而入，恰似给我人生翳闷解释的一缕清泉，且某一年的春夜都是这样的。

（载《阳江日报》2016年2月18日）

方寸之地大藏玄机
——贾淑玲小小说《重游》读后

微型小说讲究“新、奇、巧”，一件事的叙述要追求变化，令读者得到阅读接受过程的心理美感。小小说往往以欲扬故抑的含蓄手法架构全局，先“抑”而至发于“扬”，其中以日本的星新一、美国的欧·亨利式的结尾见著。

偶读贾淑玲的微型小说《重游》。说句实在话，近十年来，没有读过像这样让我震颤的微型小说了。无怪乎，推荐给文友阅读时，朋友也说有“读后有泪欲出”的感觉。

微型小说的情节因选取瞬间生活中的一点闪光点，就决定了它一般只写一个具体事件，是对具有因果联系的动作所构成的简单冲突的完整叙述，属单一情节（其实，微型小说也不允许同时出现多主线的故事情节）。《重游》只摄取生活的瞬间，犹如电影中的一个镜头，它通过对一个小场面的描述，淋漓尽致地将“母亲”那种对爱情的坚贞与守望的情绪，酣极般发挥出来，人物内心的一颤动，却仅仅是一种暗默的情绪的运行，并无大起大落、波激情动的渲染，“借一斑而略知全豹，以一目尽传精神”。文中的主人公“母亲”也许是为了缅怀过去的往事，或许是为了实践自己的一个“诺言”——不远千里寻找那逝去的美好的回忆。竟在女儿的陪伴下，找到了几十年前初恋情人的“情根”。一旦当她完成了一个践诺后却又风风火火地说了一句“闺女，我们回家，你爸还在等我们呢！”

此时，母亲的眼睛泪汪汪的，这一汪泪就颇动人心。这正是作者颇具匠心的高妙之处。看似娴神轻道，却是一颗隐藏着的心灵真正内存的核质。作者在娴静的述说中，以其轻绵的语气及气定神闲地恬说，渐渐地将读者的阅读情绪导入佳景，臻而达到情感的突然爆发，引起读者撼动，其功力可窥一斑。

小小说的故事架构，往往是在特定的环境中使其变形与怪诞、误会与巧合、悬念与拖延、虚实与藏露中晃动着它的变律。倘无变数，它将是一杯乏味的开水。能在尺幅中调动读者的想象与揣度，使其在狭小的空间内最大限度地张扬主题的挥发量，不得不说，那是高手所为。

“人贵于直，文贵于曲”，方寸之中，缩龙为寸。《重游》的笔法是喁喁道来，水不扬波，情不喧嚣，貌似平淡。挚情却如波澜般突涌。一篇不足五百字的微型小说，内中蕴含着作者浑厚的功力，而那旁人不能冀企的功力是何等的让人震撼 1 其人间的挚爱之情如清溪汩汩奔涌。

《重游》依靠简洁传神的语言功力，力求在富有“动势”的瞬间生活中，表现人生的大场景，表达深刻的思想主题。

中国的微型小说，在 20 世纪的七八十年代曾有过如雨后春笋般的佳景。而 90 年代是它的鼎盛时期，后至两千年，却又有黯然之象。

尺幅之中，大有天地。其玄机遍布于四周，只要作家们多接“地气”，置身于多彩的生活中，必定会有瑰丽的珍珠出水。

（注: 贾淑玲的小小说《重游》原载《天池小小说》2011 年第 5 期，被《微型小说选刊》2011 年第 13 期、《小小说月刊》2011 年第 8 期分别转载）

（载《阳江文化》2015 年总第 62 期）

沈园非复旧池台

有道是春盎柳飞莺，秋红枫滴泪。

百花逢春是天地花芜大放的时节，阡陌之间，江河渚头，千山万壑，缤纷竞发，浓香透顶，色漫四野。更有那蜂飞蝶舞，满眼春光。也许是思维的逆向使然，倒是喜欢帘外斜风乍起的时节。

那是秋乍起、菊正黄、枫滴泪的时节。

暮林寒叶与风相生的是一片惊惶。淡淡的红销玉堕，泊满了清霜。远近阡陌，唯有残阳芳影树孤清而又淡然地滋生。白露却没有在这片温馨的土地上相骤彷徨的回忆或是荫翳。多多少少都有一股酌菊中的馥香。而南山中却据弃了黄金般花产的孤高绝俗、落落寡合，即使是纷繁芜杂的沐寒节令，却有迎风挺立、其香幽冷的奇观。

秋，在世人的眼中，是寂寥落拓，荒芜的开始。在情人的眼中，它是愁怀百结、相思绻眷的桎梏。

黄花既来，即是长天鸿雁横空的时节。东篱那盏淡淡的黄花酒，随着如雾般的迷离，与之相伴的便是一腔望断长空的臆想与愁思。

沈园中，伤心桥下那盏黄藤酒，苍泊于千古的惨情绝唱，毋容已成国人爱情的绝命曲。以至爱情的后来人怀疑那伤心桥是夺命桥。

相隔咫尺间，锦书难罄，空凭远雁，一笺飞笛只能煎熬愁肠。每每云中绚霞溅落西窗。她恨不得藏身南山赊酒去，尚有菊鬓弥留一缕香。可这愁肠却是难弃也难忘，最是那秋横叶落的琴声，声声如泣，声声如咽。秋雨在沥沥，寒风在横溯，引得那病恹恹的情妹妹愁也相思，病也相思，哭也哭不得，笑也笑不得。以至于疏帘外，莺燕无声，秋雨无情。漫漫长夜，幽魂只能寄付于鸿雁，那“独语斜阑”的凄声，一枕但换得音喑弦断，泪洒清神，情死沈园，魂留万世。情变的归宿，似飘荡不定的秋千索，直勒得这惨情的食果者心灰意冷，情却是万古的不移。羡死多少人间情种？多少“比翼双飞”、多少“海枯石烂”均在这断魂的欸乃中烟消云散。那“咽泪装欢”却又是多么的深沉与无奈。不禁要问一声那个苦命人，难不成真的要“得成比目何辞死，只羡鸳鸯不羡仙”吗？

伤心桥下伤心柳。柳不伤心何以桥上那么多的伤心事？陆母是女人，她不懂那“雨送黄昏花易落”的寒蝉散鸣。凄风惨雨本不该是那断肠人的泣血的乞求。但偏偏是这一姑妈的一时妄为，导致了千秋的泪潸然、恨难眠的断肠故事的发生。可知，即使后人中的万人之唾，也难解难释这千古之恨。想想，你不怕背负这淋头的恶骂？抑或你在玉塚中可否安睡？

伤心桥下的主，枉为后人对你的一腔耿情，或者是对你的鄙弃。李白的雄奇奔放与杜甫的沉郁悲凉都不是你的“伤心桥下”的复写。倘在我，不敢以你的蜚声瞶世而为后世的怨恨再缓解你的哀与幸。这一点，你还魂了仍是笃定的懦者。

这个恶母，确是人可啖肉，皮偕为路，骨可为灰；

这一痴人，确是女可为模，淑可流传，悲可为怜；

这丈之夫，确是智可为弱，情可为赞，懦可为叹。

这沈园，确是情荡之园，是索命的园！

我不骂陆夫子，但我耽着他的是人的忠贞与悲哀的厚度或孱弱的底线。以至八百年后，令人在质疑他的一生成就时的最大功绩竟是“爱国情怀，文学贡献”。陡然间，我大跌了眼镜。但那不是他的过错，或许是我在对他的崇拜中视区中的一个死角。

人瘦黄花风寂寞，几弯秋月如钩。问道千年才子佳人可在这秋风横溯的时节黯然悲叹？或是千载惶然的呻吟？

凤凰涅槃的传说，则是人间对世事纵观的一种理性总结或是仁智者思维的终极巅峰。

凄凉瑟瑟小萍洲，年年春水绿。一盏愁肠的酒，给陆公子和唐姐姐犹如加了一小撮断肠的砒霜。假设什么都有一个缘由的始端，那事情的终结断不是撕肝裂肺的史记。假如唐琬那天不去沈园，在秋风孤树的寒窗中，在星稀竹静的小闺中，默默地去吟哦她的“难、难、难”，假如在园中她不曾遇见陆公子，就不会惹得“人成各，今非昨，病魂常似秋千索”的切肤苦痛与痴无聊赖的相思抑郁，更无“莫、莫、莫”的无奈悲叹。隔世的观望，那如垩纪般的记载，谁个也说不清一个痴情人的情怀。爱情永远是没有假如的。唯有以后人的心去揣度她的那份彷徨的旧梦。

但，天就注定了她要怀一个“彷徨的旧梦”。且是千古无前的，奈何之？

千古已去，留下的是徒忆东流的故事。这故事，不祈骤在心头，权当逝影也罢。

［载《中央日报网络报》（台湾）2016 年 2 月 5 日］

春天，仰头看看

春天的晨曦中，尽管颜色是在模糊或清晰中腾升，但模糊的一片七彩，日复一日般闪烁于眼前。

尚有一寒的毛毛雨，轻轻地飘着，飘在湖边，飘在柳下。而最揪心的是飘在孤寂旅人的心里。

哲人总是喜欢说：冬天已经来临，春天还会遥远吗？春天之前，曾有冰与雪的交替。冰与雪的故事，每一年的发生，每一次的再生，都与我无缘或遥远。因为我没有深入地接触，刺骨或是麻痹的文字的描述，毕竟是很远却又是很近。吾心吾意，却是楔入的至死难忘。不肖于初阳徐徐而来的温暖，但我仍感激天外的恩赐。因为毕竟曾于寒冬的凛冽之后凝聚了一丝暖茧与一塘炉炭。炭生于远久的垩纪，但它无非是人类早前给它的恩惠，倘没有人类或洪荒对它的给予，何来温暖？炭与无限延续的时光共泯生，它深深地懂得智于人类行尸走肉般否弃后的回报。不嫌弃寒冬，冉冉然般如凤凰涅槃。在没有冰与火的较量的时光，犹是难于一言可衷。

在一个反复湿漉漉的季节中，不断地彳亍于冬寒与微春的崎岖之道，仿佛聆听了姹紫嫣红的诱惑；眼前晃动着翩然翻飞的蝶群；欣闻着充满着粗犷放浪的男子汉的号吼。天地间，便有了天真无邪的小女孩的娇嗲；便有了一目酥人心扉的鸟啼……于是，不再抱怨阴晦的早春和变幻的风景，不再远离亘古的春夏秋冬和生生不息的生命静谷。

曾在朝雾的聚与分中，曾于虹与雨的组合中，韭与草的同生的价值，往往就让人们颇费心犀，怆然的告白在孑然中甚是可怜，其伯仲存废的门第与生俱来是相对的，呜呼，何以为辨？说不定是哪个季节或哪个朝暮，丝丝雨雾，淡然于气壮山河的铁偈，凛冽的霜雪，倏然间摊展于山川河流、千山万壑之中，施施然地披风于旷世，昂然地划动于千古的绝唱，即使任由它愁肠百结，但它毕竟是浮现于毕异的字模中，既如此，它必定是一篇野史或是一部传世的争鸣史。

说不上哪一朝哪一代的浮华，人间的大起大落，沧桑所及之处，都已烟消云散，氤氲成雾，消殆成尘，脱凡人俗，阿尘而居倒是芸芸众生的渴望，我们常说的“无欲无求”，人为之一生的所谓“奋斗”，尘埃中趋之若鹜者密如蝼蚁，或以愁怨与之相随的无奈，或许在春来之时，让一片姹紫嫣红将所有的忧伤掩盖。怅然中，眼前有花开花落的变幻，竟如突地有一种无由的畅怡感觉：绿水青山、鸟语花香、心平气静将是一尘不染的帝国。瞬时，大千统如一缕无根由的薄烟，袅袅而泯或它无生。

世事就是如此的缠绵或是崩分析解。一事的所绎，一智的所堑，一功的所成，一史的所获，无不在花红的时节，无不在暖阳的杲杲中慢慢地淡化或在涂抹中远去。即使，我们在春天的寥廓中去遥看或静思。

思绪，在万紫千红中的凝眸中，忧愁或喜悦的眉黛中，总有一花一蝶为你所舞动，有一草一木为你所鼓噪。春天，在让人神舞飞扬、弹冠相庆之余，智者总在沉悟。沉悟，令众生对春夏秋冬四轮的谛听，百转回望的世界中传奇或诡异无须他人以撰写。芸芸中，琴律与声势，波涛与鸣雷，还有大千的衍延与演化，它是会洗濯一切污秽与肮脏的，它将积聚着一个新世纪的原生动力。

在万物葳蕤中，我们仍在看着春天蓬勃的景象。

春天中，有哲人在教导着我们——仰头看看：我们曾有筚路蓝缕的播种。金秋，我们有过喜胜的欢颜。

毕竟，我们在闲暇中偷来的那一刻，享受过甘露般的怡甜。而这种滋润的怡甜，恰恰是寒殆暖来的春日。

仰头看看春天，那是一种奢望，那是一种幸福。更是荡涤心犀的好时节。于是，在远山，在朦胧的烟雨之中，孤独的旅人的心瓣里便添上了一圈春天的光环。

（载《中国楹联报》2016 年 2 月 25 日）

暗香带雪一枝来

下雪了。

那场绵绵无力的冬雪在一夜之间变成了一种宁静的心境，纷纷扬扬的春风走进了原野。暮霭里，踏着春色而行的人们，仍以朦胧的诗行捧于云层深处，渴望绿色玄奥的谒语化作一场甘霖，轻洒于漫山遍野，催开一朵朵奇葩，点缀泥泞的山道，点缀人间天地。

南方极少见雪。却不想在今年在南国的山中见到了久违的雪。本邑所载的“雪事”是二百多年前的事。

我们从孺子时期就知道有“瑞雪兆丰年”之说。南国的耋者也说了，今年是好时年。

我本是雪花频飘之地的儿子，父辈辗转于若干他乡，滋生于南国。雪于我来说，确是遥远的，但并不遥远。

这一场雪，更是让我在“千里冰封”的冷冻下走了一圈。北方人对我说：“只有你到北边的一个圈子走一下，你才能领略冰雪与梅花的意义。”冰与雪，确是疏远着，人与情确是温暖着。梅林好找，冰雪难觅。

梅边，有谁在寒冷的雪地里，一枝玉笛，漫天冰雪，哪位病梅的馆主，可否在唇与齿之间寻觅共存的今生与来世？可否在幽香的境地里以人生的历练再一次书写从前的哀愁与苦难？疏影横斜里该悬挂了亘古多少凄寒的故事？

雪与柳，可说是前生的冤家，也可说是形影相吊的难兄难弟。有谁在杨下细看残柳的悲哀？有谁在灞桥下妄念往事亡矣？眼前的丝丝缕缕让他生出千丝万缕的缠绵来？

雪与梅，倒是一对亲情的患兄患弟。

这雪，端的是下得好。雪花不因硕冻而离我们远去。这雪是下得干脆，下得及时，下得贴心。

倘若此，芸芸众生者，定不乏以铁骨傲立于峭崖之上的国人的精魂。冷月总是以惘然的雨丝或是刺骨的寒风去教导我们写下泣世的诗篇。西窗之夜雨，冀盼的是一贯情深的伫立。伫立，惘惘然没有归期，但有的是香魂一缕，醉想的是一瓣沾雪的梅骨朵儿，轻轻地落在我的琴弦上。孤凄寂冷的雪夜，不需要遥远，只是寒衾孤灯伴着你一路走来，一条拐杖，点拨荆棘无数，沟壑万重，如履檐阶，声声伢口，句句嗔言，步步熟悉的踏雪声，冉冉在我耳际回响。陌上几回潇洒，花下几许香凝锦衣，冷夜却是如斯的怅惘，我当那是左伯桃与羊角哀当年人世间挚爱的互换或是他们灵魂的重组，再就是他们与生俱来的默契在雪光中施放人间最美好的信息。我想象着的是遥远的。雪在下着，沐一身梅香，最忍是，风雪交加，犬不出门，夜踏雪痕，毋留鸿爪，不度解是的那凄清的雪夜。倏然间，我只听得声声“嚯嚯”的逐扉声，那帘自是倏然而起。除却世间昏庸的风花雪月，这一片荒郊，甚得我喜的是傍炉呼酒，再酌人生。那雪夜的寒冷，衿裘何以理解？酒罄炭冷，衿已上霜，犬尚唁唁，一卷东君，柴房设有留客眠。那雪是我的梦寐，却久久未及，往往留下的是一圈昏黄的床前的蒙光与故乡的鸡鸣和牛哞。无笛，却有一夜梦魂，萦萦绕如穿破西厢。鱼白时，或许是当年那个崔郎，至生梦死的一腔遗憾，却又是一番“大江东去”的悲壮与“铁马金戈”的豪情。问君何不汝笛我筝？抱团拈炭？入夜，再画梅雪齐芳。雪夜下的一腔积聚的暖气，总爱在冰天雪地中散去和聚来。上苍已经给了我们一条人生的定律。

是远久的我们的祖宗说的，少说也有二百六十多年的故事了。二百六十多年的故事已经是雾漫着的故事。如今的博物馆已经没有了一张清晰的图片。岭上是一片浑混的白皑皑的思寒图。那图在雾霾前竟是那样地令人揪心与遗哀。这一阵子，或许是老眼昏花使然，看不见房前屋后的老松，那劲拔的依旧是挺拔坚韧、翠茂苍苍。只有自我们远远的山岗上的孤梅，偶尔在接受着不知来自何方的诗人们的礼拜或黄口们的追逐。一丝丝惆怅无由地来自我们枯竭的心底。暗香，一丝丝一缕缕，恁是找不着，惘然中，我等却是默默地去寻度。也难怪，这些时日一晃就是二百六十多年了。前世今生的意念是在眉心中纷纷扬扬地飘洒着亘古的怀念。唯有此生让我们去撰写那谁也说不清道不明的曾经。

仰头，一丝雪花在缓缓地自另外一个世界里施然而至。我们没有理由审视它的出生和生得喜欢与否。这个世界有了另一个新的伙伴，我们的生活就有了一个新的未知数。车马粼粼中、趋之若鹜里，那崎岖的足下，是否又有一首新的“柳垂江上影，梅谢雪中枝”？不敢说，也许是他年或他乡不可与之相提并论的议题。

“梅花更喜漫天雪”，是伟人的希冀与练达，更是这个世界给他谙熟人生的指点资本。我不大熟梅，但有一点我是坚信的，越寒越暖，是它的心态。与梅说，我是异类，但义无反顾的信念，我当是齐额拱手了——那定当是梅与雪的交媾。

芸芸众生皆是生于大浊的红尘之下。这厢里，耐得寒冷的便是一支虬龙般的苦吟。万般清香只留得是那病恹恹的馆主的一声凄声了。梦魂中何如残留着疏影横斜的念想，更是谁人在这如洪荒中鼓弄不知时宜的玉笛？穿破西厢的臆念仿如爪哇。徘徊于佛禅与俗尘间的灵魂，自身难保笃实他的与生俱来的坚冷与强傲。雪注定了万般的物种筚路蓝缕的成长履历，而这一物种，偏偏是国人的坚志与精神的寄托。

雪是刺骨的漫无人性的主，这一年，这一季，落在了我们的头上。但这一方土地是少曾见雪的地方，我们都用一种陌生的眼光去打量着雪。我曾梦想勘破宇宙，哪怕是我井底之蛙的见识，均是以自我的意志去度量人间，那是我用狭小的空间在暖祥的世界里去游走。哪怕这个雪有一天能融化我。

一支带着曲折虬婉的悲凉，那悲凉的世界是拥着如歌如泣的节气而来的，这一个季节，不曾有过的时光，令市井与榕荫都有了一段崭新的传说。那是因为此间曾是遥远的大方天地，如今却是一个让我们去考古的冥冥的季节。

暮霭里，踏着春色而行的人们，仍以朦胧的诗行捧于云层深处，渴望绿色玄奥的谒语化作一场甘霖，轻洒于漫山遍野，催开一朵朵奇葩，点缀泥泞的山道，点缀人间天地。

梅得雪，雪更白，雪缀梅，梅更艳。2016 年初春的雪，这场雪不是在冬天，而是在南国的春天。淡淡的雪，虽不在我的股掌中纷飞，它却暖在我的心头。

（载《牡丹》2016 年第三期）

但闻南岭注梅香

——读寥正炎五绝《梅静》之感

近读一诗："闹市长居累，开门土满巾。早知梅岭静，嫁与种梅人。"（载 2016 年第一期《冠溪诗词》）作者为廖正炎。

廖老者，是我对他的尊称。并非耄者为老。心藏于天地者，致世于"仁"者，我以为"老"。"老"非而老。

实言不瞒，前倨后恭，是我与廖老的人生影像的真实写照。

闻识廖老于 38 年前他的翰墨，初识廖老于 28 年前对他的心仪，再识廖老是 18 年前的混吨分解中的一个过程，近识廖老者是 8 年前的文字契合。其心态初探之端倪，纯一"文骨"。

一切的与缘是因了一个"文"字。我与廖老同一诗社若干年，是为"同寅"，亲聆者如茧密。

有感于发，是诗词的源本。所谓"源本"者，不出其左，是事物的原生态或谓作事物的"根"或"质"。都市或小城，是如孵蚁靡靡、芸芸众生的临界点。营营蓊蓊之态并非为大众所趋。"开门土满巾"即是一个境界中不是那么光朗的先兆。作者以其独到的禅见，在"开门土满巾"的无奈之中表达了"禅静"于世的心理，正是诗出于心的一次再现。所谓"诗言志"，于此也得到了再一次的补述。

苏老夫子的"日啖荔枝三百颗，不辞长作岭南人"与廖老的"早知梅岭静，嫁与种梅人"皆有近"禅"之意，且有蛇（yi，阳平）

转的异曲同工之妙。此琴，不需共鸣，一弦已鸣。无须补充，人生学诗或艺，臻真者是为“入而化出”。这点，我妄自揣测为文者的主旨。促使我写此文的动机是“不辞”与“嫁与”闪光点契合的“活动”。

老夫子本是天涯落拓人，其人生可能是定位赋于“岭南人”了，要不何来粤地之西湖的“艳演”或流传？恁想的与朝云之朝朝暮暮和生生死死？怎想的不怕上火，啖它三百颗？概其况之，南国佳果着实珍稀者，要不，跑死了那么多的马，就单为了大快朵颐？

这厢廖老也是性情人，企冀在夕暮中“早知梅岭静”的真谛，静惜“种梅人”的甘怡与欢乐。在“种梅人”的暖抱中，清洁人生，凛然耸世，乐否？亦有大快朵颐之快感，真乃痛哉。

人与物，文与物，世与物，皆有“活”与“动”的世相。这个世相，就是我们眼前万物嬗变的过程。

入而出之为化，化亦为本的演变，也是诗词锻炼过程中智慧的递进，更能体现后学者的智慧与超俗的长进。

大作其中之“土”，倘为“尘”者，更为贴切。且“起”句中再注人“凤头”的元素，此诗可有与翁辈比肩的态势。我并非菲薄格律的锢锁，但其著文的形式并非千篇一律的“行种”。其实文字秩序的错倒却是一种跳动的美丽。文之序是不为我们所固守的，一物所表现的实质的灵动也是写作者技巧的转变。格律讲究的是审度作者功力的伸展，乾坤大观才是作者心犀高下的微缩，一字如金，浪费不得。君可掂“僧敲月下门”的精髓，便能省得一二，窃以为。

龙蛇所游，非是凡夫俗子能泄意所注，更难以良莠所夺。龙之珠，应从沙而团，再而团而垒，再而垒而磐。

前贤者说诗，莫外乎于昂激磬响，词微而达宛转，意蕴而臻精萃。后学者，应脱臼于成模，其途而赖自创。廖老令我敬佩的是他的刚正与仁慈，刚正者，是其身之洁静与光朗，仁慈者是其身之善向与宽容。廖老心静弥坚，如梅，寡欲浓情，心仪“种梅人”，是为君子所为。仿为一岳所仰，稽颡膜拜。廖老倘能致志，更是丰硕无疆。

（载《阳江文艺》2016 年第 1 期）

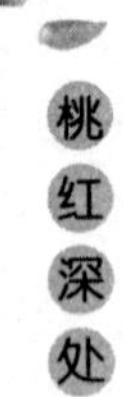

小巷雨声

淅淅沥沥，漫漶着千古风流。这一厢，低卧于栉鳞中的青光，倒是与青石耳鬓相依。田莠与蓑柳怎个也没有片牍的记载或是新歌的激扬。怎能说个清的是微霜尚还料峭的当儿，忽而横来风雨的时节，倏然间，断肠无赋尽于灯阑之处。芳踪烟树醉春寒即如浮萍轻泊。漠漠然，天籁一声断问："何处是乡关？"

谁个也说不清，道不明。小镇小巷似乎是酒迷般地蕊藏着待出的娇羞，非要有声在爆吼中一声振臂方才绽放姹紫嫣红。淅沥淅沥的亘古的回音，它不较之与大千世界比美。总爱在夜静人稀，物以掩窗的时节独行。

滴滴答答之声，是一行又一行的史诗变迁的记录。哪一人能挣开？檐前的燕飞了一茬再一次，垒起的窝是它们的根基。紫黑色的思念不一定是人间最好的颜色。但有一点，是它们不论哪一朝一代，它们都能将自己的座标定落在合自己眼缘的地方，这却是十分难能可贵的反刍。虽然它们没有可二的选择。

小巷的尽头，依傍的是水湄，水湄的旁边，必定有一只失去寻不着码头的乌篷船。那只乌篷船的祖宗出生同样是一脚走的是暮霭与诗田，而更多的是雨雾与冰雪，每一步都如在泥沼中参差彳亍而行。

终于有一天，拾埗而上的是小巷。这小巷外，其实哪里都有城市。

只不过是我们的明智者让我们紧紧地把这一小巷裹在怀中。让它像一个沐浴着夜雨的少女一样矜持、一样贤淑。更有一个老老垂矣的叮咛。

如今，小巷虽小，它却包容了天下的奇迹或是罕见的变迁。一巷里尽是滴答的电脑微信、吼天的卡拉OK、南来北往的俚语与小啤的醺醉，或是张家的长李家的短，或再是伴着震耳欲聋的紧身裤的肆无忌惮的狂欢。

一隅，那是遥远的河埠与仓檀的纵横相加的街道，有狭道小肆摇着蒲扇的耄者，带着几分醺意，带着几分自豪，带着几分年轻人的狂傲，拍打着黄头发的来自大西洋彼岸客人的肩膀，中气挺足地对他们说："俺爷爷的爷爷就是轩辕的第一万代的正宗嫡孙子。不信，俺巷子那头的那棵大榕树，树上你看见了什么？没看见？那是我们的祖宗的魂。"

世间新生的磁场皆在这长满了青苔的古巷中冥冥长出一种新的符号。那符号不一定长在我们的前一辈或是后来的不谙世事的眼前，但我们都有化而又之的是前古而达今的变幻莫测的风云。

雨，还在滴，滴的是千古喁喁的梦呓或真实的故事。

雨巷，并不神奇。神奇的是一眨眼过去了的千古延续。

那雨，不一定是在广袤山川、大山或深壑之中。也不一定是碧翠柳飞莺的时候。只是在一片长满了青苔的闪烁着如萤光中的小巷里。如是，但闻雨沥沥地能点缀到天明。

此是沥沥，彼是沥沥，该鸣的是应是绵绵的雨声。哪怕我是倒在刘伶的怀中，朦胧的眼眸中，有一点我是明着的，那是亘古的一种律动的传承。穿透了千古雾罩的迷蒙，穿越了万世的混沌，此雨，应是从我萌生意识开浑那一天开明与豁亮的那时开始。

小巷的雨千年万载地延滴，如长江黄河不知疲倦地滴。它滴的是我们的祖先和我们的温情，滴的是我们胶着的永不分离的浓情，滴的是我们的燕巷小语，滴的是我们的喜怒哀乐。这雨，一直滴了五千年，它洗濯人间恓惶哀婉的雨霖霖，洗尽了“点滴到天明”的苦雨凄声。迎来的是甘霖一片，春风和煦，嫩柳丝丝。眼花缭乱的陌柳几度摇金，摇不尽的是这一巷的风花雪月和魂魄，再者是春天的桃池浑浊的清濯和明澈。

单瓢与陋巷是这个世界的初始。从禾秕的开始，至蓐田的辛劳，从南山的郁抑，到菊花的醇酿，这一次的轮回，屡听不厌的往事或就注定了小巷的千秋爻定。

小巷雨，小巷柳，柳摇小巷，巷生摇柳。

这是我的不知第几辈的老祖宗说的和我今天想象的。

今夜，浓稠的雨滴仍如千古的延续，如瑟似簧，像筝若阮，似琴仿瑟。淅沥、沥淅，如一声声绵绵的拍打与鼓动，在我的窗棂中，誊写着一行行带着墨香的诗行。那诗行将永远地泛着金灿的魅力。这诗行，必然有一个朦胧的记忆——我们祖宗所植的那棵大榕树就是小巷的灵魂。

雨声，当如叮咛般地给小巷一声温馨的祈祷。我们没有理由拒绝那自洪荒时施施然而来的祝福。

（载《阿坝日报》2016 年 5 月 13 日）

山路并不弯弯

——读李才绘、李赏诗文集《弯弯的山路》

时下，物欲横飞的时节，却有一本沉浸着泥土之香又带着学堂气息的集子摆在我的案头上，有点惊讶。继而更多的是雀跃。

1988 年的 4 月间，我与才绘及本土几位作家到海南省参加中国当代文学会的年会。遐虚间，曾数度漫步于海滩。他对人生的不断沉思的积淀，总是如海腾浪激般迸发而出，对大千世界的思考往往是突发其思。单是“笔直的椰树为什么总是弯曲而挺拔地直向苍穹”这一提问就引得众多者附与讨论。生于乡间，极少走进都市及外埠的才绘，并非他的孤闻寡陋。林林皆比的海边椰林，却如神示般将他带进智慧思维的端口——“它们不是在向大地祈求，而是在聪明地向自然挑战以求自身的发展。你看，它腰虽弯，身子却没有倒下，仍然倔强屹立，傲首苍穹。”（《海南风情录》）椰子树如虬的长势，其生长状态而恰恰是他自己人生中那种坚韧抗争的真实写照。因而对生活的思考便是如斯恰当的验证，以至其后来的生活便常常以此真谛为“参照物”，无时不在激励着自己的人生。

人活着，除了自身的生存有怡情外，生灵者，也许会在某一个更光灿的亮点上寻求所谓至高无上的境界。在猴岛的观光中，看见游客把食物不断抛向猴群，猴子们争先恐后地厮抢，然后就地打个千秋或做着一个个滑稽的动作，以博得人们的欢笑。人们再度将食物抛于其囊，猴们也不知道身处囹圄之中，“隔江犹唱后庭花”也许是它们的彩排。樊笼中，貌似无忧天真的玩耍，但乞怜与孤瘦的举动，却深深地刺痛了才绘的心。以至于他后来在返程中“悻悻地离开猴岛”。目睹这群尤物的所为，他的心里有着一丝丝痛楚：“我心里有一种苦涩，怎么也笑不起来。猴儿啊！你这样做是表示谢意还是报答？是天性还是模仿？是服从还是被玩耍？我再扪心自问：‘我们这样做，不也是可悲的吗？’”（《海南风情录》）一物一关情，至心而至理，此番世事，本不是他个人的分内，而世上所有的阿谀乞怜，逢迎摆好，在他的眼中都是如荒冢般孤寒、坏草般衰废、久椽般坠落。文字与书写，或是流觞般地游戏在这里的寄寓，或是心声的潜在的臆念的日展？文者言心，心寄于文，心储世事的为文本质在他的身上也恰如其分地体现出来了。

才绘不光是个敏锐的观察者，且是个会思考善思考的人。更为可贵者，是他将大千世界斑驳的良莠加以丝毫的甄别与鉴定。

农民作家在本邑可谓是凤毛麟角，才绘当是一凤毛，他虽然有一段时间已经远离尺牍，但至今仍秉烛在手，华丽篇章的再生也许会为期不远。

本著作的另一作者，我本不认识，但读其大作后，我突然觉得很熟悉。读毕小赏的大作，觉得他是个才气横溢的人。

姑且不说他茁壮年代的顽冥，其生于漠阳江边，不用想象的是他曾在本方沃土上储存的一份天真。这份天真与他的崎岖遥远的山路一样沉重，他的生存环境与这竟竟青草、翠竹的摇晃、蛙声的放浪、荷蕊的乍裂、牛羊的哞吖、嘻声的童谣、断线的风筝，还有漠江鼓角争鸣的余音无不息息相关。无论多少代，多少年间，浸入他的骨髓里的实质，必然是统领着他的整个躯体。“从出生以来漠阳江就存在 / 这些秘密就存在 / 这些传说就存在 / 这些传说老掉了翅膀 / 因此泪水存在。”（《漠阳江》）骨子里天生就有漠阳江的雄遒与苍劲。可视者或揣度者，隐约地与他有缘，而这一江的诉说，无意中因为他而流淌。本无稚嫩的智者或站或蹲，并无“其路漫漫兮”的崇高和不可企及的神圣，起码在一颗幼小的心灵中铸下了一个关于沉思的铁锭。能真正领会之却是我们面对历史一身疤痕的反思。这一滴泪水并非凭空而出。这至少是注入了他自己的思考元素。沉思，来自一个涉世边缘思考的开兆，颇远的少年的心很易于接受。但那一句“因此泪水存在”却是无数诗人的长久的思考。铸着铁水横流的诗人胚子，浇筑的是额顶的历史与太阳的同生。

一个很懂思考的年轻人！

读小赏的《进山女孩》，唐突地生就一种心理：这一个或一群进山的女孩，进得山来，她们必是扛着月亮或是太阳，在大山的深处，寻找她们的今生或前世。清濯的山溪，迷皑的蓝天或是阴森的始林，为她们汩汩地导流着优雅的歌声或是迷惘的采桑故事。更是粘贴着她们对这世外桃源有一种“蛮腰伫立芳丛”的感觉。“流逸的泉水／一方粗粝的青石／让谁爱得这样淳朴／从容不迫地／解下泛红的笑声／进山的女孩／洗着不修边幅的眉睫／一张俏脸让水草不敢唐突。”四季的最佳时节，点缀的往往不是飞红走蝶的大山神。以此共同摇晃的心旌者恰恰是大山的神。

窥一斑不一定是全豹。但这一豹云里雾中一现,也让人窥了一下。不得了了。

一个很有智慧的年轻人！

诗云之“美学”，当是一花一昙，一草一木，一烟一云内质的再现，何以琢琢？依然探索者，也不枉然是人杰。

《弯弯的山路》，可说是一个农民的朴实心声与一个大学生的智慧糅合的结晶。读毕整本集子，总有一种置身于山野与殿堂的结合部中的那种感觉。泥土里迸发的气息与都市的光怪陆离，凝聚于方寸之涡，却又荡然于篱边之外。虽毫无惊天之光，但有村廓一毫萤点。不难看出，在裹挟着泥土的芬芳与灯红酒绿的迷离中，在寒篱的秋风中奋力的抗争与书轩水榭中轻哦的眠声中，两种思维与人生反照的余光里，是必定要迸射出一种闪烁着城乡差异的诡变，它们在无形中的生活火花碰撞中，在深沉的昭示中突显出其与“地气”葳蕤的活力。如今文学创作所说的“接地气““植根”的真谛，正是他们实践的佐证。

竹经风雨，虚心劲挺存遒节；梅傲寒霜，铁骨笑开有媚香。在文学这条崎岖的路上，李才绘、李赏他们都在筚路蓝缕中默默地耕耘着，人间的坎坷与枢机，他们都在默默地实践着。

青山易老，人心难老。人生虽然没有码头，但才绘的文心能从今再开薪，小赏能风帆叶合。能在一条航道上，披辟一条水路，那当是一帆正悬风水顺的时节。

山路弯弯，这里并不弯，也并不遥远。如果我们用常态的面孔面对太阳，有皱纹的是我们的亚当或是普罗米修斯，并不是太阳。

但愿才绘兄老骥伏枥再腾空，小赏是深海出蛟龙，势振沧海。哪怕在深壑或是深渊中，我们都在另一个驿站或码头上迎候着。

（载《阳春》2016 年 6 月 3 日）

山竹诸斑泪一人

曾于岳阳楼下南来北往，穿梳若干。而君山岛，如穿梳中漏鲫。几回梦中幻里，梦寐以求地神往。因为那神奇土地上衍生的故事着实让我入迷。

季秋，得予暇余，施然漫步君山岛。

据《史记“五帝本纪》记载:“君山岛，舜践帝三十九年，南巡狩，崩于苍梧之野，葬于江南九嶷(今宁远县九嶷山)，是为零陵。“当时，舜帝的两个妃子见夫久出未归，就四处寻找来到了洞庭君山，忽闻舜帝逝世的消息，不禁肝肠寸断，忧伤成疾，不治身亡，葬于君山。攀竹痛哭泪水洒遍了山上的竹林，泪水断断续续地抹遍君山上的绿竹上，于是所有的绿竹遂成斑驳的斑竹。不久，二妃忧郁成疾，死于洞庭湖，葬于山之东麓，为纪念二妃而改洞庭山为君山，全称虞帝二妃之墓，在君山斑竹山西头。那荒冥的孤冢，伴随着星辰日月，涛声鸥鸣，千年不沉泯，夜以继日地接受生灵万物的奉拜。

人说，这是二妃的衣冠冢，但我想象的是愁眉难展，深颦不舒、乱云纷鬓的佳丽。双双或孑影于闺帏昏烛，倚于烛前窗下沥沥，面对罪雨淫淫，哀涛远汨，孤鸥独鸣的日子里，在鸦声骇人的漫漫长夜里对夫君的遥想是那么的深沉与缱绻。此时，她们已是晨起画眉蓬蒿相加的落拓者。我坚信，秋雨中，我没有在孤帆的迷离中误认那凋零的西楼。

其实，我们在虔诚地礼拜时，这一方的坚贞与恭候，给予我们的是无瑕的联想或揣度，我们并不知道这荒冢里所埋藏的含义。也许，这是湖泊边上的人们的一种盛大的夙愿，或许是人们对爱情的坚贞的一种精神寄托吧。不难想象，痴心的冀盼，无边的恭候，也许是竹蓝盛月的痴想，但那地老天荒的守候，可能诸类也难以相比。秋水千般的轮回，星辰万般的转悠，世事涅槃般的幻化，得来的是坚不可摧，力韧万古的光辉。此情，可歌？可泣？断然是与天同辉，共月偕明。等待，湖水浩渺，瞳影渺茫；恭候，星月无光，箫音暗哑。何年何月得以朝君面，唯有泪濯黄脸，刀刺心头。难怪后人文贤舒绍亮对这一墓冢的崇拜是如此的虔诚和顶礼：君妃二魄芳千古；山竹诸斑泪一人。难怪前贤诸如屈原、杜甫、韩愈、李群玉、孟浩然、黄庭坚、米芾、张孝祥、郭嵩焘等均有诗词对二妃的吟诵。

可知，这滔滔的湖水，蓊郁的山林，灰暗的昏月，可曾扣得下一片风月与痴情？可曾破碎得了遥遥归期的奢望？

水月璨流，风雨婆娑，悲泪涟涟，一腔愁志，这苍茫的湖水，可又能解断肠人的心思与痴念？

我宁可相信这是人们对二妃的坚贞的真实，却不相信偏又是人们对一种善好的赞同和褒扬。要不，那曾是羁旅游宦、感伤身世的天涯人戎昱夫子何来“虞帝南游不复还，翠蛾幽怨水云间。昨夜月明湘浦宿，闺中珂珮度空山”之叹？幽哉，怨哉，哀哉。

传说有一年，秦始皇一时心血来潮，游兴大起，偕文武将相士卒三千余南巡。至洞庭湖君山附近，忽遇洞庭湖上电闪雷鸣，瓢泼大雨，狂风大作，恶浪滔天。此时众人皆大惊失色，官船颠簸摇晃行走。风浪继续加大，眼看有沉船的危险。秦始皇即下令泊船避浪。怎奈八百里洞庭浩渺无边、横无涯际，东西难辨，到哪里去寻找避风的码头？顿时，船队方寸大乱。暴雨中，前方绰约见有一黑影在横风斜雨中不断晃动。须臾，有军士禀报：前方是洞庭君山所在。可暂避风雨。始皇闻之，大喜。忙令船队急泊此岛避难。

船好不容易停泊于君山岛，秦始皇狼狈地在百官的簇拥下爬到岸上。始皇惊魂甫定，恼羞成怒。传来侍臣问道：“此乃何地？”侍臣答知是：“君山。”仓皇中，有大臣劝他去山上拜祭湘君，以祈求湘水神宁波息。秦始皇听罢如雷霆大怒道：“天乎，万国来朝，天下皆为朕天下，一国岂有二君？此隅岂不是有欺君之孽？”百官闻之，惊悚不已。始皇不但不从，还下令船上三千军士尽焚君山岛上所有的树林、庙宇、亭台、楼阁。而湖中飓风却未曾消停。

人做天审，功幸与阴损是截然的相对。权倾泱泱的君主，却容不得华夏一隅而金戈相向，兵燹相逐。这“一国岂有二君？”的气度，这素质，如何能使天下繁荣昌盛、国泰民安?

不想歌颂与卑弃于某人。君山，地老天荒的与洪荒共存，得天地这是后人对二妃前生爱情故事的杜撰。因为，神也，事也，它都给了我撼动心灵的巨力。君不闻，世间有“湘女多情”之说？那湘妃可是此地中的“湘女”呢。

国人既是务实的精神寄存者，也是富于幻想的乌托邦者。情愫之下，往往心仪可敬仰者是出于自我的一种固有的臆念，而这种臆念偏之琼浆所养，为天下良民之所敬。世间所有的暴戾污秽是不能人侵浊蚀的。世间对于二妃落世的众说纷纭，莫衷一是。一代伟人毛泽东诗云：“九嶷山上白云飞，帝子乘风下翠微。”说的是湖南的九嶷山，这个九嶷山也叫苍梧山，“帝子”指的是舜。毛泽东认定舜曾经到过湖南九嶷山。而伟人对舜的崇拜也是达到了无以复加的地步——“春风杨柳万千条，六亿神州尽舜尧”的喜赞就是一个最好的明证。而那个刚愎自用、暴戾无常的君皇得不到天地人和，肆虐天下，荼毒苍生，即使是草芥，他也不放生。终不能万载靖世而殆于民间弹冠相庆的市井街肆中。

君山可能因有了世间相濡以沫的生死精魂，令天悲鬼泣，才至其神功伟大，勋可仰天，万世昂然。一个残忍暴戾、刚愎自用、气压天地的暴君，一生总以为是。殊不知，他也有“冒天下之大不韪”的忌讳之时。一切不顺应天意，不恤抚庶民的恶举均会巢倾卵碎。就在权倾乾坤，杀戮人间的暴君的淫威下，君山，在万劫不复的灭顶之灾中仍然巍然伫立，依然营营蓊蓊，一派盎然，紫气高瑞，巍峨高耸。逆天意而行的暴君枉称“天子”，逆忤天下，淫威天下，而天地罡气正然，即使君皇又与之奈何？

世事昏昏，斑泪悠悠。这风流，这契心的传说并非前人的堆砌或是后人的演绎。湖水不干，岁月不滞，这方圣地，或许会有更多更新的故事在漫延。

君山，不老，如千秋的古月，如万载的风流，高山景仰，流芳万古。

（载《北方诗刊》2016 年第 9 期）

诗化的静穆美
——盛秀丽散文初瞥

近年，常读到盛秀丽的散文，除了纯真、小雅、深睿之外，总觉得她的作品犹以一种静穆、阴柔之态于纷喧鼓噪的空间生存。便使得我对她的作品刮目相看。

我国的散文是从最早的文学形式诗歌（骈文）中嬗变、衍化而来。散文与诗歌有着千丝万缕的干系。诗歌的宕跃、含蓄与委婉的内质因素也就残余于散文的形体。两者的境界无不偏重于静穆。即使其委婉多变、架构突异也罢，往往也是情物同形，心骨连体，时空穿梭叠映，同样也走不出这个模子。道家中老子所强调的也是以静穆为主，所谓“致虚静，守静笃”，这固然是强调从虚静的心境导入审美的态势，但同时也是把虚静的灵魂提升为一种理性的审美理想。个人的纯感情的渲泄之中，往往寄寓于一种深邃的感情依托，而这个感情的依托本身就是她的散文的核心所在。一种宁静如水的“场境”于盛秀丽的笔下恬淡幽馨，也成月色轻梳，缓缓而淌入人之心肺，无不说是盛文概体的一个缩影。飘然不定的寓体与事物，铸就了她多怀善感的缘故，因而成就了她如诗的音乐节奏的沉稳与深邃。旋律也较之为平和，缓缓的律动也就趋于静穆了。当如“听雨。清晨，在植物园的荷塘边。芭蕉，漏窗婵娟，水湄伊人。雨打芭蕉。南国春雨，一如昆山之玉碎。蕉叶，由千年吴丝蜀桐制成的精美箜篌，才引得凤凰语”（《蕉下听雨》）。

毋庸讳言，这是诗，也是诗化了的散文。文态中的静穆与阴柔本是国人从文常态。“神思之谓也。文之思也，其神远矣。故寂然凝虑，思接千载。”（刘勰《文心雕龙》）意之于臆，采之于境，慧之于心，气之于扬，神之于飞，是为文心绪的跃动，是作者心态的一种无踪的云游，也是作者彼时思维与心态的极端放浪形骸。诚如作者的“诗观”一样明朗：行文跳跃自如、意脉宽泛地表现新观念新事物，是一门抒情言志的语言艺术。即以反传统的方式，将事物剥离现象，蜕化为精神符号。新诗创作主体注重内心情感，把感觉引入思想和精神，以现实意识思考人的本质，探求人生尊严，肯定人的自我价值，想象空间呈现另一个高度的哲学意义。一如是“诗观”，但却是“诗”与“散文”的纤绳的交结点。窃以为。

所谓心境之“静穆”不是指诗人创作心理上的虚静，而是指表现于作品中的主体精神的淡泊宁静与凝思。而这种“虚静”恰如其分地被作者运用得得心应手，从而小窥就便知作者的功力的深邃与墩实。江南蕉下，最动伊人心绪、撩动氲氤的情愫，至冥思的内在因子即时练达。读者的欣愉之情油然而生。此其中不乏营蓊的静态阴柔之美。大凡静态阴柔之美皆有“弦外之音”。随之，这“静穆”便与阴柔相形得彰。

琢文者，并非文字的泥瓦匠，作者注以诚心或仁心的举动，则是作者对这个世界的爱心的全力倾注。“半生锤炼，年年除旧布新，深致的赤尾桉自成对生命的追寻。相偎她宽厚光洁的树干，你似乎听到生命最原始的心跳。愿树木的暖润，赐予你健康的肤体。夜色水泽，温柔地缠绕，浣你一世霞衣。当你转身，已是一襟万木争荣的芳馨。愿这座森林绽给你葱翠的四季”（《夜色中的金山植物公园》）从中不难看出，盛秀丽的散文，多以山水河川、风云雨雾、雪月风花寄寓感情。一个作者执笔的高明之处在于“居高而俯低”，此意并非目空一切，而是处于一种“一览众山小”的态势全揽大千芸芸，以慧眼洞察大千世界，以慧心忖度世间的纷芜。作者与故园的生活生生相息，生于斯，长于斯，与这方土地相濡以沫，这里的一山一水、一草一木，无不倾注和彰显着作者的人文关注与揳人的姿态。我们常说的文学创作的“接地气”，其旨就是在生活中贴近事物，提炼精萃，罟擭文学营养。

《夜色中的金山植物公园》能让《光明日报》转载，在本邑确可说是凤毛麟角。定式里，凡在码字人的固囿思维中，多是以品质的高下平台来划分、衡量事物的优劣。既有其趋于合理化的一面，也有其习惯性审美定向思维的界定。

“驰辩如涛波，摛藻如春华。”任何一种文学式样，所需要的皆是“雕龙”的做作，来不得松弦。磨砺才是一个为文者终生的必须工序。百尺竿头，学无止境。冀盼盛秀丽的佳作趋锦，雏凤成羽。

（载《阳江文艺》2016 年第 3 期）

杨建国，我的良师益友（代跋）

肖国光

哪一年结识杨建国的？具体时间记不清了，但有一点很清楚，我是先慕其文而后欲识其人的。

20 世纪 80 年代中期，身为教师的业余作者杨建国，创作激情井喷式的爆发，在省内报刊上连篇累牍地发表了一批思想新锐、富于哲理、结构严谨、短小精悍的短小说。作为文学爱好者，我被他构思奇巧、寓意深刻的作品深深吸引，为他的创作才能所折服。那时候的社会重文不重武，重才不重财，写文章的地位很高，很受人尊重爱戴。搞文学创作的也很虔诚，把创作视为神圣事业。文学青年对文学作者普遍有宗教式的崇拜。崭露头角、声名鹊起的杨建国借助他的作品“水涨船高”，顺理成章地成了社会名流。最终，他被组织作为最有创作潜力的青年才俊调入阳春文联，后来水到渠成地晋升为阳春文联常务副主席，成了阳春文艺军团名副其实的领头杨（羊）。

入文联后，杨建国如鱼得水，创作热情更加高涨，成绩更加显著了，创作高峰期的 1999 年，居然发表作品 180 多篇（首），平均两天发表一篇文章，名列广东省当年第五名的高产作家。30 年来，杨建国发表作品达 360 多万字，作品发遍了全中国。杨建国在祈求高产的同时，质量上也力求作品精益求精，有志者事竟成，他的短篇小说《美丽的谎言》发表后被国内多家刊物转载，并被全国 14 省

（市）20 多家学校选作高（中）考指导范文。随后，他的散文也获得了不少全国征文奖项。

杨建国是公认的文学创作多面手，除擅长小说、散文写作外，他还是虚构故事的高手，故事情节设置得奇巧、“包袱”掉得恰到好处，堪令行家里手佩服。此外，杨建国的诗词、歌词作品也不俗，经常荣登于省级以上诗词、歌曲报刊的“大雅之堂”。连老一辈诗词家也为之刮目。

实至名归，而今的杨建国已是中国民间文艺家、广东省作家（国家三级）。眼下，他正以百倍努力向中国作家之峰攀登。

我比杨建国虚长三岁，文学造诣却比他低了好几档，但他对我却器重有加，把我视作亲密的文友，润物无声地用行动鼓励我在文学道路上前行。他客气地叫我早已废弃了的“官衔”，我则称他杨老师，不仅因为他曾做过 10 年“传道解惑授业”的老师，更因为他是我业余作文的指导老师。

杨建国富有侠义心肠，无论是生活上的朋友或写作的文友，只要有求于他，他都会尽心尽力施以援手。他主动地为我恢复了本市的文协会籍，力荐我加入了阳江作协，并建议、安排我为市文联会刊编辑，让我在学习中提高创作水平。我知道，还有很多文友都曾受益于杨建国的帮扶指导，大家都从心底感激他。

杨建国友善好客，倘有闲暇，兴之所致，他就呼朋引类，设席待客；朋友也常常回请他，端的是座上客常满，杯中酒不空。挚友同饮，无所禁忌，喝着喝着就跨越时空，到达“五花马，千金裘，呼儿将出换美酒，与尔同销万古愁”的最高境界。

杨建国风趣幽默也负有盛名，平平常常的事或很荒唐的事，一本正经地从他嘴里说出来，往往惹人捧腹，令人喷饭，大大地活跃了酒场气氛，增添了人气和喜气。他还把在酒席中酿造的笑话，写成幽默的故事，在报刊上发表，不少读者都为他那充满“杜康”味的趣文击节叫好。

杨建国的祖籍在湖北，父亲是军人出身的南下干部，他虽然生在阳春长在阳春，但他体内流淌的却是准北方人的血液。由于生于革命家庭，长在学雷锋年代，他身上那种急公好义、疾恶如仇的时代烙印非常明显，“爱憎分明不忘本，立场坚定斗志强”的人生观、价值观影响着他这一代人的人生。对需要帮助的朋友，他会倾囊相助，两肋插刀；对于假丑恶，他则视若寇仇，必欲除之而后快。因此，他赢得了很多朋友，也得罪了一些人。

回到写作话题，社会上有一些人认为，杨建国应写几部长篇方显大家本色。我不赞同这种看法。我认为文章应视作者的创作习惯、创作风格而定，不能简单地以长短论英雄。内容决定形式，宜长则长，宜短则短，不能违背这个规律。更不要唯长是举，认定缠脚布就一定好过迷你裙。衡量文章成就标准不在长短，而是视乎其对社会的影响和贡献。鲁迅一生就没写过一部长篇小说，谁敢说鲁迅不是伟大的文学家、思想家？著名知青作家史铁生不也是写短篇小说而闻名于世吗？更何况，而今有酬长篇发表难于上青天了，令作者望而却步，退而求其次是完全可以理解的。借杜甫的诗结束本文：“王杨卢骆当时体，轻薄为文哂未休。尔曹身与名俱灭，不废江河万古流。”

杨建国，我写作的良师，生活上的益友，过去是，现在是，将来还是。

（作者是广东省阳江市作家协会会员、阳春市作家协会副主席，阳春市水利局原副局级干部）